जीवनी

डॉ. भीमराव अम्बेडकर

लेखन एवं संपादन

शुभम गुप्ता

ISBN: 978-93-90605-80-4
eISBN: 978-93-90605-85-9

प्रकाशकः प्रभाकर प्रकाशन
प्लॉट नं.-55, मेन मदर डेयरी रोड
पांडव नगर, ईस्ट दिल्ली-110092
फोनः 011-40395855

ई-मेलः sales@pharosbooks.in
वेबसाइटः www.prabhakarprakashan.com

प्रथम संस्करणः 2021
द्वितीय संस्करणः 2022

जीवनी डॉ. भीमराव अम्बेडकर
लेखन एवं संपादनः शुभम गुप्ता

भूमिका

डॉ. भीमराव अम्बेडकर ने अपने जीवन में एक सच्चे देशभक्त, नेता, प्रोफेसर, वकील, राजनीतिज्ञ, सामाजिक कार्यकर्ता, अर्थशास्त्री, साहित्यकार आदि की भूमिका बख़ूबी निभाई है, लेकिन यह कहा जाए तो ग़लत न होगा कि वे एक पिता और पति की भूमिका निभाने में कहीं न कहीं असफल रहे। उनके पूरे जीवनकाल को देखते हुए यह कहा जा सकता है कि जितना समय उन्होंने अपने समाज व देश के प्रति न्यौछावर कर दिया शायद उतना समय वे अपने परिवार को नहीं दे पाए। संभव है कि अगर वो ऐसा करते तो शायद अपने लक्ष्य को पूरा करने में कभी कामयाब नहीं हो पाते। इसलिए उन्होंने अपने समाज को ही अपना घर-परिवार मान लिया और उनकी सेवा में अपना समस्त जीवन झोंक दिया। अपने लक्ष्य की प्राप्ति के लिए उन्होंने कभी भी अपनी निजी समस्याओं को अपने काम के आड़े नहीं आने दिया। विषम-से-विषम परिस्थितियों से भी वह कभी भी घबराए नहीं बल्कि हर परिस्थिति का उन्होंने डटकर मुकाबला किया।

बाबा साहब अम्बेडकर हमेशा अस्पृश्यों और अन्य निचली जातियों की समानता के लिए लड़े और सफलता प्राप्त की। बचपन की कठिनाइयों और ग़रीबी के बावजूद डॉ. बी.आर. अम्बेडकर अपने प्रयासों और समर्पण के साथ अपनी पीढ़ी को शिक्षित बनाने के लिए आगे बढ़ते रहे। उन्होंने जीवन भर न्याय, जाति भेदभाव और असमानता के उन्मूलन के लिए काम किया। उन्होंने दृढ़ता से न्याय और सामाजिक समानता में विश्वास किया और यह सुनिश्चित किया कि संविधान में धर्म और जाति के आधार पर कोई भेदभाव ना हो। डॉ. बाबा साहब अम्बेडकर के अनुसार बौद्ध धर्म के द्वारा मनुष्य अपनी आंतरिक क्षमता को प्रशिक्षित करके, उसे सही कार्यों में लगा सकता है। उनका विश्वास इस बात पर आधारित था कि ये धार्मिक परिवर्तन देश के तथाकथित 'निचले

वर्ग' की सामाजिक स्थिति में सुधार करने में सहायता प्रदान करेंगे। सामाजिक भेदभाव व विषमता का पग-पग पर सामना करते हुए अन्त तक वे झुके नहीं। अपने अध्ययन और परिश्रम के बल पर उन्होंने अछूतों को नया जीवन व सम्मान दिया।

इस पुस्तक "जीवनी, डॉ. भीमराव अम्बेडकर" में अम्बेडकर साहब की जीवन यात्रा को जानने की कोशिश की गई है। साथ ही उनके जीवन की कुछ ख़ास घटनाओं को जानने-परखने का काम किया गया है जिससे पाठकों को उनके जीवन के संघर्षों और अनुभवों को जानने का मौका मिलेगा। उम्मीद है, पाठक वृन्द इस पुस्तक से लाभान्वित हो सकेंगे।

-शुभम गुप्ता

।। विषय-सूची ।।

अध्याय: 1

जन्म और बचपन

डॉ. भीमराव अम्बेडकर को हमारे देश में एक महान् व्यक्तित्व और नायक के रूप में जाना जाता है तथा वह लाखों लोगों के लिए प्रेरणा स्रोत भी हैं। डॉ. भीमराव रामजी अम्बेडकर को प्यार से हम बाबा साहब भी कहते हैं। भारत के संविधान को आकार देने के लिए डॉ. भीमराव अम्बेडकर का योगदान सम्मानजनक है। डॉ. भीमराव अम्बेडकर ने अकेले ही स्वतंत्र भारत के संविधान की रचना की। उन्होंने स्वतंत्र भारत का संविधान बनाकर यह साबित कर दिया कि यदि कोई ठान ले, तो असंभव काम को भी संभव किया जा सकता है। डॉ. भीमराव अम्बेडकर का जन्म 14 अप्रैल 1891 को मध्य प्रदेश के महू में सेना छावनी में रामजी और भीमाबाई के यहाँ हुआ था। उनका परिवार मराठी भाषी था और मूल रूप से वो महाराष्ट्र के रत्नागिरी जिले के आम्बावडे गाँव के थे। डॉ. भीमराव अम्बेडकर अपने माता-पिता की 14वीं संतान थे। उनके चौदह बच्चों में से केवल पाँच बच्चे ही जीवित बचे थे। डॉ. भीमराव अम्बेडकर के जन्म पर परिवार, संबंधियों व मित्रजनों ने खूब खुशियाँ मनाई। डॉ. भीमराव अम्बेडकर अपने माता-पिता की पाँचवीं (जीवित) और सबसे छोटी संतान थे। साल 1891 में जब डॉ. भीमराव अम्बेडकर का जन्म हुआ तो उस समय भारत पर ब्रिटिश शासन था। डॉ. भीमराव अम्बेडकर के पिता रामजी सकपाल उस दौरान अंग्रेजी सेना में सूबेदार थे और 1894 में उनकी सेवानिवृत्ति होने के बाद परिवार सतारा चला गया था। डॉ. भीमराव अम्बेडकर की माँ भीमाबाई धार्मिक स्वभाव की थीं। 16 साल की उम्र में डॉ. भीमराव अम्बेडकर की शादी एक नौ साल की लड़की रमाबाई से कर दी गई। डॉ. भीमराव अम्बेडकर एक सच्चे देशभक्त थे, जो समानता, न्याय और मानवता के लिए जीवन भर जूझते रहे। उन्होंने हमेशा इस बात का ध्यान रखा कि भारत की अखंडता पर किसी प्रकार की कोई आँच न आए।

डॉ. भीमराव अम्बेडकर को अपने जीवन का निर्माण करने में अनेक प्रकार की कठिनाइयों का सामना करना पड़ा। उनको पैतृक रूप से कोई धन-सम्पत्ति प्राप्त नहीं हुई थी, लेकिन उनके पिता धनी वर्ग के न होते हुए भी समाज के सम्मानित तथा ईमानदार व्यक्तियों में से थे। उनकी आर्थिक स्थिति अच्छी न होने के कारण घर के खर्च का निर्वाह सुचारु रूप से नहीं हो पाता था। डॉ. भीमराव अम्बेडकर के दादाजी मालोजी सकपाल रिटायर्ड सैनिक थे। उनकी दो सन्तानें जीवित रहीं जिसमें एक पुत्र रामजी सकपाल जो आगे चलकर अम्बेडकर के पिता कहलाए और दूसरी पुत्री मीरा। अम्बेडकर के पूर्वजों का पुराना गाँव रत्नागिरि जिले के एक छोटे से शहर मण्डनगढ़ से पाँच मील दूर था। उनके पूर्वज अपने गाँव में धार्मिक त्योहारों के समय देवी-देवताओं की पालकियाँ उठाने का काम किया करते थे जो उनके पारिवारिक सम्मान का द्योतक था। उनके परिवार के सभी सदस्य संत कबीर के भक्त थे। ऐसा कहा जाता है कि रामजी सकपाल के एक चाचा संन्यासी हो गए थे। जब रामजी सकपाल अपने परिवार के साथ महू कैण्ट में रहते थे, तब वह चाचा अन्य संन्यासियों के साथ विचरण करते हुए गाँव की ओर आए। उस समय परिवार की एक स्त्री ने जो पास की नदी में कपड़े धोने जा रही थी, उन्हें देखकर पहचान लिया और शीघ्र लौटकर घरवालों को इसकी सूचना दी। परिवार के सभी सदस्य वहाँ गए और उनका आदर-सत्कार किया। सभी लोगों ने उनसे प्रार्थना की कि वह गाँव चलकर उनके घर को पवित्र करें। वह संन्यासी घर तो नहीं गए, पर उन्होंने आशीर्वाद दिया कि 'तुम्हारे यहाँ एक ऐसा पुत्र जन्म लेगा जो तुम्हारे परिवार को ही नहीं, तुम्हारी समस्त जाति और देश को भी पवित्र कर देगा।'

डॉ. भीमराव अम्बेडकर की माँ भीमाबाई का परिवार धनी तथा धार्मिक था। वह सुखी और धार्मिक वातावरण में पली-बढ़ी थीं। पूजा-पाठ में उनकी बड़ी रुचि थी। वह अपनी ननद मीराबाई की सेवा का विशेष ख़याल रखती थीं। भीमाबाई और मीराबाई भीमराव को प्यार से 'भिवा' कहकर पुकारती थीं। भीमाबाई के पिता और उनके छह चाचा सभी सेना में सूबेदार मेजर थे और सभी कबीर पंथ के अनुयायी थे। इस प्रकार भीमाबाई का एक ऐसे परिवार से संबंध था जो सभी तरह से साधन-सम्पन्न था।

डॉ. भीमराव अम्बेडकर के पिता रामजी सकपाल बहुत ही परिश्रमी एवं धार्मिक वृत्ति के व्यक्ति थे। वे सुबह-शाम ईश्वर की आराधना किया करते थे। भक्ति-गीतों में उनकी बड़ी रुचि थी। आध्यात्मिक भजनों में वह अपने सभी बच्चों को साथ ले लिया करते थे। रामजी अपने सभी बच्चों के समक्ष रामायण एवं महाभारत का पाठ किया करते थे। सभी बच्चे अपने पिता की बातों से प्रोत्साहित होते थे। स्वयं शिक्षक होने के नाते, रामजी ने अपने बच्चों को भाषा का उच्चारण भली-भांति सिखाया था। रामजी सकपाल अपने बच्चों को केवल आध्यात्मिक विकास तक ही सीमित नहीं रखना चाहते

थे। वे उनका सांसारिक उत्थान भी चाहते थे। उन्होंने सभी बच्चों में शिक्षा के प्रति प्रगाढ़ प्रेम उत्पन्न किया जिसका स्थाई प्रभाव भीमराव के जीवन पर पड़ा।

रामजी के चरित्र की सबसे बड़ी विशेषता यह थी कि वे मांस-मदिरा से बहुत दूर थे। क्रिकेट और फुटबॉल के खेलों में उनकी बड़ी दिलचस्पी थी। रामजी सकपाल अपने समाज के कल्याण में भी रुचि रखते थे। सूबेदार रामजी पच्चीस वर्ष नौकरी करने के पश्चात् सन् 1894 में सेना से निवृत्त हुए। उस समय भीम मुश्किल से दो साल के हुए होंगे। रामजी अपने परिवार के सदस्यों को लेकर आम्बवाडे गाँव के पास डापोली आए। वहाँ भीम ने अपनी प्राइमरी शिक्षा प्रारम्भ की। वह अपने बड़े भाई के साथ पढ़ने जाया करते थे। रामजी डापोली में ज़्यादा दिनों तक नहीं ठहर पाए। वहाँ का वातावरण भीमाबाई को पसन्द नहीं आया। उधर उन्हें पचास रुपए मासिक पेंशन मिलती थी जो पारिवारिक खर्च के लिए पर्याप्त नहीं थी। अतः सन् 1896 में वे डापोली से सतारा आए जहाँ उन्हें पी.डब्ल्यू.डी. के दफ्तर में स्टोर-कीपर का काम मिल गया।

अम्बेडकर का बचपन डापोली में व्यतीत हुआ। वहाँ रामजी सूबेदार के मकान के पड़ोस में दस-पन्द्रह महार पेन्शनरों के भी मकान थे। उनके बच्चे भीम के साथ खेलते थे। रामजी सकपाल भीम को ख़ूब पढ़ाना-लिखाना चाहते थे, पर भीम के लिए शिक्षा के द्वार बन्द थे। उनके घर के पास के सभी सवर्ण हिन्दुओं के बच्चे स्कूल जाया करते थे। उन्हें स्कूल जाता देख भीम को भी स्कूल जाने की इच्छा होती थी। उन्होंने कई बार पिता से कहा कि वह भी किसी स्कूल में दाखिल होना चाहते हैं, पर यह काम इतना आसान न था। रामजी अपने पुत्र भीमराव को घर पर ही पढ़ाया करते थे।

बचपन में भीमराव की पढ़ाई-लिखाई के प्रति कोई विशेष रुचि नहीं थी। वह सभी प्रकार के कार्य, लड़ाई-झगड़े, खेल-कूद आदि के लिए स्वतंत्र थे। उन्हें बागवानी का बड़ा शौक था। वह अपने पैसों से तरह-तरह के पेड़-पौधे ख़रीदा करते थे। भीम ने पालतू पशुओं और बकरे-बकरियों को पालने का काम भी किया। वह मुश्किल से ही घर पर मिला करते थे। भीम ने कुछ दिनों तक सतारा स्टेशन पर कुली का काम भी किया। भीम में अब कुछ समझ आ गई थी। वे अपने पैरों पर खड़ा होना चाहते थे ताकि परिवार की आर्थिक स्थिति में सुधार हो।

❑

अध्याय: 2

महार जाति

डॉ. भीमराव अम्बेडकर एक महार परिवार में जन्मे थे। अम्बेडकर का जन्म बहुत ही मुश्किलों में बीता था। इसका कारण था कि महार जाती को अछूत माना जाता था। दलित होने के कारण अम्बेडकर उपेक्षित रहे। उन्हें वो बर्तन छूने या उनसे पानी पीने की इज़ाज़त नहीं थी, जिनसे दूसरे बच्चे पानी लेते थे। डॉ. भीमराव अम्बेडकर साधारण मानव होकर भी असाधारण थे। उन्होंने जीवनभर समस्याओं को झेला, फिर भी कभी विचलित नहीं हुए। महार जाति महाराष्ट्र प्रदेश की सबसे अधिक बहादुर वीर हिन्दू जाति है, जिन्होंने छत्रपति शिवाजी व पेशवाओं के लिए युद्ध जीते। ब्रिटिश शासन के समय ईस्ट इंडिया कंपनी की बंबई (मुंबई) में 25 महार रेजिमेन्ट थीं जिसमें 750 महार सैनिक थे। प्रथम तथा द्वितीय विश्वयुद्ध में महारों ने अद्‌भुत साहस व अत्यंत वीरता का परिचय दिया था। महारों की अधिक संख्या महाराष्ट्र में पाई जाती है। महार जाति मराठा, मराठी तथा मराठवाड़ा का अभिन्न अंग रही है और आज भी है। महाराष्ट्र की सम्पूर्ण जनसंख्या का 9 प्रतिशत भाग महार जाति का है। इस समय भारतीय सेना में महार रेजिमेन्ट की कई बटालियन हैं। यह डॉ. भीमराव अम्बेडकर की कड़ी मेहनत व सच्ची लगन का ही सुपरिणाम है। भारत के स्वतंत्र होने के बाद जब पहली बार भारत-पाकिस्तान युद्ध हुआ था तो उस 14 दिन के ऐतिहासिक युद्ध में भी महार रेजिमेन्ट ने अपनी वीरता का बढ़-चढ़कर प्रदर्शन किया। समय के साथ अपना पुश्तैनी काम-काज छोड़कर महारों ने श्मशानों में लकड़ी पहुँचाना, मरे हुए पशुओं को उठाकर गाँव से बाहर फेंकने का कार्य अपना लिया, जिसके कारण इन्हें अछूत माना जाता था। लोग इनके साथ उठना-बैठना तो दूर, इनके हाथ का पानी भी नहीं पीते थे। यहाँ तक कि नाई भी उनके बाल नहीं काटते थे। मंदिरों में उनका घुसना मना था। उन्हें

नल और कुआं छूने का अधिकार नहीं था। महारों को किसी के भी घर त्योहार-उत्सव में नहीं बुलाया जाता था।

भीमराव के पिता रामजी नौकरी की वज़ह से कोरेगाँव में रहते थे। एक दिन भीमराव अपने बड़े भाई आनंदराव के साथ छुट्टियों में सतारा से कोरेगाँव रेलगाड़ी से जा रहे थे। उन्होंने अपने पिताजी को पत्र लिखकर पहले ही आने की सूचना दे दी थी लेकिन रामजी को बच्चों का पत्र नहीं मिला। भीम और उनके बड़े भाई जब मसूर रेलवे स्टेशन पर उतरे तो अपने पिता को न देखकर दोनों परेशान हो गए। पिता के इंतज़ार में धीरे-धीरे शाम भी हो गई। दोनों बच्चों को चिंता होनी लगी कि पिताजी उन्हें लेने स्टेशन क्यूं नहीं आए। बच्चों को चिंतित देखकर स्टेशन मास्टर ने उन्हें एक बैलगाड़ी में बिठा दिया। बैलगाड़ी स्टेशन से बाहर निकल आई। दोनों बच्चों की बैलगाड़ी वाले से बातचीत होने लगी। जब बैलगाड़ी थोड़ी दूर पहुँची तो बातों ही बातों में बैलगाड़ी वाले को पता चला कि दोनों बच्चे महार जाति के हैं। उसने तुरंत बैलगाड़ी रोकी और यह कहकर कि तुम महार जाति के हो दोनों बच्चों को बीच रास्ते में ही बैलगाड़ी से नीचे उतार दिया। भीमराव और आनंदराव रोने लगे। दोनों बच्चे रोते हुए बैलगाड़ी वाले से मिन्नतें करने लगे कि 'हमें बैलगाड़ी से नीचे मत उतारो। चाहो तो दुगने पैसे ले लो लेकिन ऐसे अँधेरे में हमें बीच रास्ते में अकेले छोड़कर मत जाओ। हम अकेले कहाँ जाएँगे।' बैलगाड़ी वाला दुगने किराये के लालच में आ गया। उसने बच्चों से कहा– 'ठीक है, मैं तुमसे दुगना भाड़ा लूंगा और तुम्हें तुम्हारी जगह पर भी पहुँचा दूंगा पर तुम्हें अपनी बैलगाड़ी में नहीं बिठाऊँगा। तुम दोनों को मेरी बैलगाड़ी के पीछे-पीछे पैदल चलना होगा।' दोनों भाई बैलगाड़ी वाले की इस शर्त पर राजी हो गए और बेचारे दोनों उसके पीछे पैदल-पैदल चल पड़े। रास्ता काफ़ी लंबा था। चलते-चलते उनके पैरों में छाले पड़ गए और दोनों को थकान होने लगी। भूख-प्यास के मारे दोनों बच्चों की हालत ख़राब हो गई।

दोनों भाई जब घर पहुँचे तो वे अपने पिता से चिपककर रोने लगे। उन्होंने अपने पिता को सारी घटना के बारे में बताया। बच्चों की बातें सुनकर माता-पिता की आँखों में आँसू आ गए। पिता ने दोनों को समझाते हुए कहा– 'बेटा! अछूत कहकर उसने जो तुम्हारा अपमान किया है, तुम्हें उस अपमान का बदला उच्च शिक्षा प्राप्त करके और उच्च वर्ग में बैठकर लेना है। तुम चिंता मत करो, बड़े होकर खूब पढ़ना-लिखना। अपने अपमान का बदला लोगों को अच्छे कामों को दिखाकर लेना। तब यह दुनियावाले तुम्हारे सामने अपना सर झुकाएंगे और तुम्हारा सम्मान करेंगे।' दोनों बच्चों को अपने पिता की यह बात समझ में आ गई कि जीवन में पढ़ना-लिखना बहुत ज़रूरी है और पढ़ने-लिखने से ही उन्हें सम्मान मिलेगा। उन्होंने यह बात गाँठ बाँध ली और शिक्षा पर जोर देने लगे।

एक दिन भीम अपने बाल कटवाने एक नाई के पास गए और जाकर बोले 'बाल कटाने हैं।' नाई उन्हें जानता था कि वह महार बालक है। वह नाई भीम से नफरत से बोला, 'तू अछूत है, तेरे बाल कैसे काट सकता हूँ? जा, भाग जा। फिर कभी मत आना।' नाई की यह बात सुनकर भीम की आँखों में आँसू आ गए। आँसू पोंछते हुए भीम जब घर पहुँचे तो बड़ी बहन तुलसी ने पूछा, 'भीम क्यूं रोता है?' भीम ने अपने अपमान की कहानी सुनाई। तुलसी ने प्यार से भीम को शांत किया और कहा, 'भाई, इसमें रोने की क्या बात है? मैं तेरे बाल बना देती हूँ।' तब तुलसी ने भीम के बालों को बनाया। विचित्र बात यह थी कि वह उस्तरा जो पशुओं के बाल काटने से अशुद्ध नहीं होता था, मानव प्राणियों के बाल काटने से अपवित्र हो जाता था।

❑

अध्यायः 3

शिक्षा

डॉ. भीमराव अम्बेडकर पढ़ाई को बहुत महत्त्व देते थे। वे कहते थे, सबको लगन से भरपूर पढ़ाई करनी चाहिए। केवल पढ़ाई करके उपाधियाँ प्राप्त करना ही पर्याप्त नहीं है। छात्रों को रचनात्मक कार्य भी करना चाहिए। डॉ. भीमराव अम्बेडकर ने अपनी सफलता का रहस्य एकमात्र शिक्षा को ही बताते हुए कहा था– शिक्षित बनो, संगठित रहो और संघर्ष करो। भीमराव जब पाँच वर्ष के हो गए थे तो माँ भीमाबाई को उन्हें पाठशाला भेजने की और उनकी पढ़ाई-लिखाई की चिंता होने लगी। पिता की लाख कोशिशों के बावजूद एक अछूत बालक को किसी भी पाठशाला में दाखिला नहीं मिल रहा था। रामजी ने अपने पुत्र के दाखिले के लिए 'राजकीय वर्नाक्यूलर स्कूल' के प्रधानाचार्य से बात की। प्रधानाचार्य को रामजी पर दया आ गई और उन्होंने भीमराव का दाखिला स्वीकार कर लिया। स्कूल के प्रधानाचार्य ने भीमराव के पिता से एक शर्त रखी कि भीम अपने घर से एक टाट लेकर आया करेगा। वह दरवाज़े के पास बाहर बैठेगा और किसी बच्चे को नहीं छुएगा। रामजी ने प्रधानाचार्य की यह शर्त मान ली और भीम स्कूल जाने लगे।

बालक भीम को स्कूल में सवर्ण हिंदू लड़कों के साथ बैंच पर नहीं बैठाया जाता था। वे उनके साथ भूमि पर एक ही कतार में भी नहीं बैठ सकते थे। भीम को अपने भाई आनंदराव के साथ ज़मीन पर ही बैठकर पढ़ना पड़ता था। वे अपने साथ रोज़ाना एक टाट का टुकड़ा ले जाया करते थे। इस टाट को स्कूल में बिलकुल नहीं रखने दिया जाता था क्यूंकि उनके स्पर्श से अन्य चीज़ों के अपवित्र हो जाने का भय था। भीम तथा अन्य अछूत बालकों को कमरे के बाहर ही बैठना पड़ता था।

भीम को अपनी छोटी उम्र में ही अहसास हो गया था कि पाठशाला के लड़के उनका मजाक उड़ाते हैं। भीम को स्कूल में प्यास लगने पर स्कूल का चपरासी दूर से

उनके हाथों में पानी डालकर पिलाता था। कई बार तो उन्हें दिन भर प्यासा ही रहना पड़ जाता था। इन्टरवल में जब सब लड़के एक साथ बैठकर खाना खाते, तो भीम भी एक कोने में अपना रूखा-सूखा खाना खाते, पर पानी उन्हें तभी मिल पाता था जब अन्य सभी सवर्ण बच्चे नल से पानी पी लिया करते थे। कभी-कभी ऐसा भी हुआ करता था कि सभी बच्चे पानी पीने के पश्चात् नल की टोंटी बन्द कर जाते थे। उस दिन भीम नल से पानी नहीं पी पाते थे। भीम स्कूल जाते समय किसी सार्वजनिक कुएँ से पानी खींचकर पी लिया करते थे। सवर्ण हिन्दुओं को इसका पता लग गया। एक दिन भीम को वहीं कुएँ पर पकड़ लिया। उनकी अच्छी तरह पिटाई की और ताड़ना दी कि वह कभी भी उस कुएँ से पानी पीने की हिम्मत न करे। भीम इस घटना से बड़ा दुःखी हुए।

स्कूल और घर का फासला अधिक दूर था। भीम उस समय नंगे पैर अपनी पुस्तक, स्लेट और टाट बगल में दबाए अपने भाई आनंदराव के साथ स्कूल जाया करते थे। स्कूल में जब तक मास्टर कमरे के अन्दर नहीं चला जाता था तब तक भीम तथा अन्य अछूत लड़कों को दरवाज़े से दूर खड़ा रहना पड़ता था। भीम को खेलने का शौक था, लेकिन वे अपने घर पर महार बालकों से साथ ही खेल पाते थे। स्कूल में सवर्ण बच्चों के साथ खेलना संभव नहीं था क्यूंकि वहाँ घोर छुआछूत का वातावरण बना रहता था।

भीम इन सब बातों पर ध्यान न देकर किसी को भी जवाब देने के बजाए वे मन लगाकर पढ़ाई करते रहते थे। उनकी इस मेहनत और लगन को देखकर धीरे-धीरे स्कूल के सभी अध्यापक उनसे प्रसन्न होने लगे। वे सभी अध्यापकों के प्रिय छात्र बन गए। सभी अध्यापक उन्हें हर बात अच्छी तरह समझाते और भीम भी सभी अध्यापकों की बात अच्छे से सुनते और समझते। भीमराव बचपन से ही तेज बुद्धि के थे। कक्षा में किसी भी सवाल का जवाब वे सबसे पहले देते थे। एक दिन गणित के अध्यापक ने बोर्ड पर एक सवाल लिखकर छात्रों से उसका जवाब देने को कहा, तो कक्षा में सिर्फ़ भीम का ही हाथ उठा। सवाल हल करने के लिए भीम जैसे ही बोर्ड की ओर बढ़े, वैसे ही बाकी सभी छात्र चिल्ला उठे– 'गुरुजी! भीम को रोकिए।' बात यह थी कि बोर्ड एक तख्त पर था और उस पर सवर्ण जाति के लड़कों के खाने के डिब्बे रखे थे। गुरुजी ने भीम को वहीं रोक दिया और जब सभी छात्रों ने अपने-अपने डिब्बे उठा लिए इसके बाद ही भीम बोर्ड के पास गए और सवाल हल किया।

एक दिन जब स्कूल जाने का समय हुआ तो मूसलाधार वर्षा होने लगी। भीम ने मन में ठान लिया कि वह स्कूल जाएँगे। उन्होंने अपने बड़े भाई आनंदराव से कहा कि उनका बस्ता और टोपी अपनी छतरी में छिपाकर ले चलें। आनंदराव बड़ा चकित हुए कि वह ऐसी तेज बरसात में स्कूल जाएँगे, लेकिन भीम ने बड़े दृढ़ स्वर में बोला,

'मैं बारिश में भीगता हुआ जाऊँगा।' आनंदराव ने भीम को बहुत समझाया कि स्कूल जाने में कठिनाई होगी, लेकिन भीम अपनी बात पर ही अड़े रहे। आनंदराव भीम का बस्ता और टोपी लेकर स्कूल चले गए और भीम पीछे-पीछे बारिश में नहाते हुए स्कूल पहुँच गए। उसी स्कूल में पेंडसे नाम के एक ब्राह्मण अध्यापक थे। उन्होंने जब भीम को देखा तो वह चकित रह गये।

अनेक कठिन परिस्थितियों का सामना करते हुए डॉ. भीमराव अम्बेडकर ने अपनी दृढ़ इच्छाशक्ति के साथ कड़ी मेहनत की और एल.एल.बी., एल.एल.डी., बार एट लॉ, एम.ए., एम.एस.सी., पी.एच.डी. और डी.एस.सी. जैसी डिग्रियाँ प्राप्त कीं। बॉम्बे (मुंबई) यूनिवर्सिटी से 1913 में डॉ. भीमराव अम्बेडकर ने अर्थशास्त्र और राजनीति शास्त्र में डिग्री ली और कोलंबिया यूनिवर्सिटी से पोस्ट ग्रेजुएशन के लिए अमेरिका पहुँचे। साल 1913 में बाबा साहब ने कोलंबिया यूनिवर्सिटी में दाखिला लिया था। इसके लिए बड़ौदा के राजपरिवार से उन्हें वजीफा भी दिया गया था। इसकी बदौलत वो विदेश जाकर पढ़ सके। डॉ. भीमराव अम्बेडकर अपने समय के विश्व के 6 विद्वानों में से एक विद्वान माने जाते थे।

❑

अध्याय: 4

बचा हुआ भोजन

डॉ. भीमराव अम्बेडकर की माँ भीमाबाई की तबियत उनके बचपन के दिनों में ज़्यादा ख़राब रहने लगी। एक दिन भीमाबाई को तेज बुखार हो गया। लगभग एक महीने तक वह बुखार से पीड़ित रहीं। बुखार कम होने का नाम ही नहीं ले रहा था। रामजी अपनी पत्नी को लेकर अस्पताल गए लेकिन अछूत होने के कारण कोई भी वैद्य, डॉक्टर या हकीम भीमाबाई का इलाज करने को तैयार नहीं हुआ। समय पर इलाज न होने के कारण उनकी तबियत दिन-पर-दिन ख़राब होती चली गई और एक दिन वह इस दुनिया को छोड़कर चली गईं। पत्नी के चले जाने के बाद घर तथा बच्चों की जिम्मेदारी रामजी पर आ गई।

माँ भीमाबाई के देहांत के समय भीमराव लगभग छह वर्ष के थे। उनकी चौदह सन्तानों में से केवल पाँच ही जीवित थीं जिनमें तीन पुत्र और दो पुत्रियाँ थीं। बालाराम बड़े भाई थे और आनन्दराव उनसे छोटे थे। मंजुला और तुलसी दो बहनें थीं। भीम भाई-बहनों में सबसे छोटे थे। बालाराम विवाहित थे और नौकरी के कारण पिता से दूर रहते थे। मंजुला और तुलसी के विवाह भी हो चुके थे, परन्तु परिवार में आकर एक-एक करके वे अपने भाइयों की देखभाल किया करती थीं। उनके अतिरिक्त रामजी की बहन मीराबाई भी परिवार की देखभाल करती थीं। सबसे छोटा होने के कारण भीमराव परिवार में बहुत प्रिय थे।

घर-परिवार तथा बच्चों की जिम्मेदारी और नौकरी करना एक साथ रामजी सकपाल के लिए बहुत मुश्किल हो गया था। वे सिर्फ़ रात को ही भोजन पका पाते थे और उसी में से थोड़ा भोजन बचाकर सुबह के लिए रख देते थे। परिवार के सभी लोग अगले दिन सुबह उस बचे हुए भोजन को ही खाते थे। कभी-कभी भोजन कम भी

पड़ जाता था। आधा पेट भोजन खाने से नन्हें भीम को दोपहर में भी भूख लग जाती थी। भूखा पेट होने की वज़ह से भीम दिन भर उदास रहते और जब भी उन्हें माँ की याद आती तो वह रोने लगते। माँ की ममता और माँ के साये से वंचित नन्हें भीम को उनके प्रधानाध्यापक ने सहारा दिया। पढ़ाई में अच्छा होने के कारण भीमराव प्रतिवर्ष परीक्षा में अच्छे अंक लेकर उत्तीर्ण होते थे, इसलिए स्कूल के प्रधानाध्यापक भीम को बहुत स्नेह करते थे। वह देखते थे कि भीम दिनभर भूखा रहकर कितनी मेहनत और लगन से पढ़ाई करता है तो उन्होंने उसे दोपहर का भोजन ख़ुद देना शुरू कर दिया। वे भीम को दाल-सब्जी-रोटी एक दोने में रखकर दे देते और पीने के लिए पानी अपने ही मटके का देते थे। इस तरह भीमराव के दिन के भोजन की समस्या का समाधान हो गया। अब भीम को रात का बासी भोजन नहीं खाना पड़ता था।

भीमराव ने कठिन परिस्थितियों में भी बड़े परिश्रम और लगन के साथ प्राइमरी पाठशाला की पढ़ाई प्रथम श्रेणी में उत्तीर्ण कर ली। भीमराव अम्बेडकर के दादा आम्बावडे गाँव के निवासी थे। आम्बावडे गाँव के निवासी होने के कारण उनका उपनाम आम्बावडेकर था। भीमराव को स्कूल में उपस्थिति दर्ज करने में 'भीमराव सकपाल आम्बावडेकर' नाम बहुत लंबा होता था। इस पर भीमराव अम्बेडकर के प्रधानाध्यापक ने भीम से कहा– 'आज से तू मेरा उपनाम अम्बेडकर लिखा कर।' भीम को अपने प्रधानाध्यापक की यह बात समझ में आ गई और उनका नाम भीमराव सकपाल से भीमराव अम्बेडकर हो गया। तभी से हम सब उन्हें भीमराव अम्बेडकर के नाम से जानते हैं।

भीमाबाई की मृत्यु के पश्चात् पूरा परिवार निश्चय ही अनाथ सा तो हो ही गया था। परिवार को अच्छी तरह संभालने के लिए कोई स्त्री नहीं रही। रामजी की बहन मीराबाई सारे काम-काज की देखभाल नहीं कर पाती थीं। आख़िर सूबेदार रामजी ने जिजाबाई नाम की एक विधवा स्त्री से पुनर्विवाह कर लिया। जिजाबाई ने भीमाबाई के गहने पहनने प्रारम्भ किए। भीमराव इस बात को सहन नहीं कर पाते थे। कभी-कभी वह अपनी सौतेली माँ से झगड़ पड़ते थे और फिर भीमाबाई को याद करके रोने लगते थे। वह अपनी सौतेली माँ को माँ के रूप में कभी स्वीकार नहीं कर पाए।

❑

अध्याय: 5

मैं पढ-लिखकर वकील बनूँगा: डॉ. भीमराव अम्बेडकर

भीमराव अम्बेडकर की प्राथमिक शिक्षा पूरी हो जाने के बाद रामजी सकपाल परिवार सहित सतारा छोड़कर बंबई (अब मुंबई) चले गए और लोअर परेल की चाल में रहने लगे। भीमराव और उनके भाई आनंदराव ने यहाँ एल्फिन्स्टन हाईस्कूल में दाखिला ले लिया। बंबई में भी भीमराव को अछूत होने के अपमान का सामना करना पड़ा। पिता रामजी की इच्छा थी कि भीमराव संस्कृत भाषा का प्रकांड विद्वान बने। वे भीमराव अम्बेडकर को संस्कृत के ब्राह्मण अध्यापक के पास लेकर गए और उन्होंने अध्यापक से भीमराव को संस्कृत सिखाने का अनुरोध किया, परन्तु उन्होंने साफ़ मना कर दिया कि मैं अछूत लड़कों को संस्कृत नहीं सिखाऊँगा। संस्कृत अध्यापक के मना करने के बाद भीमराव अम्बेडकर को फारसी भाषा सीखनी पड़ी।

भीमराव अम्बेडकर ने अपने यौवन काल ही में सामान्य अध्ययन की प्रवृत्ति विकसित कर ली थी। अतः वह पाठ्य पुस्तकों के अलावा अन्य बहुत सी पुस्तकें पढ़ा करते थे। इस प्रवृत्ति से भीम में पुस्तकें संग्रह करने का शौक पैदा हो गया था। वह चाहते थे कि सभी पुस्तकें निजी रूप में हो। भीमराव का यह शौक रामजी को मँहगा पड़ रहा था। आर्थिक स्थिति पहले से ही बहुत अच्छी नहीं थी। मात्र पचास रुपये पेन्शन, बंबई जैसे शहर में घर और बच्चों की पढ़ाई-लिखाई का काम चलाना बड़ा मुश्किल था। उधर भीम नई-नई पुस्तकों के लिए जिद किया करते थे। रामजी सकपाल साधनहीन होते हुए भी भीमराव की इच्छा को पूरी करते थे। रामजी अपनी दोनों विवाहित पुत्रियों से रुपया उधार लाते अथवा उनके बचे हुए गहनों को बेचकर घर का खर्च चलाते। रामजी चाहते थे कि भीमराव एक बड़ा आदमी बने और उनकी

वह इच्छा भविष्य में पूरी हुई। बचपन से ही भीम के पुस्तक-प्रेम ने उनके विशाल ग्रन्थ-संग्रहालय का निर्माण संभव बनाया।

कुछ माह के बाद भीमराव को बंबई के प्रसिद्ध एल्फिन्स्टन हाई स्कूल में दाखिला मिल गया। भीम ने अब कड़ी मेहनत करना प्रारम्भ किया। वह अपना अधिक समय पढ़ाई को देने लगे थे। वह परिवार के अन्य सदस्यों के साथ लोअर परेल के एक ही कमरे में रहते थे। अलग से अध्ययन करने का कोई अवसर नहीं मिलता था। वह छोटा सा कमरा घर के बर्तनों और अन्य सामानों से भरा पड़ा रहता था। उसी कमरे में खाना पकाया जाता था। कमरे में परिवार के सदस्यों की भीड़ सी लगी रहती थी। कमरा एक जो रसोई-घर, स्नान-घर, विश्राम-गृह, अध्ययन-कक्ष सभी का काम करता था। रामजी ने भीम के अध्ययन की समस्या अपने ही ढंग से सुलझाई। भीम को जल्दी सोने को कहा जाता था ताकि वह सुबह उठकर अच्छी पढ़ाई कर सकें। भीम ज़मीन पर एक रजाई के ऊपर सोया करते थे। रामजी भीम को रात के दो बजे ही जगा देते थे और फिर स्वयं सो जाते थे। भीम पूरी रात जागकर सुबह तक मिट्टी के लैम्प की टिमटिमाती रोशनी में पढ़ते रहते थे। फिर सुबह थोड़ी सी नींद लेते और नहा-धोकर वह स्कूल चले जाते।

एक दिन भीमराव अम्बेडकर चाय पीने के लिए एक दुकान में घुसे तो चायवाले ने उनसे उनकी जाति पूछी। भीमराव को झूठ बोलना पसंद नहीं था। उन्होंने चायवाले को सच बता दिया कि वह किस जाति के हैं। जैसे ही चायवाले को पता चला कि भीमराव महार जाति के हैं, तो उसने भीमराव को बुरी तरह डाँटा और उन्हें इस प्रकार भगाया कि भीमराव दुकान के सामने कीचड़ में जा गिरे। यह देखकर वहाँ उपस्थित सारे लोग उन पर हँसने लगे। भीमराव अपमानित महसूस करते हुए दु:खी मन से निराश होकर घर आ गए। इस प्रकार की अनगिनत घटनाओं का सामना अम्बेडकर को अपने जीवन में सहना पड़ा था। इन्हीं घटनाओं के आधार पर ही उनके उच्च शिक्षा प्राप्त करने का संकल्प और मजबूत होता चला गया। वह पढ़ाई को और अधिक महत्त्व देने लगे।

एक बार भीमराव अम्बेडकर से हाईस्कूल के शिक्षक ने पूछा– 'भीमराव! तुम तो महार हो। पढ़-लिखकर क्या करोगे?' भीमराव ने शिक्षक को जवाब देते हुए कहा– 'मैं पढ़-लिखकर वकील बनूँगा, अछूतों के लिए नया कानून बनाऊँगा, छुआछूत का भेदभाव मिटाऊँगा जो सरकार को मानना पड़ेगा।' भीमराव की यह बातें सुनकर उस दिन से उस शिक्षक के मन में भीमराव का स्थान ऊँचा हो गया। वह उन पर अधिक ध्यान देने लगे और उनसे ज़्यादा स्नेह करने लगे। वे जानते थे कि भीमराव एक होनहार लड़का है और एक न एक दिन ज़रूर कुछ बनकर रहेगा।

भीमराव अम्बेडकर ने अपनी मेहनत और लगन से मैट्रिक की परीक्षा प्रथम श्रेणी में पास कर ली। मैट्रिक की परीक्षा उत्तीर्ण करने वाले वे महार जाति के प्रथम छात्र थे। अम्बेडकर के घर-परिवार और बंबई के अछूत समुदाय वालों को जब यह बात पता चली तो वहाँ खुशी की लहर दौड़ पड़ी। लोगों ने भीमराव का अभिनंदन करने के लिए पंडाल लगाकर सभा का आयोजन किया। निश्चय ही एक अछूत व्यक्ति के लिए यह बहुत बड़ी उपलब्धि थी। एक प्रसिद्ध समाज-सुधारक श्री एस.के. बोले को सभा का अध्यक्ष बना गया था। उस सभा में एक और प्रसिद्ध समाज-सुधारक तथा मराठी लेखक श्री कृष्णाजी केलुस्कर भी उपस्थित थे। वे उस समय सिटी हाई स्कूल में सहायक अध्यापक थे तथा बाद में हेडमास्टर भी बने। भीम और केलुस्कर दोनों स्कूल से छुट्टी होते ही नियमपूर्वक पुस्तक पढ़ने के लिए चर्नी रोड गार्डन में निश्चित स्थानों पर जाकर बैठते थे। भीम को नियमपूर्वक पढ़ते देख केलुस्कर बड़े प्रसन्न होते थे। केलुस्कर ने भीम को अच्छी-अच्छी पुस्तकें पढ़ने के लिए देना प्रारम्भ कर दिया। मराठी के प्रकांड विद्वान केलुस्कर गुरुजी ने मराठी भाषा की स्वयं की लिखी अपनी नयी पुस्तक 'बुद्ध चरित्र' की एक कॉपी भीमराव को भेंट की। उन्होंने ही भीमराव को कॉलेज में दाखिला लेकर आगे की पढ़ाई करने हेतु बड़ौदा महाराज श्री सयाजीराव गायकवाड़ से मासिक छात्रवृत्ति भी दिलवा दी। सभा की समाप्ति पर केलुस्कर ने रामजी सूबेदार से पूछा कि वह भीम को आगे पढ़ाएँगे अथवा नहीं? रामजी ने कहा कि वैसे उनकी आर्थिक स्थिति बड़ी ख़राब है, पर वे भीम को उच्च शिक्षा अवश्य दिलाएँगे।

भीम ने अपनी पढ़ाई के लिए कड़ा परिश्रम किया। वह अपना खाना स्कूल में ही खाया करते थे। खाने में कुछ रोटी तथा साग हुआ करता था। अब ऐसी स्थिति आ चुकी थी जब रामजी भीम की आगे की पढ़ाई जारी रखने में असमर्थ महसूस कर रहे थे। पचास रुपये की मासिक पेन्शन बहुत कम थी। उन्हें स्वयं कहीं नौकरी नहीं मिल पाई। आख़िरकार उन्हें आनंदराव की पढ़ाई बन्द करनी पड़ी और उनको जी.आई.पी. के वर्कशाप में नौकरी पर लगवा दिया। आनंदराव की नौकरी से धीरे-धीरे आर्थिक स्थिति में कुछ सुधार हुआ। कुछ दिनों बाद आनंदराव का विवाह कर दिया गया।

❑

अध्याय: 6

वैवाहिक जीवन

पिता रामजी सकपाल को अपने बेटे भीमराव की शादी की चिन्ता होने लगी। वे भीम के लिए योग्य लड़की ढूँढने लगे। सूबेदार जी ने एक लड़की पसंद की और सब बातचीत पक्की हो गई, पर उसी बीच रामजी ने एक और लड़की को देखा था जो पहली लड़की से कई ज़्यादा सुंदर थी। रामजी ने पहली लड़की के पिता को जवाब दे दिया, परन्तु लड़की के पिता ने जाति-पंचायत में सवाल उठाया। रामजी सूबेदार ने अपना अपराध स्वीकार किया और पंचायत ने पाँच रुपये ज़ुर्माना लगाया जो रामजी को भरना पड़ा। फिर उन्होंने डापोली के स्वर्गीय भिकु धुत्रे (वलंगकर) की हीन कन्या रमाबाई को पसन्द किया। उस समय रमाबाई नौ साल की थीं। रमाबाई सुन्दर और शांत स्वभाव की लड़की थीं। रमाबाई की दो बहनें और एक भाई था।

पढ़ाई के दौरान ही 1906 में सौलह साल के भीमराव की स्वर्गीय भिकु (वलंगकर) की नौ साल की पुत्री रमाबाई से शादी हो गई। शादी का स्थान बड़ा विचित्र था। जब दिन का बाजार समाप्त हुआ तब रात को बंबई के वायकुला बाजार के खुले शैड में विवाह के रीति-रिवाज़ प्रारम्भ हुए। दुल्हा-दुल्हन और उनके सगे-सम्बन्धी सभी उपस्थित थे। उनके नीचे गन्दे पानी की नालियाँ बह रही थीं। मार्किट के पत्थरों के प्लेटफार्मों से बेंचों का काम लिया गया। इस प्रकार बाजार ने एक विवाह हॉल के रूप में काम किया। विवाह की रस्में सुबह के उस समय तक चलती रहीं जब तक कि मछिहारी स्त्रियाँ वहाँ अपनी-अपनी मछलियाँ बेचने के लिए नहीं आ पहुँची। दुल्हन के स्वागत के लिए केवल एक ही कमरा था जिसमें परिवार के सभी सदस्य भरे पड़े थे। इस विचित्र वातावरण में भीमराव और रमाबाई का विवाह सम्पन्न हुआ।

शादी के बाद भी भीमराव अपनी पढ़ाई के लक्ष्य के प्रति समर्पित थे, अतः रमाबाई ने परिवार की देखभाल की पूरी जिम्मेदारी सँभाल ली। इससे वृद्ध रामजी को आराम मिला। भीमराव ने भी अपनी आगे की पढ़ाई जारी रखी। अपने पिता की प्रेरणा एवं उत्साह से भीमराव ने एल्फिन्स्टन कॉलेज में प्रवेश ले लिया। किसी अछूत विधार्थी के लिए महाविद्यालय में पढ़ना एक नयी दुनिया का अनुभव था। उन्होंने अपनी पढ़ाई-लिखाई को अच्छी तरह सँभाला, पर अस्वस्थ होने के कारण उन्हें एक साल खोना पड़ा। इधर भीमराव ने इण्टर की परीक्षा पास की, उधर रामजी सूबेदार आर्थिक दृष्टि से बिलकुल लाचार हो गए। अपने पुत्र की सफलता पर वह अत्यधिक प्रसन्न थे। ऐसी स्थिति में श्री केलुस्कर ने उनकी सहायता की। वह भीमराव को लेकर बड़ौदा के शिक्षा प्रेमी महाराजा सयाजीराव गायकवाड़ की सेवा में उपस्थित हुए। महाराजा उस समय बंबई आए हुए थे। उन्होंने एक सभा में यह घोषणा की थी कि वह किसी होनहार परिश्रमी अछूत विद्यार्थी को आर्थिक सहायता प्रदान करेंगे। केलुस्कर ने महाराजा को उस घोषणा की याद दिलाई। उन्होंने भीमराव का वहाँ परिचय दिया। महाराजा ने भीमराव से कुछ सवाल किए जिनका उत्तर भीमराव ने बड़े सुंदर ढंग से दिया। महाराजा भीमराव से बड़े प्रसन्न हुए और भीमराव की बुद्धि एवं व्यक्तित्व को परख कर पच्चीस रुपए मासिक छात्रवृत्ति देना स्वीकार किया।

रामजी चाहते थे कि भीम किसी भी तरह बी.ए. पास कर ले। वह भीम को नौ बजे ही सुला देते थे और स्वयं उसके कमरे के सामने बैठे रहते थे। रामजी दो बजे भीम को जगा देते ताकि वह पढ़ने का अभ्यास करता रहे। भीम को दो बजे से पढ़ना मुश्किल लगता था, लेकिन सूबेदार जी के सामने उनकी एक नहीं चलती थी। वह लेटे-लेटे ही टिमटिमाते दीए की धुँधली रोशनी में कुछ पढ़ते रहने का बहाना करते। पाँच बजे घर के सभी सदस्यों को उठना पड़ता क्यूंकि यह रामजी द्वारा निर्धारित नियम था। रामजी सैनिक अनुशासन से प्रभावित थे और वे घर में भी वैसा ही कड़ा अनुशासन रखना चाहते थे।

समय धीरे-धीरे ऐसे ही निकलता गया और भीमराव की शादी को पूरे 6 वर्ष हो गए थे। दिसंबर 1912 को भीमराव और रमाबाई के घर में एक पुत्र का जन्म हुआ। उन्होंने अपने पुत्र का नाम यशवंतराव रखा। उनके लिए यह बहुत खुशी का दिन था। इसी वर्ष एक और अच्छी बात हुई कि भीमराव ने बंबई विश्वविद्यालय से फारसी और अंग्रेजी में स्नातक की परीक्षा कर ली थी। उनके परिवार वालों को व महार जाति के लोगों को भीमराव पर बहुत गर्व था क्यूंकि भीमराव अम्बेडकर महार जाति के एकमात्र ऐसे युवक थे जिन्होंने उच्च श्रेणी में स्नातक की परीक्षा उत्तीर्ण की थी। रामजी सूबेदार बड़े ही खुश हुए और उन्होंने पाँच रुपए की मिठाई मँगवाकर बाँटी। सारे आस-पड़ोस में खुशी का वातावरण छा गया और सभी को भीमराव से बहुत सी उम्मीदें थीं।

भीमराव को एल्फिन्स्टन कॉलेज में भी अस्पृश्यता का शिकार होना पड़ा था। कॉलेज का होटल वाला, जो एक ब्राह्मण था, भीम को चाय या पानी नहीं देता था। बचपन में जहाँ भीम को स्कूल में पीने का पानी नसीब नहीं होता था वहीं, एल्फिन्स्टन कॉलेज में भी कुछ ऐसा ही वातावरण था। सवर्ण हिन्दू प्रोफेसर एवं विद्यार्थी भीमराव से कतराते थे। उनके प्रति कोई सहानुभूति व प्रेम नहीं था, लेकिन अंग्रेजी के प्रोफेसर म्युल्लर का भीमराव पर सहज स्नेह था। प्रोफेसर म्युल्लर भीमराव को पहनने के लिए कपड़े देते थे और पढ़ने के लिए पुस्तकें।

❑

अध्याय: 7

लेफ्टिनेंट भीमराव अम्बेडकर

भीमराव अम्बेडकर को बचपन से ही पढ़ने-लिखने का शौक था। वह शुरू से ही उच्च शिक्षा प्राप्त करना चाहते थे लेकिन कुछ दिनों बाद भीमराव के घर की आर्थिक स्थिति बिगड़ने लगी। अपने बूढ़े पिता और घर की दयनीय हालात भीमराव से देखी नहीं जा रही थी। इसके बाद भीमराव ने नौकरी करने का फैसला किया। भीमराव के पिता नहीं चाहते थे कि उनका पुत्र नौकरी करे। वह चाहते थे कि भीमराव उच्च शिक्षा प्राप्त करे और किसी बड़े पद पर कार्यरत हो। भीमराव ने अपने पिता से कहा– 'इस स्थिति में बिना नौकरी के आगे पढ़ना संभव नहीं है। आप चिंता न करें, मैं नौकरी करते हुए भी उच्च शिक्षा प्राप्त करके ही रहूँगा।' सूबेदार रामजी को अपने दृढ़ निश्चयी पुत्र पर मन-ही-मन बड़ा गर्व हुआ और उन्होंने भीमराव को नौकरी करने की अनुमति दे दी। भीमराव ने सेना में लेफ्टिनेंट के पद के लिए साक्षात्कार दिया और वह सफल भी हुए। उन्हें बड़ौदा राज्य में कार्यभार दिया गया और उनकी नौकरी पक्की हो गई। भीमराव इस बात से बहुत खुश थे कि जिस राज्य के महाराज की कृपा से वह बी.ए. की परीक्षा में उत्तीर्ण हुए थे, अब उन्हें उसी राज्य की सेवा करने का सुनहरा मौका मिल रहा था।

भीमराव बड़ौदा के लिए निकल गए। बड़ौदा जाकर अम्बेडकर ने अपना कार्यभार सँभाला। वह अपना काम पूरी मेहनत और ईमानदारी से कर रहे थे। बड़ौदा में भीमराव को ग्यारह दिन बाद अपने पिता की गंभीर बीमारी का तार मिला। भीमराव को इस खबर से बहुत दु:ख हुआ। वह अपने पिता को लेकर चिंतित हो उठे और उन्होंने सेना में अपनी छुट्टी की अर्जी डाल दी। भीमराव की छुट्टी की अर्जी सेना ने खारिज कर दी। भीमराव को समझ नहीं आ रहा था कि अब वह क्या करें? एक तरफ़ उनकी

नौकरी थी और दूसरी तरफ़ अपने पिता के प्रति उनकी जिम्मेदारी। अंत में मजबूर होकर उन्होंने नौकरी छोड़ने का फैसला लिया। भीमराव नौकरी त्याग कर अपने वृद्ध पिता की सेवा में हाजिर हो गए। भीमराव ने अपने पिता की रात-दिन ख़ूब सेवा की लेकिन उनकी किस्मत में शायद कुछ और ही लिखा था। कुछ दिनों बाद फरवरी 1913 को भीमराव अम्बेडकर के पिता रामजी मालोजी सकपाल का निधन हो गया। पिता की मौत से भीमराव को बहुत दु:ख हुआ। अब उनके पास न नौकरी थी और न पिता का साया। हालात और ख़राब हो गए।

सूबेदार रामजी मालोजी सकपाल ने अपने होनहार पुत्र में असीम साहस एवं धैर्य का संचार किया। सांसारिक प्रलोभनों से दूर रहने तथा आध्यात्मिकता में डूबने की शक्ति प्रदान की। उन्होंने अपने पीछे एक ऐसे पुत्ररत्न को छोड़ा जो जीवन भर कड़ा संघर्ष करते रहे और जिन्होंने समाज को अपने विचारानुसार मोड़कर, पद-दलित मानवता का उद्धार किया। भारत और पूरी दुनिया के लिए रामजी सूबेदार की अम्बेडकर के रूप में यही सबसे बड़ी देन थी। उनका त्यागी और कर्मठ व्यक्तित्व सबके लिए अनुकरणीय साबित हुआ।

❑

अध्याय: 8

अमेरिका में डॉ. भीमराव अम्बेडकर

अब भीमराव को उच्च शिक्षा प्राप्त करके अपने पिता का सपना पूरा करना था। भीमराव अपने ईसाई मित्र केलुस्कर के कहने पर महाराज गायकवाड़ के पास उच्च शिक्षा के लिए अमेरिका जाने हेतु मदद माँगने गए। उस समय बड़ौदा महाराज कुछ प्रतिभा सम्पन्न छात्रों को उच्च शिक्षा हेतु अमेरिका भेजने की सोच रहे थे। उन्होंने अम्बेडकर को भी अमेरिका जाने वाले तीन छात्रों में चुन लिया। महाराज ने अम्बेडकर से एक अनुबंध करवा लिया कि शिक्षा पूरी होने के बाद उन्हें स्वदेश लौटकर दस साल तक बड़ौदा राज्य की सेवा करनी होगी। भीमराव ने महाराज का यह प्रस्ताव स्वीकार कर लिया। उस वक्त भीमराव की आयु 22 वर्ष की थी। जून 1913 को भीमराव अमेरिका के लिए रवाना हो गए। लगभग एक महीने बाद अम्बेडकर अमेरिका पहुँच गए। वहाँ उन्होंने कोलम्बिया विश्वविद्यालय में प्रवेश ले लिया और अपनी पढ़ाई शुरू कर दी। भीमराव ने अपना पूरा ध्यान पढ़ाई पर ही केन्द्रित रखा।

अमेरिका पहुँच कर भीमराव बहुत खुश थे क्यूंकि कोलम्बिया विश्वविद्यालय में उच्च शिक्षा प्राप्त करने का उन्हें अवसर प्राप्त हुआ था और उनके पिता का भी यह सपना था। अमेरिका में रहते हुए भीमराव ने ऊँच-नीच या भेदभाव जैसी कोई बात नहीं देखी थी। सभी लोग आपस में मिल-जुलकर रहते थे। वे पढ़ने-लिखने के लिए स्वतंत्र थे, कहीं भी घूमने-फिरने के लिए स्वतंत्र थे। भीमराव सबके साथ उठ-बैठ सकते थे, खा-पी सकते थे। वहाँ की जलवायु भी उन्हें काफ़ी रास आई। यहाँ भी भीम ने अपना पूरा ध्यान पढ़ाई पर लगाया। विश्वविद्यालय के सभी लोग उनकी मेहनत और लगन से काफ़ी प्रसन्न थे। 18-18 घंटे कड़ी मेहनत कर उन्होंने अर्थशास्त्र, समाजशास्त्र, इतिहास, दर्शनशास्त्र, मानवशास्त्र और राजनीतिशास्त्र का गहन अध्ययन किया। भीमराव अमेरिका में समानता और स्वतंत्रता का अनुभव कर रहे थे, परन्तु भारत में उनके साथ

ऐसा नहीं था। महार जाति का होने के कारण उन्हें हर जगह बेइज़्ज़त होना पड़ा, लोगों की नफरत झेलनी पड़ी, बातें सुननी पड़ीं। भारत में उन्हें व उनके परिवार वालों को भेदभाव, अछूत, हीन, जातिवाद जैसी समस्याओं का सामना करना पड़ा।

अमेरिका में भीमराव का पढ़ाई के प्रति प्रेम और गहरा होता चला गया। अमेरिका के जिस विश्वविद्यालय में भीमराव अम्बेडकर पढ़ाई कर रहे थे उसी विश्वविद्यालय में एक भारतीय छात्र नवल भटेना भी पढ़ रहे थे। वह भीमराव का पढ़ाई के प्रति इतना प्रेम देखकर बहुत प्रभावित हुए। नवल भटेना ख़ुद भी प्रथम श्रेणी के छात्र थे। उन्होंने अम्बेडकर को अपने कमरे में साथ रहने का प्रस्ताव दिया। अम्बेडकर ने उनका यह प्रस्ताव स्वीकार कर लिया। कुछ ही दिनों में नवल भटेना और अम्बेडकर में अच्छी मित्रता हो गई। अब अम्बेडकर के जीवन में दो सच्चे मित्र थे– पहला, भारत में ईसाई मित्र केलुस्कर और दूसरा, अमेरिका में पारसी मित्र नवल भटेना। इन दोनों मित्रों ने जीवन पर अम्बेडकर का साथ दिया।

सन् 1915 में भीमराव ने कोलम्बिया विश्वविद्यालय से अर्थशास्त्र व समाजशास्त्र की उपाधि प्रथम श्रेणी से उत्तीर्ण कर ली। इसके बाद वह पी.एच.डी. की तैयारी करने लग गए। मई 1916 में डॉ. गोल्डन वेफर ने एक विचार-गोष्ठी आयोजित की। इस गोष्ठी में अम्बेडकर ने अपना लिखा एक निबंध पढ़ा। उस निबंध का नाम था 'कास्ट इन इंडिया' (भारत में जातियाँ)। इस लेख में उन्होंने भारत में मनुष्यों की उत्पत्ति, जातियों का गठन तथा विकास पर प्रकाश डाला। अम्बेडकर भारतीय जातिवाद प्रथा के कट्टर आलोचक थे। यह अम्बेडकर की प्रथम प्रकाशित रचना थी। अम्बेडकर की इस रचना का प्रकाशन सन् 1917 में हुआ। अम्बेडकर ने 'भारत की अर्थव्यवस्था' विषय पर शोध निबंध प्रस्तुत किया। शोध पूरा व सफल होने के लिए कोलम्बिया विश्वविद्यालय ने उन्हें पी.एच.डी. (डॉक्टरेट) की उपाधि प्रदान की। डॉक्टरेट की डिग्री लेने के बाद उनके नाम के साथ डॉक्टर जुड़ गया और उनका नाम डॉ. भीमराव अम्बेडकर हो गया।

❑

अध्याय: 9

लंदन और भारत में डॉ. भीमराव अम्बेडकर

नाम के आगे डॉक्टर लग जाने के बाद भी डॉ. भीमराव अम्बेडकर की पढ़ाई की लगन जरा भी कम नहीं हुई। उन्हें आगे और पढ़ने का मन था। डॉ. भीमराव अम्बेडकर आगे की पढ़ाई के लिए सन् 1916 में लंदन पहुँचे। वहाँ उन्होंने कानून विषय का अध्ययन करने के लिए 'ग्रेजइन' और अर्थशास्त्र के अध्ययन के लिए 'लंदन स्कूल ऑफ इकोनॉमिक्स' में प्रवेश लिया। भीमराव अम्बेडकर ने डी.एस.सी. 'बार एट लॉ' भी प्रथम श्रेणी में उत्तीर्ण की। जहाँ एक तरफ़ भीमराव लंदन में पढ़ाई के लिए संघर्ष कर रहे थे तो इधर भारत में रमाबाई का बुरा हाल था। आर्थिक स्थिति ठीक न होने के कारण वे गोबर के कंडे बनाकर व बेचकर जैसे-तैसे अपना घर चला रही थीं। पैसों की तंगी की वज़ह से वह अपने बच्चों का इलाज तक नहीं करवा पा रही थीं। पैसे और दवाई के अभाव में उनकी दो संतानों की मौत हो गई। उन्होंने फिर भी हार नहीं मानी और वह भीमराव को पत्र लिखकर आगे पढ़ने का हौसला देती रहीं।

लंदन में डॉ. भीमराव अम्बेडकर को बड़ौदा के दीवान का पत्र मिला कि चूँकि उन्हें पी.एच.डी. की डिग्री प्राप्त हो चुकी है, अत: अब उनकी छात्रवृत्ति की अवधि समाप्त हो गई है। छात्रवृत्ति के अभाव में लंदन में रहकर शिक्षा प्राप्त करना भीमराव के लिए संभव नहीं था क्यूंकि उनके घर की आर्थिक स्थिति इतनी अच्छी नहीं थी कि वह अपनी आगे की पढ़ाई जारी रख सकें। इसलिए उन्हें पढ़ाई अधूरी छोड़कर भारत लौटना पड़ा। बंबई पहुँचने पर भीमराव को कोई विशेष खुशी नहीं हुई क्यूंकि मन में उच्च शिक्षा की रुकावट का दर्द था कि वह अपने पिता का सपना पूरा नहीं कर पाए। भीमराव के बंबई लौटने से उनकी पत्नी रमाबाई बहुत खुश थीं। जब उन्हें पता चला कि भीमराव की छात्रवृत्ति बंद कर दी गई है, इसलिए वह बीच में ही पढ़ाई अधूरी

छोड़कर भारत वापस लौटे हैं और अगले दस वर्षों तक बड़ौदा महाराज के राज्य में कार्य करेंगे तो वह बहुत दुःखी हुई।

बड़ौदा के महाराज गायकवाड़ से किए गए अनुबंध के मुताबिक़ डॉ. भीमराव अम्बेडकर वहाँ पहुँच गए। बड़ौदा पहुँचने के बाद स्टेशन से ही भीमराव को अपमान का सामना करना पड़ा। भीमराव अम्बेडकर को सेना सचिव बनाया गया था। वह अछूत जाति के थे इस वज़ह से स्टेशन पर उनका सामान लेने कोई भी नहीं आया था। उन्हें दफ्तर में चपरासी भी फाइल फेंककर देता और पानी नहीं पिलाता था। जब वे मेस में खाना खाने जाते थे, तो कोई उनके साथ टेबल पर बैठकर खाना खाना तो दूर, उनकी तरफ़ देखना भी पसंद नहीं करता था। भीमराव को किराये पर कोई मकान नहीं मिला। शहर के किसी भी होटल में रहने को जगह नहीं मिली। जिस वज़ह से उन्हें मजबूरन अपना नाम बदलकर पारसियों की एक धर्मशाला में शरण लेनी पड़ी। एक दिन धर्मशाला वालों को भी उनकी जाति का पता चल गया तो उन्होंने भीमराव को वहाँ से निकाल दिया। इतनी मुश्किलों के बावजूद भी डॉ. भीमराव अम्बेडकर अपना कार्य पूरी लगन के साथ करते रहे। धीरे-धीरे पूरे बड़ौदा में यह बात फैल गई कि उनका सेना सचिव जाति का महार है। अब प्रजा ने अम्बेडकर के साथ-साथ महाराज को भी कोसना शुरू कर दिया था। हालात बिगड़ते देखकर डॉ. भीमराव अम्बेडकर बड़ौदा के महाराज गायकवाड़ से मिले और उन्हें वहाँ की स्थिति के बारे में अवगत कराया तथा अपना त्याग-पत्र दीवान साहब को सौंप दिया।

इसके बाद डॉ. भीमराव अम्बेडकर बड़ौदा से लौटकर बंबई आ गए। बड़ौदा से लौटकर अम्बेडकर ने अपने मित्र डॉ. केलुस्कर की मदद से बंबई के सरकारी सिडेनहम कॉलेज में अर्थशास्त्र के प्रोफेसर की नौकरी कर ली। यह एक ईसाई कॉलेज था। यहाँ डॉ. भीमराव अम्बेडकर का विदेश में पढ़ना काम आया। जो उन्होंने विदेश में सीखा था वह तरीका उन्होंने यहाँ के छात्रों पर आजमाया। छात्रों को भी भीमराव के पढ़ाने का तरीका पसंद आया और जल्द ही वह कॉलेज में छात्रों के प्रिय अध्यापक बन गए। अन्य जातियों के शिक्षकों द्वारा अछूत होने के कारण उनका अपमान होना फिर भी नहीं रुका। एक दिन भीमराव को प्यास लगी, तो उन्होंने मिट्टी के घड़े से पानी निकाल कर पी लिया। भीमराव को मिट्टी के घड़े से पानी निकाल कर पीते हुए संयोगवश कॉलेज में गुजराती की शिक्षा देने वाले शिक्षक ने देख लिया। यह दृश्य देख वह शिक्षक क्रोधित हो गया और इस पर उसने क्रोधित स्वर में अम्बेडकर को कहा कि– 'उन्हें मिट्टी के घड़े से स्वयं जल नहीं लेना चाहिए था। वह अछूत हैं, यह बात उन्हें नहीं भूलनी चाहिए। अगर प्यास लगी थी तो किसी अन्य से पानी माँग कर पी सकते थे। यह अशुद्ध जल अब हम कैसे पी सकते हैं?' कॉलेज के अन्य शिक्षकों ने भी उस

अध्यापक की बात का समर्थन किया और अम्बेडकर की इस हरकत से वह काफ़ी नाराज हुए। ऐसी विकट परिस्थितियों के बावजूद भी डॉ. भीमराव अम्बेडकर कभी विचलित नहीं हुए और उनका शिक्षा प्रदान करने का काम सुचारु रूप से चलता रहा।

उन्हीं दिनों कोल्हापुर में वहाँ के स्थानीय शासक छत्रपति साहू महाराज अपने राज्य में अछूतों के कल्याण के लिए कार्य कर रहे थे। वे दलितों को शिक्षा प्रदान कर सामाजिक रूप से उन्हें योग्य बनाकर उन पर उच्च जातियों द्वारा हो रहे अत्याचारों को मिटाने की कोशिश कर रहे थे। एक बार उन्होंने दलित वर्गों के लिए सम्मेलन का आयोजन किया। उस दलित वर्ग के सम्मेलन के दौरान अम्बेडकर ने अपने भाषण में अपनी बात रखी। भीमराव अम्बेडकर के भाषण से छत्रपति साहू महाराज काफ़ी प्रभावित हुए। उन्होंने अम्बेडकर के साथ भोजन किया, जिससे पूरे रूढ़िवादी समाज में हलचल मच गई। सन् 1920 में बंबई में डॉ. भीमराव अम्बेडकर और छत्रपति साहू महाराज ने मिलकर साप्ताहिक पत्रिका 'मूकनायक' के प्रकाशन की शुरुआत की। यह प्रकाशन जल्द ही पाठकों में लोकप्रिय हो गया। तब अम्बेडकर ने इसका इस्तेमाल रूढ़िवादी हिन्दू राजनेताओं व जातीय भेदभाव से लड़ने के प्रति किया।

डॉ. भीमराव अम्बेडकर के मन में एक बार फिर अपनी पढ़ाई पूरी करने की इच्छा जागी। लंदन में अपनी अधूरी छूटी वकालत की पढ़ाई फिर से शुरू करने के लिए अम्बेडकर ने कॉलेज में प्रोफेसर के पद से त्याग पत्र दे दिया। अम्बेडकर ने अपने मित्र केलुस्कर के कहने पर पुनः बड़ौदा महाराज से अपनी कानून की अधूरी पढ़ाई पूरी करने के लिए सहायता की प्रार्थना की। बड़ौदा के महाराज ने अम्बेडकर की प्रार्थना को स्वीकार कर लिया और उन्हें पाँच हज़ार रुपये नकद दिए तथा हर महीने छात्रवृत्ति देने के लिए भी राजी हो गए। डॉ. भीमराव अम्बेडकर बड़ौदा के महाराज तथा अपने मित्र नवल भटेना और केलुस्कर के सहयोग एवं अपनी बचत के कारण एक बार फिर से लंदन जाने में सफल हो गए।

भीमराव अपनी अधूरी पढ़ाई पूरी करने के लिए व उच्च शिक्षा ग्रहण करने के लिए एक बार फिर लंदन पहुँच गए। लंदन पहुँचकर उन्होंने 'लंदन स्कूल ऑफ इकोनॉमिक्स' में तथा कानून की पढ़ाई के लिए 'ग्रेजइन' संस्थान में दोबारा प्रवेश लिया। सन् 1923 में उन्होंने अपना शोध 'प्राब्लम्स ऑफ द रुपी' (रुपये की समस्या) को पूरा किया। उन्हें लंदन विश्वविद्यालय द्वारा 'डॉक्टर ऑफ साइंस' की उपाधि से सम्मानित किया गया। कानून की पढ़ाई पूरी करने के बाद अम्बेडकर को ब्रिटिश बार में बैरिस्टर के रूप में प्रवेश मिल गया। अपनी पढ़ाई पूरी करने के बाद भारत वापस लौटते हुए भीमराव तीन महीने जर्मनी में रुके और यहाँ उन्होंने बॉन

विश्वविद्यालय से अर्थशास्त्र की पढ़ाई की। उच्च शिक्षा प्राप्त करके भारत आने के बाद अम्बेडकर ने बंबई हाईकोर्ट में स्वतंत्र वकालत शुरू की। वे कम-से-कम फीस लेकर मुकदमा लड़ते। भीमराव हमेशा ही गरीब और कमज़ोर वर्ग के लोगों के हक के लिए लड़ते थे। यह उनके ज्ञान का परिणाम ही था कि वे जो भी मुकदमा हाथ में लेते उसमें जीत अवश्य प्राप्त करते। अपने कार्यों के चलते जल्द ही उन्होंने शिक्षित वर्ग में अपना प्रमुख स्थान बना लिया था। डॉ. भीमराव अम्बेडकर धीरे-धीरे लोगों के बीच लोकप्रिय होने लगे।

❑

अध्याय: 10

बैरिस्टर अम्बेडकर और उनकी वकालत

दलितों के उद्धार की भावना ने ही डॉ. भीमराव अम्बेडकर को वकालत के पेशे की ओर आकर्षित किया। उस समय वह अत्यन्त धनाभाव में चल रहे थे। यहाँ तक कि वकालत की सनद प्राप्त करने के लिए उनके पास पैसा नहीं था। ऐसी स्थिति में उनके परम मित्र मि. भटेना ही काम आए। मि. भटेना ने उन्हें पैसे दिए जिनसे भीमराव ने अपनी सनद प्राप्त की। एक बैरिस्टर के रूप में उन्होंने जून 1923 में वकालत का काम प्रारम्भ कर दिया। छुआछूत रूपी काँटे, अनुभवहीन वकालत की शुरूआत, अदालतों में अप्रिय वातावरण आदि ने उनके कार्य को बड़ा ही कठिन बना दिया था। इन बातों से वे कभी हताश नहीं होते थे। वे यह जानते थे कि उत्तमता कड़े परिश्रम से ही होती है। बचपन से ही उनका ऐसा अनुभव था और वकालत में उत्तम स्थान प्राप्त करने में वे जुट गए।

डॉ. भीमराव अम्बेडकर ने वकालत की शुरुआत बॉम्बे वॉर की एपिलेट शाखा में की। भीमराव का मार्ग तो चारों ओर से अवरुद्ध था। सवर्ण हिन्दू-न्यायाभिकर्ता डॉ. साहब के साथ किसी प्रकार का काम करने के लिए बिलकुल तैयार नहीं होते थे क्यूंकि उन्हें डर था कि एक अछूत बैरिस्टर के साथ रहने से उनके पास सवर्ण हिन्दुओं का आना-जाना बंद हो जाएगा। अम्बेडकर उसी के काम से सन्तुष्ट रहते थे जो उनके पास स्वत: आता था। वे बाद में बंबई हाई कोर्ट के वकीलों की श्रेणी में आ गए, पर प्रारम्भ में सभी महान् वकीलों के समान उन्हें अनेक प्रकार की कठिनाइयों का सामना करना पड़ा। डॉ. भीमराव अम्बेडकर तो अछूत भी थे, इसलिए उनकी परेशानियों का तो ठिकाना ही नहीं था। भीमराव अम्बेडकर सरकारी नौकरी के पक्ष में नहीं थे क्यूंकि उससे समाज-सुधार के कामों में बड़ी अड़चन पैदा होने की संभावना थी। उन्होंने नागपुर में अक्टूबर 1956 में एक कार्यक्रम में कहा था कि “जब मैं लन्दन से पढ़कर

वापिस आया तब मुझे सरकार ने डिस्ट्रिक्ट जज बनने के लिए आमंत्रित किया, लेकिन इस रस्सी को मैंने अपने गले में इसलिए नहीं बँधवाया कि मेरे सरकारी नौकर हो जाने पर मेरे लोगों की सेवा कौन करेगा? इसी उद्देश्य को ध्यान में रखते हुए, मैं नौकरी के चक्कर में नहीं पड़ा।" केलुस्कर के प्रयासों से भीमराव को फिर से एल्फिन्स्टन कॉलेज में प्रोफेसर की नौकरी मिल रही थी, पर डॉ. अम्बेडकर ने उन्हें सूचित कर दिया कि अब वह ऐसी नौकरी नहीं करना चाहते जिससे उनके समाज-सुधार आन्दोलन में बाधा उत्पन्न हो। परिवार का खर्च तो उन्हें चलाना ही था, इसलिए डॉ. भीमराव अम्बेडकर ने 'बाटली बॉयज अकाउन्टेंसी ट्रेनिंग इंस्टिट्यूट' में अंशकालिक लैक्चरर के पद को जून 1925 को स्वीकार किया और मार्च 1928 तक वे इस पद पर कार्य करते रहे। उनकी वकालत अच्छी तरह नहीं चल रही थी। उनका अधिकांश समय समाज-सुधार के कार्यों में व्यतीत हो रहा था।

डॉ. भीमराव अम्बेडकर ने अछूतोद्धार आन्दोलन की शुरुआत जुलाई 1924 में बंबई में 'बहिष्कृत हितकारिणी सभा' की स्थापना से की थी। इस सभा का रजिस्ट्रेशन हुआ, जिसका कार्य-क्षेत्र सारे बंबई प्रान्त को बनाया गया। इस सभा का अध्यक्ष सी.एच. सीतलवाड़ और एल.एल.डी. को बनाया गया। हितकारिणी सभा की ओर से सर्वप्रथम सोलापुर में छात्रालय की स्थापना की गई और बंबई में वाचनालय तथा महार हॉकी क्लब खोले गए। डॉ. भीमराव अम्बेडकर एक नए पृथक मार्ग की स्थापना क्यूं कर रहे थे? यह एक महत्त्वपूर्ण प्रश्न था। अछूतोद्धार तथा समाज-सुधार से सम्बन्धित उस समय अनेक संस्थाएँ थीं। उन संस्थाओं में डॉ. भीमराव अम्बेडकर की आस्था नहीं थी। उन्होंने कहा कि हिन्दू-परिवार-सुधार तथा हिन्दू-समाज-सुधार में अन्तर है, जिसे सामान्य आदमी नहीं समझ पाता। ये सभी संस्थाएँ हिन्दू-परिवार-सुधार तक सीमित थीं। प्रार्थना-समाज तथा ब्रह्म-समाज के कार्य-कर्ताओं ने मानववादी दृष्टिकोण को लेकर सुधार की आवाज़ उठाई। छत्रपति साहू महाराज तथा सयाजीराव गायकवाड़ और अन्य नेताओं, सुधारकों, बुद्धिजीवियों, महात्माओं, देशभक्तों आदि ने समाज-सुधार तथा दलितोद्धार के प्रशंसनीय प्रयास किए, पर वे बीमारी के जड़ को समझने में असमर्थ रहे। सदियों पुराना रोग जातिवाद एवं छुआछूत, ज्यों का त्यों बना रहा। अछूतों को ब्राह्य रूप से सहायता तो मिली, परन्तु वे अन्यों द्वारा की गई सहायता और आत्म-सहायता में अन्तर नहीं कर पाए। डॉ. अम्बेडकर ने यही नारा बुलन्द किया कि 'आत्म-सहायता सबसे उत्तम सहायता है।'

बहिष्कृत हितकारिणी सभा की स्थापना के साथ आत्म-सहायता तथा आत्म-सम्मान का युग प्रारम्भ हुआ। सभा के पैर अच्छी तरह जमने लगे। दलित वर्गों से संबन्धित हाई स्कूल के छात्रों के लिए सभा ने सोलापुर में एक छात्रावास शुरू किया। छात्रों के कपड़ों, स्टेशनरी तथा निवास-स्थान के खर्च का भार सभा ने उठाया। सोलापुर की

म्यूनिसिपेलिटी ने भी उन्हें चालीस रुपये प्रतिमाह की मदद दी। सभा ने एक मासिक पत्रिका 'सरस्वती विलास' भी चलाई।

डॉ. भीमराव अम्बेडकर की ईमानदारी तथा कर्तव्यनिष्ठा से प्रभावित होकर सब अछूत लोग उनकी ओर आकर्षित हो रहे थे। लन्दन से लौटने के बाद अम्बेडकर ने एक ग्राम सभा का आयोजन भी किया था, पर दलित वर्ग के अधिकतर सदस्यों ने उसमें भाग नहीं लिया। डॉ. अम्बेडकर ने स्वयं अपने को उनसे पृथक नहीं समझा। वे बंबई प्रेसीडेन्सी के निपानी नामक स्थान पर प्रान्तीय दलित वर्ग कान्फ्रेन्स में भाग लेने गए और अपने भाषण द्वारा अछूतों में उत्साह एवं आत्म-सहायता का विचार संचारित किया।

अछूतोद्धार आन्दोलन का संचालन ईमानदारी से नहीं हो रहा था। डॉ. भीमराव अम्बेडकर की इच्छा थी कि दलित लोग स्वयं ही अपने आन्दोलन का संचालन करें। वह चाहते थे कि अछूतों में आत्म-सम्मान की भावना पैदा हो और वे भरोसे के साथ जिएँ। देश के विभिन्न भागों में हो रहे दलित आन्दोलनों तथा घटनाओं का भीमराव बड़े ध्यानपूर्वक अध्ययन कर रहे थे। उन्होंने रामस्वामी नायकर द्वारा प्रारम्भ अछूतों के अधिकारों के लिए सत्याग्रह की प्रशंसा की और अपनी पत्रिकाओं में उसका विवरण प्रकाशित किया। दलितों का ध्यान डॉ. अम्बेडकर के 'आत्म-उत्थान' के नारे की ओर आकर्षित हो रहा था। अप्रैल 1925 में उन्होंने जेजूरी नामक स्थान पर एक ग्रामसभा में भाग लिया और अछूतों से कहा कि वे अपने बसने के लिए बंजर भूमि की माँग करें ताकि वे सम्मानित नागरिकों की तरह जीवन-यापन कर सकें। जहाँ कहीं भी डॉ. अम्बेडकर गए, स्त्री-पुरुष भारी संख्या में उनके दर्शन हेतु इकट्ठे होते थे। निर्धनता से पीड़ित अछूत भाई-बहन फटे-पुराने कपड़ों में ही आया करते थे। बहुत सी स्त्रियों के पास तो तन ढकने के लिए पर्याप्त वस्त्र भी नहीं होते थे। इन असहाय चेहरों को देखकर डॉ. अम्बेडकर को बहुत दुःख होता था। ऐसी अवस्था देख अम्बेडकर उनसे कहते, "अरे तुम कितनी दुर्दशा में हो। तुम्हारे असहाय चेहरे देखकर और तुम्हारे दीनता भरे शब्द सुनकर मेरा हृदय रोता है। तुम अपने ऐसे दीन-हीन जीवन से दुनिया के दुःख-दर्द क्यूं बढ़ाते हो? तुम अपनी माँ के गर्भ में ही क्यूं न मर गए? अब भी मर जाओ तो तुम संसार पर बड़ा उपकार करोगे। यदि तुम्हें जीवित रहना है, तो जिन्दादिल बनकर जियो। इस देश के अन्य नागरिकों को मिलता है, वैसा अन्न, वस्त्र और मकान तुम्हें भी हासिल हो। यह तुम्हारा जन्म-सिद्ध अधिकार है और इस अधिकार को प्राप्त करने के लिए तुम्हें ही आगे आना होगा। बड़ी मेहनत तथा दृढ़ता के साथ संघर्ष करना होगा।"

शुरुआत में डॉ. भीमराव अम्बेडकर की वकालत बहुत ही ठण्डी रही। अन्य साथी वकीलों ने उनका स्वागत नहीं किया बल्कि उनका विरोध किया। उनके विरुद्ध ऐसा

वातावरण पैदा कर दिया कि कोई वकील उनके पास नहीं आता था। यहाँ तक कि कोर्ट में बैठने के लिए उन्हें कुर्सी भी नहीं मिलती थी। मि. जिनवाला की सहायता से कोर्ट में बैठने के लिए उन्हें मुश्किल से एक स्थान मिला। वकालत के प्रारंभिक दिनों में अम्बेडकर ने बड़े बुरे दिन देखे। एक ओर कभी-कभी तो उनको पानी पीकर ही रहना पड़ता और दूसरी ओर उनका सारा परिवार परेशान रहता था। उनके बच्चों को कुछ भी नहीं मिल पाता था। उनकी पत्नी रमाबाई में बड़ा स्वाभिमान था। दिन काटने के लिए वह भी संतोष से रहती थीं। अपने पड़ोसियों से उधार माँगना उन्हें पसन्द नहीं था। फिर भी एक दिन उन्हें अपने पड़ोसी से कुछ पैसे उधार लेने पड़े। डॉ. अम्बेडकर कोर्ट जाते और खाली हाथ लौट आते थे। वकालत से उनकी कोई कमाई नहीं हो पा रही थी।

व्यापक जन-सम्पर्क तथा सभाएँ करने के फलस्वरूप, डॉ. अम्बेडकर की वकालत के अच्छे दिन आने लगे। इसी बीच उनके पास एक महत्त्वपूर्ण मुकदमा आया जिसने उनकी वकालत को और भी चमका दिया। पूना के कुछ ब्राह्मणों ने तीन गैर-ब्राह्मण नेताओं पर मुकदमा दायर कर दिया कि उन्होंने एक पर्चा प्रकाशित करवा कर, जिसमें लिखा है कि ब्राह्मणों ने भारत को तबाह कर दिया, ब्राह्मण समाज का अपमान किया है। ब्राह्मणों की ओर से पूना के प्रसिद्ध वकील भीपतकर थे। जब वह मुकदमा सेशन जज के सामने आया तब डॉ. भीमराव अम्बेडकर ने बड़ी योग्यता-पूर्वक ढंग से अभियुक्तों की वकालत की और अक्टूबर 1926 में वे उस मुकदमे में विजयी हुए। व्यक्तिक और सामाजिक दृष्टि से इस विजय का महत्त्व बड़ा व्यापक था, न केवल डॉ. अम्बेडकर के लिए बल्कि सम्पूर्ण दलित वर्गों के लिए। एक बैरिस्टर के रूप में अब अम्बेडकर धीरे-धीरे चमक रहे थे। वे बंबई हाई कोर्ट की पिछली कतार से प्रथम कतार में आने का प्रयास कर रहे थे।

डॉ. भीमराव अम्बेडकर के पास ज़्यादातर ऐसे ही मुकदमे आते जिनमें जीतने की कोई गुन्जाइश नहीं होती थी और होती भी थी तो बहुत कम, परन्तु बैरिस्टर अम्बेडकर अपनी योग्यता एवं ठोस तर्कों से उन्हें जीत लिया करते थे। जब उन्होंने प्रथम मुकदमा जीता तो उनकी श्रमिक बस्ती में बड़ी खुशियाँ मनाई गईं और बंबई के कोने-कोने में उनका नाम फैल गया। डॉ. भीमराव अम्बेडकर अब भी उसी चाल में रहते थे जहाँ वह अपने माँ-बाप के समय से रह रहे थे। यहाँ उन्हें आधुनिक सुविधाएँ प्राप्त नहीं थीं। अधिकांशतः वहाँ मज़दूर लोग रहते थे जिनके पास जीवन निर्वाह के साधन बहुत कम थे। पास की ही एक इमारत में, जो बंबई सोशल सर्विस लीग की थी, उसमें भीमराव का एक छोटे से कमरे में ऑफिस था। बड़े-बड़े लोग उनसे मिलने वहाँ आया करते थे। सूचना देकर जब कोई बड़ा आदमी वहाँ आता था तब वे अधिकतर अपने निवास-स्थान पर पूर्ण वस्त्र पहने मिला करते थे। अपने कमरे के दालान में वे उन सभी से मिला करते, जो उनसे मिलने आते थे। मेहमानों को सादा बेंचों पर ही बैठना पड़ता था। एक दिन

महाराजा कोल्हापुर यूँ ही अचानक उनके निवास-स्थान पर आ टपके। भीमराव सिटपिटाते हुए अपने कमरे में दौड़े और ड्रेस पहनकर आए, तब महाराजा का स्वागत किया और उन्हें अपने अध्ययन कक्ष में बैठाया। उनके कमरे मे सफ़ाई एवं सादगी रहती थी।

एक दिन म्युनिसिपल ऑफिसर ने अनिवार्य प्राइमरी शिक्षा स्कीम के उद्घाटन के लिए एक सभा बुलाई जो अम्बेडकर के ऑफिस के सामने हुई। मुस्लिम नेता मौलाना शोकत अली भी वहाँ आये हुए थे जो भीमराव से भी मिले। अली साहब मोटे थे, भीमराव ने हँसते हुए उनसे कहा कि वे अपने विशाल शरीर को सभा समाप्त होने तक एकत्र भीड़ में सँभालकर रखें अन्यथा कहीं किसी से टकराव न हो जाए। बैरिस्टर होने के साथ-साथ डॉ. भीमराव अम्बेडकर अन्य दूसरे काम भी करते रहते थे। कुछ ऐसे अवसर भी आए जब वे शिक्षा के क्षेत्र में फिर से जा सकते थे अथवा विधान परिषद् या बंबई म्यूनिसिपल कॉर्पोरेशन के सदस्य मनोनीत हो सकते थे। समय उनके पक्ष में नहीं था और आशा-निराशा के दिन तो चल ही रहे थे। असहायता की भावना ने उनके हृदय पर आंशिक रूप से छाया डाल रखी थी। वे घंटों तक बेंच पर बैठे, नंगे शरीर एक लंगोटी पहने, बिना हिले-डुले विचारों में डूब जाते थे। वे नई रोशनी की तलाश में लीन रहते थे। नीले आसमान की ओर घंटों ताकते रहते और फिर दो बेंचों को मिलाकर उन पर ही सो जाते थे। फिर भी वे कभी परेशान नहीं होते थे। एक योगी की भाँति वे अपना समय चिंतन, तपस्या एवं साधना में व्यतीत करते थे। भीमराव ने अपने जीवन में कई मुसीबत एवं निराशा के क्षणों का सामना किया। दु:ख से पीड़ित, नंगे-भूखे लोग उनके पास मुकदमों के संबन्ध में आया करते थे। वे उनकी बातों को शान्तिपूर्वक सुनते और उनकी कठिनाइयों का निवारण करते थे। वे स्वयं भी उनकी दयनीय स्थिति को देखकर पिघल जाया करते थे।

डॉ. भीमराव अम्बेडकर सही बात कहने में किसी से नहीं हिचकिचा थे। वे अपने दलित लोगों को भी डाँटते व समझाते रहते थे ताकि वह लोग मांस-मदिरा त्याग दें, बच्चों को पढ़ाएँ और सफ़ाई से रहें। डॉ. भीमराव अम्बेडकर का नाम और काम दोनों ही समाज एवं राजकीय क्षेत्रों में ख्याति प्राप्त करते जा रहे थे। आर्थिक दृष्टि से भीमराव की स्थिति अच्छी नहीं बन पाई थी। धनाभाव की स्थिति में भी वे प्रगति की दिशा में निरन्तर बढ़ते गए और यहीं से उनकी अपने दलित समाज के लोगों के हित के लिए लड़ाई शुरू हुई। इस लड़ाई का मुकाबला उन्होंने अपनी बल-बुद्धि, धीरज एवं धर्म के साथ किया। यह उनके लिए एक और भारी चुनौतियों का एक दौर था।

❑

अध्यायः 11

डॉ. भीमराव अम्बेडकर और उनका व्यक्तित्व

डॉ. भीमराव अम्बेडकर ने एक व्यक्ति के रूप में समाज में फैले अन्याय और दमन, जाति एवं छुआछूत, शोषण तथा अधर्म से डटकर मुकाबला किया। वह कभी भी थककर या हार मानकर नहीं बैठे बल्कि उन्होंने हर समस्या को अपने तरीके से हल किया। डॉ. भीमराव अम्बेडकर ने अपने आत्म-विश्वास एवं आत्म-शक्ति को, ज्ञान तथा कर्म को, समाज परिवर्तन के साथ जोड़ा। यही उनके व्यक्तित्व का सबसे महत्त्वपूर्ण पक्ष था। डॉ. साहब जैसे असाधारण व्यक्ति ने जिस प्रकार जीवन की विषम परिस्थितियों से जूझकर अपने व्यक्तित्व का निर्माण किया, उसके स्पष्ट संकेत उनकी बाह्याकृति से प्रकट होते हैं। भीमराव जितना बाह्य रूप से गंभीर एवं कठोर प्रतीत होते थे उतना ही वह अन्तरमन से कोमल एवं सरस थे। उनके साथ रहने वाला ऐसा कोई व्यक्ति नहीं होगा जिसने उनकी डाँट-डपटें और फटकारें न सुनी हों, लेकिन उनकी उस डाँट से भी उन लोगों को सीख मिलती।

डॉ. भीमराव अम्बेडकर का शरीर गोल और गठीला था तथा उनकी लम्बाई पाँच फुट नौ इन्च थी। उनका शानदार ललाट, उनकी महान् महत्त्वाकांक्षा का प्रतिरूप था जो प्रत्येक महत्ता प्राप्त व्यक्ति में पाई जाती है। डॉ. भीमराव बाह्य रूप से कठोर लगते थे, पर जब वे प्रसन्न हुआ करते थे तब उनका चेहरा किसी लाइट हाउस के समान चमकता था। थोड़ी सी उत्तेजना पर वे आक्रोश में फूट पड़ते थे। उनकी मेज पर सभी पुस्तकें व्यवस्थित ढंग में होती थीं। वह पुस्तकें अगर ज़रा-सी भी इधर-उधर होतीं तो वे गुस्सा करने लगते और जोर-जोर से चिल्लाते, 'कहाँ हैं वे कागज, किताबें? किसने उन्हें हटाया है?' उनकी पत्नी व नौकर भयभीत हो जाते थे। पुस्तक मिलने के बाद जब उनके सामने रखी जाती तो वे बोल उठते, 'ओह, यह है वह। यह कहाँ थी?' थोड़ी ही देर में उनका गुस्सा ठण्डा हो जाता था और फिर वह शान्तिपूर्वक अपने काम में लग जाते।

डॉ. भीमराव अम्बेडकर के बारे में कुछ लोगों का कहना था कि वह अहंकारी एवं कम बोलने वाले व्यक्ति थे। वे आने वाले मेहमानों की बातें और दु:खभरी कहानियाँ बड़े ही ध्यान से और शान्तिपूर्वक सुनते। उनका हृदय ऐसा कोमल था कि वे करुणामय स्थिति में पहुँच जाते और संवेदना प्रकट करते। वे दीन-दु:खी लोगों के कल्याण के लिए पूरी तरह से तैयार रहते थे। वे वास्तव में उन सभी लोगों के कल्याण मित्र थे जो पीड़ित एवं शोषित थे। उनके विरोधियों ने उनके साथ कभी उदारता नहीं दिखाई। डॉ. अम्बेडकर भी उनके प्रति उदारता का प्रदर्शन नहीं करते थे। वे प्रत्येक व्यक्ति के साथ उसकी स्थिति देखकर ही व्यवहार करते थे। ऐसा माना जाता है कि अम्बेडकर स्वभाव से जिद्दी भी थे। बचपन से ही उनका ऐसा स्वभाव बन गया था कि जिस बात को वह ठान लेते थे, उसे करके छोड़ते थे। भले ही उस काम में कितनी ही कठिनाइयों का सामना क्यूं न करना पड़े। बचपन में एक बार तो वे अपने बड़े भाई आनंदराव से मूसलाधार बारिश में स्कूल जाने की जिद कर बैठे। मूसलाधार वर्षा में यदि उन्होंने स्कूल जाने की ठान ली तो पढ़ने चले जाया करते थे। किसी ग़लत बात के लिए जिद करना उनकी आदत नहीं थी। न्याय और मानवीय अधिकारों की माँग पर डटे रहना उनकी जिद रहती थी। उन्होंने अछूतों के कल्याण की जिद ठान ली और उन्हें उनका अधिकार दिलवाया। उनकी जिद व्यक्तिक लाभ के लिए नहीं बल्कि सामाजिक एवं मानवीय उत्थान के लिए होती थी। जिद्दीपन तथा लचीलेपन का संबन्धित रूप उनके व्यक्तित्व की महत्त्वपूर्ण विशेषता थी। राजनीति में उनकी सफलता का यही राज था। उनके व्यक्तित्व के बदलते रूप सदैव ही दलितों के सामाजिक, आर्थिक, राजनीतिक तथा शैक्षणिक उत्थान की दिशा में पाए जाते थे।

डॉ. भीमराव अम्बेडकर के शुरुआती जीवन का रहन-सहन बहुत ही सरल था। वे धनाभाव के कारण अत्यन्त साधारण स्तर के व्यक्ति रहे। उनका बचपन आर्थिक कठिनाइयों में बीता और किशोर अवस्था में भी उनको कोई विशेष सुविधाएँ प्राप्त नहीं हुई। अपने विवाह तक उन्होंने चाल के एक कमरे में अपने जीवन का निर्वाह किया। उसी कमरे में घर-परिवार का सामान, बकरी तथा अन्य सदस्य रहते थे। कमरे में जगह न होने की वज़ह से वे ज़मीन पर ही एक रजाई पर सोया करते थे। मिट्टी के तेल की टिमटिमाती लैम्प की रोशनी में ही पढ़ा करते थे। बाद में जब दो कमरे वाला घर उनके पिताजी ने किराए पर लिया, तब एक कमरे में घर-परिवार का सामान और दूसरे कमरे में डॉ. अम्बेडकर का अध्ययन कक्ष बनाया गया ताकि वे घर की भीड़-भाड़ से अलग रहकर अध्ययन कर सकें। जब अम्बेडकर बैरिस्टर बने और वकालत करने लगे तब भी वे परिवार सहित उसमें गुजारा करते थे। जिस चाल में वे रहते थे, वह किसी

विद्वान बैरिस्टर के रहने लायक निवास-स्थान नहीं था। वह तो कुलियों, मज़दूरों आदि श्रमजीवियों के रहने योग्य जगह थी, लेकिन अम्बेडकर ने वहीं रहने में अपनी प्रतिष्ठा समझी। उस जगह रहने में वे प्रसन्न थे क्यूंकि वहाँ हज़ारों श्रमजीवी मिल-मज़दूरों से उनकी मुलाकात होती थी और वह उनकी आर्थिक एवं सामाजिक स्थिति से अवगत होते रहते थे। वहाँ हज़ारों मज़दूरों से उनका परिचय होता गया और बाद में वे उनके मज़दूर नेता भी बने।

जब डॉ. भीमराव अम्बेडकर विदेश में पढ़ने गए तो वहाँ भी उनका रहन-सहन साधारण था। उन्हें वहाँ साफ़-सुथरा तथा अच्छी तरह रहने का शौक हो गया था। अमेरिका में खर्चीले स्थान में न रहकर अम्बेडकर को साधारण विद्यार्थियों के साथ रहना अधिक पसन्द था क्यूंकि खर्च कम पड़ता था। लन्दन में भी वे एक महिला के यहाँ अपने भारतीय साथी के साथ एक ही कमरे में रहा करते थे ताकि खर्चा अधिक न पड़े। इस प्रकार विद्यार्थी जीवन में उनका रहन-सहन बड़ा ही सादा था। धनाभाव के होते हुए भी वह विचारों के धनी थे। कालान्तर में, डॉ. अम्बेडकर ने धनार्जन किया और सन् 1935-36 के बीच बंबई (मुंबई) की दादर कॉलोनी में एक विशाल भवन का निर्माण करवाया जिसका नाम उन्होंने 'राजगृह' रखा। अपने भवन का निर्माण करके उन्होंने अपनी योग्यता का प्रमाण प्रस्तुत कर दिया जो उनके पूर्वज नहीं कर सके थे। यह भवन उन्होंने अपने खून-पसीने की कमाई तथा परिश्रम और अपनी धर्मपत्नी के सहयोग से बनाकर दिखाया था। उन्होंने अपनी संतान तथा भावी पीढ़ी के लिए मार्ग प्रशस्त कर दिया ताकि वे यह कह सकें कि वे धनी एवं सुशिक्षित माता-पिता की संतान हैं। अम्बेडकर ने स्वयं ही कितनी कठिनाइयों का सामना किया हो, पर उन्हें अपनी संतान की सुख-सुविधा का पूरा-पूरा ध्यान था।

डॉ. भीमराव अम्बेडकर ने अपने राजगृह का निर्माण अपने तरीके से करवाया था। वे एक अच्छे प्रोफेसर, बैरिस्टर और नेता के साथ-साथ एक अच्छे इंजीनियर भी साबित हुए। प्रत्येक सुख-सुविधा की दृष्टि से भवन का निर्माण किया गया। अम्बेडकर ने अपने भवन को एक बहुत बड़ी होम-लाइब्रेरी के रूप में विकसित किया। जब उनके भारतीय तथा यूरोपियन विद्वान मित्र उस ग्रन्थागार का अवलोकन करते थे, तब वे आश्चर्य चकित हो जाते थे। यहाँ तक कि एक बार पंडित मदनमोहन मालवीय ने भीमराव के ग्रन्थ-संग्रह के लिए दो लाख रुपयों का प्रलोभन दिया और उसे ख़रीदना चाहा, पर डॉ. भीमराव अम्बेडकर ने किसी भी मूल्य पर अपने ग्रन्थ-संग्रह को बेचने से इन्कार कर दिया। डॉ. अम्बेडकर के राजगृह को देखकर सभी लोग अभिभूत हो जाते थे।

भवन निर्माण में डॉ. भीमराव अम्बेडकर की बड़ी रुचि थी। भवन निर्माण के संबंध में उन्होंने कई पुस्तकों को ख़रीदा और अध्ययन भी किया ताकि आधुनिक ढंग से भवन में विभिन्न प्रकार की डिजाइनों का प्रदर्शन संभव बनाया जा सके। राजगृह में उनका रहन-सहन पहले से कई अच्छा था। चाल से वे सारे परिवार को अपने भवन में ही ले आए थे। जब वे वायसरॉय की कार्यकारिणी में लेबर मेंबर बनाए गए तब वे सन् 1942 में नई दिल्ली आए और उसे ही अपना निवास-स्थान बनाया। दिल्ली में उन्हें ऐसा सरकारी निवास-स्थान मिला जिसमें ढेर सारे कमरे तथा खुला हरा-भरा मैदान था। वे चाहते थे कि उनका निवास-स्थान हरियाली से घिरा हो। कभी-कभी वे सारे बगीचे का निरीक्षण किया करते थे क्यूंकि उन्हें हरियाली देखकर आत्म-तृप्ति होती थी। यह भवन भी एक ग्रन्थागार बनाया गया था। उसके प्रत्येक कमरे में पुस्तकों का ढेर लगा रहता था। एक कमरे में अम्बेडकर शासन आदि किया करते थे। उनकी मेजों पर अलग-अलग पुस्तकों के लिखने के कार्य चलते रहते थे। उनका यह पढ़ना-लिखना निरन्तर चलता रहता था।

डॉ. भीमराव अम्बेडकर के प्रारम्भिक जीवन के रहन-सहन और बाद के जीवन के रहन-सहन में काफ़ी बदलाव हो गया था। प्रारम्भ में धनाभाव के कारण वे अत्यन्त साधारण स्तर के व्यक्ति रहे, परन्तु नई दिल्ली के जीवन के रहन-सहन में ऐसा नहीं था। दिल्ली ही उनका स्थाई निवास-स्थान हो गया था। यह तो सभी जानते थे कि वे अछूत हैं। कुछ लोग जब किसी कारण उनसे मिलने आते तो सोचा करते थे कि वे अछूत हैं, साधारण तरीके से रहते होंगे, पर आकर जब उनके जीवन स्तर को देखते तो चकित रह जाते। भव्य भवनों में रहने के बावजूद भी अम्बेडकर सदैव अपने आपको गरीबों के साथ जोड़ते रहे और उनके जीवन का उद्देश्य दलितों का उत्थान करना था। सामाजिक एवं राजनीतिक क्षेत्र में अनेक व्यक्तियों तथा पत्रिकाओं की प्रशंसा एवं कटु आलोचना का पात्र होते हुए भी डॉ. अम्बेडकर के व्यवहार में किसी प्रकार का असन्तोष नहीं मिलता था। देश के महान् नेताओं से उनका सीधा संघर्ष था, पर आरोप करने वाले व्यक्तियों को वे बड़ी सतर्कता, सावधानी एवं आत्म-विश्वास के साथ उत्तर देते थे। कदम-कदम पर उनके विचारों की तीखी आलोचनाएँ हुई, पर उन्होंने अपने सिद्धान्तों को कभी नहीं छोड़ा।

अम्बेडकर का व्यक्तित्व आत्म-प्रशंसा से दूर था। यह कहना अतिशयोक्ति न होगा कि वे अपनी कृतियों में जैसे असाधारण, तीखे आलोचक एवं कठोर समीक्षक व्यक्ति प्रतीत होते हैं वैसे व्यवहार में नहीं थे। उनमें असीम शक्ति थी और समय का सदुपयोग करना उनकी आदत थी। उनमें भगवान् बुद्ध के समान व्यापक दृष्टि मौजूद थी। व्यवहार में अभद्रता का आरोप आज तक उनके ऊपर किसी ने नहीं

लगाया था। कहा जाता है कि कोई व्यक्ति जितना ऊँचा उठता है, वह उतना ही अन्य लोगों से अलग होता जाता है। भीमराव के बारे में यह कथन लागू नहीं होता क्यूंकि जब वे अपनी आराम मुद्रा में होते थे तब वे निरन्तर बातचीत करते रहते थे। उनकी बातचीतों से आने वाले मेहमानों का मनोरंजन होता था और तर्क भी सुनने को मिलते थे। तहमद और कमीज पहने बैठे हुए डॉ. अम्बेडकर हँसी का आनन्द लेते थे। हँसी-मजाक द्वारा आनन्द के अतिरिक्त उनकी देहाती मजाकों और कहावतों में बड़ी रुचि थी। डॉ. अम्बेडकर का विनोद या मजाक बड़ा ही गर्भभेदी हुआ करता था। उनकी बातों में तीखापन भी हुआ करता था।

डॉ. भीमराव अम्बेडकर हृदय से कोमल स्वभाव के व्यक्ति थे और उनमें भावनाओं का संगम था। एक बार वे पिक्चर देखने गए और उसकी दर्दनाक कहानी ने उनके कोमल मन को पिघला दिया, तो वह पिक्चर को बीच में ही छोड़कर चले आए थे। जब उनका पालतू कुत्ता बीमार पड़ गया, तब वे उसके स्वास्थ्य के बारे में बार-बार पूछते और स्वयं दिन में दो बार अस्पताल में उसे देखने जाया करते थे। जब उन्हें यह समाचार मिला कि उनका कुत्ता मर गया है, तब वे अपनी कुर्सी पर दु:ख से पीड़ित चुपचाप बैठे रहे। एक बार रात के दो बजे एक गरीब महिला ने उनके दरवाज़े को खटखटाया और कहा कि वह अपने पति को लिए बारह घंटों से अस्पताल में भर्ती कराने का प्रयास कर रही है, लेकिन कोई डॉक्टर सुनता ही नहीं। तब अम्बेडकर ने अपनी कार में उसे बैठाया, अस्पताल गए और उसके पति को वहाँ भर्ती करवाया। डॉ. भीमराव अम्बेडकर गरीब लोगों को नि:शुल्क राय दिया करते और निर्धनों की हमेशा मदद किया करते थे।

डॉ. अम्बेडकर के व्यक्तित्व में संवेदना देखने को मिलती थी। जब उनके सबसे छोटे पुत्र की मृत्यु हुई तो उन्हें बड़ा दु:ख हुआ। वे इतने भावुक हो गए कि मृत बालक को छोड़ना नहीं चाहते थे। कई दिनों तक वे उस कमरे के अन्दर नहीं गए जहाँ उनके पुत्र ने अन्तिम साँस ली थी। जब उनकी धर्मपत्नी रमाबाई का निधन हुआ, तब तो उन्हें लगा कि जीवन में कुछ नहीं रखा है। लगभग दस हज़ार लोग उनकी अंतिम यात्रा में शामिल हुए थे। गम्भीर मुद्रा, दु:खी भावना में भारी मन के साथ अम्बेडकर भी लोगों के बीच चल रहे थे। श्मशान से लौटने के बाद वे अपने कमरे में कई दिनों तक बंद रहे और दु:ख से पीड़ित होते रहे। लगभग एक सप्ताह तक वे एक बच्चे के समान रोते रहे। डॉ. साहब ने साधु जैसे वस्त्र भी पहन लिए ताकि सांसारिक भोग विलासों से विरक्ति संभव को सके। उन्होंने अपने सिर को भी मुँड़ा लिया। उनका गंभीर चेहरा, बड़ी-बड़ी आँखें, शान्त वातावरण और केसरी वस्त्र यह संकेत करते थे कि मानो डॉ. अम्बेडकर वात्सव में जगत्-नकारात्मक प्रवृत्ति में खो गए हों।

डॉ. भीमराव अम्बेडकर के अनुयायियों की उनमें अटूट आस्था थी। जब उन्होंने अपने भक्तों से कहा कि वे देवी-देवताओं की पूजा-पाठ का परित्याग करें तो सबने उनकी आज्ञा का पालन करना शुरू कर दिया, लेकिन उन्हें ईश्वर आदि का भय परेशान करने लगा। बहुत से स्त्री-पुरुष फिर से देवी-देवताओं की पूजा में लग गए। एक वृद्ध भक्त डॉ. अम्बेडकर के पास गया और प्रार्थना की कि वह उसे गणपति की पूजा करने की केवल एक बार अनुमति दे दें ताकि वह अपनी प्रतिज्ञा पूरी कर सके जिसे उसने बहुत पहले किया था। भीमराव उस वृद्ध की मुख मुद्रा देखकर हँसे और भारी आवाज़ में बोले, "तुम्हें किसने बतलाया कि मैं ईश्वर में विश्वास नहीं करता? जाओ, तुन्हें जैसा अच्छा लगे वैसा ही करो।" वह वृद्ध बहुत खुश हुआ और उसने अपनी प्रतिज्ञा पूरी की।

डॉ. भीमराव अम्बेडकर की जीवनचर्या का अनिवार्य अंग पुस्तकों का अध्ययन था। पुस्तकें उनकी दृष्टि में शिक्षा एवं आत्म-विकास का उत्कृष्ट साधन थीं। वे मनोरंजन एवं आनन्द का सबसे बढ़िया माध्यम थीं। उन्होंने पुस्तकों का अध्ययन मात्र मनोरंजन के लिए नहीं किया था। उन्होंने कहा– "जो पुस्तक मुझे शिक्षा देती है, वही मेरा मनोरंजन है।" पुस्तकों के बीच व्यस्तता ने डॉ. भीमराव अम्बेडकर को जीवन का परमानन्द और गम्भीर अकेलापन प्रदान किया। उनका पढ़ना सुबह से प्रारम्भ होता और दोपहर, शाम, रात तक चलता रहता था। वे पढ़ाई में ऐसे डूब जाते कि पढ़ते-पढ़ते सुबह के सूर्य की रोशनी चमकने लगती थी। पीटर नाम का कुत्ता सुबह होते ही उनके कमरे में आता। वह उनके पैर चूमता और तब डॉ. साहब को पता लगता कि सुबह हो गई है। उनकी इच्छा होती थी कि घण्टियों की आवाज़, गाड़ियों की गड़गड़ाहट, हथोड़े के धमाके और कारों की सनसनाहट से वे कहीं दूर चले जाएँ। ज्ञान के अथाह सागर में डूबकर, ज्ञानार्जन करें। उनकी इच्छा थी कि कहीं दूर जंगलों में एक पुस्तकालय रूपी कुटिया बनाकर सर्वोत्तम ग्रन्थों का अध्ययन किया जाए।

वायसरॉय की कार्यकारिणी के श्रम-मंत्री होने के पूर्व, डॉ. भीमराव अम्बेडकर का जीवन अधिक नियमित नहीं था। उन दिनों वे सुबह तड़के उठा करते थे अथवा सारी रात पढ़ने के पश्चात् चार बजे सो जाते और फिर सुबह उठ जाते। सुबह थोड़ा-सा व्यायाम करना उनकी आदत थी। फिर वे स्नान करते और नाश्ता लेते। अखबार पढ़ने के बाद वे खाना खाते और फिर जल्दी-जल्दी सुबह डाक से आने वाली पुस्तकों पर नजर डालते, उसके कुछ पन्ने उलट-पलटते और अपनी कार में बैठकर कोर्ट चले जाते थे। जब कभी अदालत में मुकदमा होता था तो वे दोपहर का भोजन किसी होटल में किया करते थे। अदालत का काम करने के पश्चात् वे बुक-स्टॉलों की देखभाल करते और ख़रीदकर नई पुस्तकों का ढेर घर ले जाते थे। रास्ते में वे अपने किसी मित्र के

पास चले जाते थे जहाँ से उन्हें कोई पुस्तक लेनी होती थी। रात्रि के भोजन के साथ वे पुस्तक भी देखते रहते थे और फिर वहीं निरन्तर अध्ययन चलता रहता था।

डॉ. भीमराव अम्बेडकर जब किसी महत्त्वपूर्ण पुस्तक के अध्ययन में लीन होते या किसी पर क्रोध दिखा रहे होते थे, तो वे मिलने वालों को समय बड़ी मुश्किल से देते थे। वे उनपर एक नजर डालते और फिर अध्ययन में खो जाते। कभी-कभी कोई मिलने वाला काफ़ी देर तक इंतज़ार करता और गहरे अध्ययन में डूबे हुए अम्बेडकर को देख वह उनसे मिले बिना ही वापस चला जाता। रात्रि में सोने से पहले भीमराव एक गिलास दूध पिया करते थे, जो उन्हें बहुत पसन्द था। डॉ. अम्बेडकर के व्यक्तित्व में संयम, परिश्रम एवं कार्यक्षमता दिनोदिन बढ़ती चली गई और वह उनकी दिनचर्या का अंग बन गई। कानून मंत्री पद से त्यागपत्र देने के बाद वे किसी कार्यालय में नहीं जाते थे। वे घर पर ही अपना सारा काम-काज स्वयं करते थे। उन्होंने कभी कोई स्टेनो नहीं रखा और वे स्वयं लिखते थे। उन्हें लिखने में आनन्द आता था और लेखक के रूप में उन्होंने 'स्व' की अनुभूति को मंगलमय माना, भले ही अनेकों अभाव विद्यमान क्यूं न हों। नेत्र-रोग ने उनके पढ़ने-लिखने के कार्य में रुकावट डालने की कोशिश की, पर वे ऐसे महान् योद्धा निकले कि उस रोग पर उन्होंने विजय प्राप्त कर ली और जीवन के अंतिम क्षणों तक पढ़ने-लिखने की साधना में निरन्तर लीन रहे।

'महापुरुष कहीं भी हो, कैसा भी हो, वह किसी भी स्थिति में हो, वह कभी भी अपनी ज्ञान-कर्म भक्ति से विमुख होकर विश्राम में समय नष्ट नहीं करता। उसका जीवन निरन्तर साधना के मार्ग पर गतिशील रहता है और अपने प्रकाश से जन-समुदाय का मार्ग-दर्शन करता है। भीमराव का जीवन ऐसा ही एक उदाहरण प्रस्तुत करता है।'

डॉ. भीमराव अम्बेडकर को स्वादिष्ट तथा गरम-गरम भोजन खाने में कोई विशेष रुचि नहीं थी। उनका भोजन बड़ा ही सादा हुआ करता था। उनका विचार था कि "पेट में ईंधन डालना है ताकि शरीर में शक्ति उत्पन्न हो सके।" भीमराव के भोजन में चावल, दाल, रोटी, मछली और थोड़ा सा सलाद प्रायः हुआ करता था। विशेष प्रकार के व्यंजनों में उनकी ख़ास रुचि नहीं थी। खाना खाते समय पढ़ना उनकी आदत थी। जहाँ पर वह खाना खाते थे वहाँ ढेर सारी पत्र-पत्रिकाएँ और पुस्तकें पड़ी होती थीं। वे एक कोर खाते और पढ़ने लग जाते। खाना खाने के बाद वे थोड़ा सा विश्राम करते थे। फिर भी कुछ-न-कुछ पढ़ते रहते थे। केवल झपकी आने पर ही वे पढ़ना बंद करते थे। सुबह का नाश्ता भी उनका सादा होता था। एक चाय का प्याला और बिस्कुट के कुछ टुकड़े उनके लिए पर्याप्त थे। भीमराव को दो सब्जियाँ, मूली की भाजी और सरसों का साग बहुत पसंद थीं। वह मीट अवश्य खाते थे, पर उसके शौकीन नहीं थे। मधुमेह रोग की वज़ह से वह बहुत कम खाया करते थे।

डॉ. भीमराव अम्बेडकर के जीवन में वेशभूषा में बड़े उतार-चढ़ाव आए। धनाभाव के कारण उनका प्रारम्भिक जीवन बहुत ही सरल था। उनके पास पहनने के लिए कीमती वस्त्र नहीं थे। वे सादे-सरल कपड़ों में ही जीवन व्यतीत करते थे। विदेशों में पढ़ने के बाद उनकी वेशभूषा में बड़ा बदलाव आया और वे अच्छे वस्त्र पहनने लग गए। साफ़-सुधरे कपड़े तो वे पहले से ही पहनते थे, पर अच्छे और महँगे सूट पहनने का शोक उन्हें हो गया। उन्हें चटकीले वस्त्र पसन्द नहीं थे। उनके कपड़ों का रंग अधिकतर गेहुँआ, बादामी, स्लेटी तथा सफ़ेद हुआ करता था। रंग-बिरंगी टाइयाँ भी वे रखा करते थे। जब वे सूट पहनकर निकलते या कहीं भाषण देते तो उनकी छवि निराली होती थी। उनका साफ़ रंग, गोल चेहरा, बड़ी-बड़ी आँखें, सफ़ाई से कटे हुए बाल आदि प्रत्येक रंग के सूट के साथ बड़े अच्छे लगते थे। जब वह किसी बड़े आदमी से मिलने जाते या किसी सभा में भाषण देने जाते तो वे सूट अथवा बन्द गले का कोट पहनकर ही जाते थे। उनके कपड़ों में सादगी तथा गम्भीरता झलकती थी।

डॉ. भीमराव अम्बेडकर घर के बाहर हमेशा सूट पहनते थे और घर के अन्दर वे प्रायः कुर्ता-पजामा पहनते थे। शाम के वक्त वे आरामदेह वस्त्र पहनकर लॉन में बैठा करते थे और घण्टों तक आगन्तुकों से दर्दभरी कहानियाँ एवं घटनाएँ सुना करते थे। उनका मानना था कि व्यक्तित्व का सर्वप्रथम प्रभाव कपड़ों से ही होता है। उन्होंने शिक्षित दलित नवयुवकों को सलाह दी कि वे अपने-अपने गाँवों या मुहल्लों में साफ़-सुथरे कपड़े पहनकर निकला करें। उनका ऐसा करना ही दलित समाज के स्त्री-पुरुषों को सफ़ाई एवं अच्छे वस्त्रों की ओर आकर्षित करेगा और इस प्रकार वे समाज की सेवा का उदाहरण प्रस्तुत करेंगे।

भीमराव का जीवन बड़ा ही व्यस्त था, लेकिन अपनी वृद्धावस्था में वे संगीत सुनने के लिए कुछ समय निकाल लिया करते थे। उन्हें संगीत का पहले से ही कुछ शौक था। उनका अपना दृष्टिकोण था कि प्रत्येक आदमी को संगीत और कला से प्रेम करना चाहिए। अम्बेडकर ने अपने जीवन में वॉयलिन सीखने के पाठ सुने। वे फोटो खींचा करते थे और जब नौकर उनसे यह कहता कि उनकी चित्रकारी बड़ी सजीव है तो वे हँस दिया करते। अच्छे चित्रों एवं वास्तुकला के सुन्दर नमूनों में उनकी विशेष रुचि थी। उन्हें इस बात की बड़ी शिकायत थी कि भारत में कला की प्रशंसा को जातिवाद तक सीमित कर दिया गया है। कोई कलाकार, यदि किसी विशेष कला में रुचि रखता हो तो उसे जाति विशेष में ही पैदा होना चाहिए, इसलिए डॉ. भीमराव अम्बेडकर को भारतीय समाज में कला के क्षेत्र में बहुत बड़ी क्षति देखने को मिली।

डॉ. भीमराव अम्बेडकर के वृहद् पुस्तकालय, कीमती कपड़े, विभिन्न प्रकार के पेन, आलीशान कार, विविध प्रकार के शू तथा बूट और दुर्लभ चित्रों का संकलन,

सभी चीज़ें उनकी बहुमुखी रुचि का मात्र प्रदर्शन ही नहीं बल्कि उनके आकर्षक विजेता व्यक्तित्व के जीवित लक्षण थीं। अम्बेडकर ने अपने अनुभव से वह सब कुछ प्राप्त किया जिसमें उनकी रुचि थी। ये वस्तुएँ एक ऐसे महान् व्यक्ति द्वारा छोड़े गए जीवन-चिह्न थीं जिसे भूख का सामना करना पड़ा, जिसे मामूली गाड़ी से ढकेला गया, होटलों से खदेड़ा गया और कॉलेजों, अदालतों एवं दफ्तरों से बहिष्कृत किया गया। अम्बेडकर ने अपनी कड़ी मेहनत से अपने समय को बदला और एक ऐसा भी समय आया जब वे अपनी रुचि की हर वस्तु को ख़रीद सकते थे। बड़े और विविध प्रकार के फाउण्टेन पेनों में उनकी बड़ी रुचि थी। वे घण्टों तक लिखते रहते थे। इसलिए वे बड़े पेनों के शौकीन थे ताकि स्याही जल्दी ख़त्म न हो।

अम्बेडकर के अन्दर आत्म-संयम था। आत्म-विश्वास और आत्म-सम्मान उनके जीवन के महत्त्वपूर्ण मूल्य थे। पुस्तकों के अध्ययन में लीन रहना उनका बहुत बड़ा शौक था। उन्हें कुछ लोग किताबी-कीड़ा भी कहा करते थे। यही कारण है कि सामाजिक चहल-पहल के लिए उनके पास समय नहीं था। कभी-कभी वे पिक्चर देखने जाया करते थे। 'अछूत कन्या' नामक फिल्म भी उन्होंने देखी और उसे देखकर उनकी आँखें वेदना से भर गईं। अपने बचपन में उन्होंने क्रिकेट का खेल भी देखा। जब वे अपने परिवार के सदस्यों से नाराज होते तब वे एक मूर्ति के समान शान्त बने रहते थे। उन्होंने वर्षों तक निरन्तर संघर्ष किया और अनेक प्रकार की मुसीबतों से घिरे रहे। वृद्धावस्था में चलना उनके लिए कठिन हो गया था। चलने के लिए वह किसी छड़ी या लाठी का सहारा लिया करते थे। अम्बेडकर को पशु-पालन का शौक भी था। उन्होंने बहुत से कुत्तों को पाल रखा था और उनकी कोठी में मुर्गीखाना बना था जिसमें वे मुर्गी-मुर्गों को भी पालते थे।

डॉ. भीमराव अम्बेडकर को केवल किताबें ख़रीदने एवं पढ़ने का ही शौक नहीं था, बल्कि उन्हें सँभालकर रखना, व्यवस्थित रूप में करना भी उनको पसंद था। अम्बेडकर को जब आँखों का रोग हुआ तो वह फूट-फूट कर रोये कि कहीं उनका पुस्तक पढ़ना बन्द न हो जाए। उन्होंने सोचा कि यदि उनकी आँखों की रोशनी चली गई तो वे अपने जीवन का अंत कर लेंगे। पुस्तकों के अभाव में उनका समस्त जीवन शून्य था। जब कभी भी वे नई पुस्तक लिखते थे तो उनको बहुत खुशी होती थी और जब वह अपने विचारों को पुस्तक के रूप में प्रकाशित देखते थे, तब उन्हें असीम आनन्द की अनुभूति होती थी। उनकी रुचियाँ स्वतंत्र थीं। अम्बेडकर का मानना था कि यदि मनुष्य को अपनी रुचि के अनुसार काम या रोज़गार न मिले तो आर्थिक व्यवस्था खुशहाल नहीं हो सकती।

डॉ. भीमराव अम्बेडकर न केवल महान् आदमी और एक ठोस विद्वान के रूप में ख्याति प्राप्त कर चुके थे, बल्कि वे प्रभावशाली वक्ता भी थे। एक बार उन्होंने

किसी पत्रकार से कहा कि– 'तुम्हें मेरे परिश्रम एवं पीड़ाओं का तनिक भी एहसास नहीं होगा, यदि तुम मेरे स्थान पर होते तो नष्ट हो गए होते।' उनके प्रभावशाली वक्ता होने का रहस्य, उनके जीवन के एक निश्चित आदर्श के प्रति निष्ठा एवं भक्ति था। जीवन भर उन्होंने अपनी शक्तियों का विकास किया और उन्हें अपने लोगों के मुक्ति संग्राम में निष्ठापूर्वक अभिव्यक्त किया। दलितों की मुक्ति ही उनकी साँस थी और उनके रक्त की ज्वाला थी। उसी आदर्श की प्राप्ति के लिए अम्बेडकर ने अपने समस्त ज्ञान, सामर्थ्य, सुख एवं परिश्रम को अर्पित कर दिया था। अम्बेडकर में कर्म, ज्ञान एवं चिंतन सभी का अच्छा समन्वय था। उन्होंने शिक्षा एवं राजनीति के क्षेत्र में तहलका मचा दिया था।

अम्बेडकर का अथाह ज्ञान, आदर्श का अनुसरण और कर्तव्य के प्रति निष्ठा उन्हें प्रभावशाली वक्ता बनाने में समर्थ हुए। समय एवं परिस्थिति को पहचानने की उनमें अद्भुत शक्ति थी। उनके जीवन में आदर्शवाद और व्यावहारिकता तथा ज्ञान और अनुभव का अनुपम समन्वय था। व्यक्तिगत ईमानदारी और बौद्धिक निर्भीकता उनके व्यक्तित्व की सुन्दर विशेषता थी। यही कारण है कि उनका अपने लोगों पर अटूट प्रभाव था। जनता की भी उनमें अटूट आस्था थी। वह वास्तव में जन-समुदायों के लिए लोकप्रिय नेता थे। डॉ. अम्बेडकर प्रभावशाली वक्ता एवं नेता दोनों ही थे। उनकी मान्यता थी कि किसी नेता को जनता का दलाल नहीं होना चाहिए। समय एवं परिस्थिति के अनुसार जनता की आवश्यकताओं और माँग की वकालत करनी चाहिए। वह स्वयं एक ऐसे नेता थे जिसने अपने लोगों के समक्ष मुक्ति का सच्चा मार्ग प्रस्तुत किया। उनका भाषण जनता को खुश करने या उनके मनोरंजन करने के लिए कभी नहीं होता था। उनके प्रत्येक वक्तव्य तथा भाषण में अपने मिशन की ही रोशनी झलकती थी। मंच एवं संसद दोनों में डॉ. अम्बेडकर एक प्रभावशाली वक्ता थे। उनका भाषण सरल, स्पष्ट एवं तीखा हुआ करता था। उनके भाषण की अपनी विशेषता थी। वे जो कुछ कहते थे उसमें उनका अटूट विश्वास होता था। संसद में उनके भाषण बड़े ही ज्ञानवर्द्धक हुआ करते और सभी सदस्य उन्हें बड़े ध्यानपूर्वक सुना करते थे।

डॉ. भीमराव अम्बेडकर ने अपने जीवन में अनेक भाषण दिए और उनके प्रत्येक भाषण की चर्चा कई दिन तक अखबारों में चलती रहती थी। अम्बेडकर को कई भाषाओं का ज्ञान था। वे हिन्दी, उर्दू, अंग्रेजी, संस्कृत, मराठी, जर्मन तथा परसियन भाषा जानते थे। महाराष्ट्र में मराठी तथा उत्तरी भारत में हिन्दी में ही वे जनता के बीच भाषण करते थे। संसद में वे अंग्रेजी में बोलते थे। अम्बेडकर बहुत ही सरल, किन्तु प्रभावशाली हिन्दी में बोलते थे और अंग्रेजी में तो अच्छे-अच्छे पाश्चात्य विद्वान उनका मुकाबला नहीं कर पाते थे।

अम्बेडकर ने एक बार अपने भाषण में कहा कि दुनिया में केवल दो धनी एवं निर्धन वर्ग हैं। उन्होंने मज़दूरों को समझाया कि वे अपनी गरीबी के कारणों के विषय में भली-भाँति सोचें। 'कुछ लोगों की अमीरी ही गरीब किसानों और मज़दूरों के दु:खों का मूल कारण है।' उनके भाषण की तर्कना शक्ति एवं तीव्रता ने साम्यवादियों के छक्के छुड़ा दिए। उनके विरोधियों को यह भय होने लगा कि अम्बेडकर कहीं किसानों, मज़दूरों तथा भूमिहीन श्रमिकों का प्रभावशाली नेता न बन जाए। इस प्रकार अम्बेडकर की भाषण-कला अपने मिशन के अनुसार, ठोस, स्पष्ट एवं तार्किक थी। अपनी भाषण-शैली से वे एक उच्चकोटि के वकील भी सिद्ध हुए।

बंबई सरकार ने डॉ. भीमराव अम्बेडकर को जून 1935 को गवर्नमेंट लॉ कॉलेज का प्रिन्सिपल नियुक्त किया। जून के मध्य से उन्होंने कॉलेज के प्रशासनिक मामलों को अच्छी तरह देखना प्रारम्भ कर दिया। सरकार ने इस चुनाव से एक ऐसे सुयोग्य व्यक्ति को ढूँढा जो पद को ही सुशोभित नहीं कर सका, बल्कि कॉलेज के शैक्षणिक स्तर को भी उन्होंने आगे बढ़ाया। कॉलेज का कार्यभार पूरी तरह संभालने के पश्चात् उन्होंने कॉलेज के विकास के लिए कुछ महत्त्वपूर्ण सुझाव प्रस्तुत किए जिन्हें मानकर सरकार ने पूरा-पूरा सहयोग दिया। भीमराव न केवल अच्छे अध्यापक, बल्कि एक अच्छे-कुशल प्रशासक भी थे। उन्होंने अपने पद के अनुसार कॉलेज के शैक्षणिक एवं नैतिक स्तर को काफ़ी ऊँचा उठाया और उसे प्रतिष्ठा के शिखर पर पहुँचा दिया। अम्बेडकर के अनुसार एक प्रिसिन्पल में प्रशासनिक क्षमता एवं गम्भीर विद्वता का गुण होना चाहिए। उनकी दृष्टि से एक प्रोफेसर का व्यक्तित्व आकर्षक हो, वेश-भूषा, चाल-चलन में सौम्यता हो, अपने विषय पर उसका गंभीर एवं व्यापक अध्ययन हो और उसमें अपनी बात कहने की आकर्षक कला हो।

गवर्नमेंट लॉ कॉलेज के प्रिन्सिपल तो वे इसलिए बन गए थे कि उस समय उनके जीवन का दौर कुछ विचित्र ढंग से चल रहा था। उस पद पर भी ज़्यादा दिनों तक बने रहने की उनकी कोई इच्छा नहीं थी। समाज सेवा की भावना से प्रेरित उन्होंने उस पद से भी निवृत्ति प्राप्त कर ली और एक स्वतंत्र नेता के रूप में वे अछूतों की सेवा में लीन हो गए।

डॉ. भीमराव अम्बेडकर जब बंबई से दिल्ली आए थे तो वे अकेले ही रहते थे। पत्नी रमाबाई का देहांत को चुका था। दिल्ली आने के बाद उनके पैरों का रोग बढ़ता जा रहा था। वे अच्छी तरह चल तथा टहल नहीं सकते थे। उनका स्वास्थ्य भी गिरने लगा था। उनकी दोनों टाँगों के निचले भाग में दर्द प्रारम्भ हो गया था। चालीस की उम्र के बाद यह रोग उन्हें लग गया जिसने उन्हें वृद्धावस्था तक पीड़ित रखा। जब वे

वैस्टर्न कोर्ट में ही रहते थे तब श्री सोहनलाल शास्त्री उनके पास एक वैद्यराज एवं गुरुकुल काँगड़ी के आयुर्वेदाचार्य, श्री सुधन्वा को लाए। वैद्यराज ने भीमराव अम्बेडकर का बारीकी से निरीक्षण किया और कहा कि वे मधुमेह जैसे गंभीर रोग से पीड़ित हैं। उनकी टाँगों में जो पीड़ा होती है, वह उसी मधुमेह रोग के कारण है।

भीमराव अपनी पिण्डलियों पर नारियल के तेल की मालिश करवाते थे जिससे उन्हें आराम मिलता था। स्नान करने के बाद वे उसी तेल को अपने सिर में लगाते थे। वृद्धावस्था में भी उनके बाल काले थे। उनकी टाँगों का दर्द निरन्तर थोड़ा-बहुत बना रहता था। विलिंगटन हॉस्पीटल के अनुभवी तथा शहर के प्रसिद्ध डॉक्टर उनका निरीक्षण करते रहते थे। भीमराव को रोज़ाना इन्सुलिन का टीका लगाया जाता था। श्री सोहनलाल शास्त्री दिल्ली के प्रसिद्ध हकीम हाजिक सिराजुद्दीन को भी डॉ. भीमराव अम्बेडकर की कोठी पर लाए ताकि उनका रोग नियन्त्रित हो जाए। हकीम साहब ने उन्हें शक्कर, चावल आदि छोड़ने की सलाह दी और यह भी कहा कि इन्सुलिन का टीका बराबर लगवाते रहें। इस प्रकार उनका इलाज चलता रहा, पर कोई विशेष आराम नहीं मिला और वे उस कष्टदायक रोग का सामना करते रहे।

इतने कष्ट और पीड़ा में भी डॉ. भीमराव अम्बेडकर की कार्यक्षमता में कोई कमी नहीं आई। रोग के दौरान ही उन्होंने संविधान का मूलरूप तैयार किया और हिन्दू कोडबिल की पृष्ठभूमि बनाई। यह भी एक कारण था कि निरन्तर पढ़ते-लिखते रहने से उनका रोग ठीक नहीं हुआ। भीमराव को योगासनों पर विश्वास था और उन्होंने कुछ योगासन सीखे भी थे, लेकिन उन्हें करने के लिए उनके पास समय कहाँ था। कुछ दिनों तक अम्बेडकर ने आसन-ध्यान किया और फिर अधिक काम होने की वज़ह से उन्हें अधूरा ही छोड़ दिया।

अम्बेडकर मानसिक दृष्टि से अधिक स्वस्थ थे, परन्तु रोग ने उन्हें दुर्बल बना दिया था। एक बार उन्हें खूनी पेचिश हो गई। उनकी हालत गंभीर होती जा रही थी। विलिंगटन हॉस्पीटल में एडमिट होने के पश्चात् वे ठीक तो हो गए पर उनका स्वास्थय अधिक गिर गया। वे मधुमेह के रोगी थे और वृद्धावस्था में पहुँचकर भी वे सारे दिन, सारी रात पढ़ने-लिखने का ही काम किया करते थे। इसलिए उन्हें रोग से कोई छुटकारा नहीं मिला। वे चलने-फिरने से मजबूर हो गए और सीधे बैठना भी उनके लिए कठिन हो गया था, पर वह एक वीर योद्धा की भाँति अपनी जीवन-नौका को पार कर गए। उनका साहस, धैर्य एवं मिशन उन्हें निरन्तर संघर्षमय बनाता चला गया।

डॉ. भीमराव अम्बेडकर अपनी पहली पत्नी रमाबाई को प्यार से रामू कहा करते थे। उनकी पत्नी विवाह के समय बिलकुल अनपढ़ थीं। बाद में भीमराव ने उन्हें

थोड़ा बहुत पढ़ना-लिखना सिखा दिया था। उन्हें अपने विद्वान पति पर बहुत गर्व था। जब भीमराव प्रोफेसर हुए तब उन्हें चार रुपए माहवार वेतन मिलता था। पति-पत्नी की शिक्षा-दीक्षा में ज़मीन-आसमान का अन्तर था, परन्तु दोनों में एक-दूसरे के प्रति अधिक प्रेम था। वह अम्बेडकर के खाने-पीने का पूरा ध्यान रखती थीं। रमाबाई की पाँच संतानें हुईं- यशवन्त, रमेश, गंगाधर, इन्दु और राजरत्न। पाँचों संतानों में से केवल यशवन्त ही जीवित रहा और बाकी सबकी बचपन में ही मृत्यु हो गई।

अम्बेडकर की पहली पत्नी रमाबाई के देहान्त के बाद यशवन्त ही परिवार में बचा था। अम्बेडकर को वह अधिक प्रिय नहीं था क्यूंकि उसने उनकी तरह उच्च शिक्षा प्राप्त नहीं की थी। वे सन् 1935 से लेकर 1947 तक अकेले ही रहे। घर में उनकी देखभाल के लिए उनका अपना कोई निजी आदमी नहीं था। ऐसी स्थिति में उन्हें भोजन के लिए नौकरों पर ही आश्रित रहना पड़ता था। मधुमेह रोग के कारण जब भीमराव डॉ. मालवंकर के बॉम्बे क्लीनिक में अपना इलाज करवाने के लिए एक सप्ताह ठहरे तब वहाँ उनकी मुलाकात डॉ. शारदा कबीर से हुई। वे वहाँ पर नर्स का काम किया करती थीं। अस्पताल में शारदा कबीर ने अपनी सेवा से अम्बेडकर को प्रभावित किया। वह अम्बेडकर के लिए घर से भोजन लाने लगीं। उन्हें विश्वास हो गया कि वह महिला डॉक्टर उनके स्वास्थ्य की संरक्षिका बन जाएगी। अम्बेडकर को वह हर प्रकार से जंच गई थीं और आख़िरकार उन्होंने अपना इरादा पक्का कर लिया कि वे उसी लेडी डॉक्टर से अपनी शादी करेंगे।

जब लोगों में यह खबर फैल गई कि डॉ. भीमराव अम्बेडकर और डॉ. शारदा कबीर का विवाह सम्पन्न होने जा रहा है, तब महाराष्ट्र के अन्तर्गत तनावपूर्ण स्थिति पैदा हो गई। ब्राह्मण-समाज में हलचल मच गई क्यूंकि एक अछूत, एक ब्राह्मण कन्या से विवाह करने जा रहा था। क्रोध में पूरे महाराष्ट्र के ब्राह्मणों ने भारी विरोध व्यक्त किया और तत्कालीन गृह-मंत्री, सरदार पटेल को अनेक तार भेजे कि वे इस अनर्थ को होने से रोकें। ऐसे ही बहुत से तार और विरोध पत्र भारत की कई संस्थाओं द्वारा गृह-मंत्री को भेजे गए। इस घटना को अखबारों में भी उछाला गया। सरदार पटेल बड़ी दुविधा में फँस गए कि क्या किया जाए? उन्होंने प्रधानमंत्री पंडित नेहरू को एक पत्र लिखकर, उन्हें सारी स्थिति से अवगत कराते हुए अंत में यह वाक्य लिखा, "हाओ केन आई स्टॉप सच नॉन-सेन्स?"

अप्रैल 1948 को डॉ. भीमराव अम्बेडकर और डॉ. शारदा कबीर का विवाह हो गया। सरदार पटेल तथा अन्य संस्थाएँ इस एतिहासिक घटना को रोक नहीं पाईं। तत्पश्चात् मिस शारदा कबीर का नाम डॉ. सविता रखा गया। भीमराव उन्हें जिस सच्ची भावना से विवाह करके लाए थे और उन्हें एक आदर्श पत्नी बनाना चाहते थे, वैसी वह

अपने को सिद्ध करने में असमर्थ रहीं। अम्बेडकर चाहते थे कि उनकी पत्नी दलितों को वैसे ही प्रेम करें जैसा वे करते थे। एक ओर डॉ. सविता ने सोचा था कि ऐसे महापुरुष से विवाह करने के बाद वे स्वयं महान् व्यक्तियों में आ जाएँगी और जीवन बड़े आराम से व्यतीत होगा, लेकिन दूसरी ओर डॉ. अम्बेडकर ने सोचा था कि उनकी देखभाल वे अच्छी तरह करती रहेंगी और एक अच्छी गृहिणी बन जाएँगी। परन्तु आगे चलकर दोनों की धारणाएँ ग़लत सिद्ध हुई और पारिवारिक अशान्ति का वातावरण उनकी कोठी पर छा गया।

डॉ. भीमराव अम्बेडकर के कुछ ऐसे चाहने वाले भी थे जो उनकी सेवा किया करते थे। कोई उनकी टाँगों की पीड़ा को शांत करने के लिए रूई से सेंका करता था, कोई उनकी पिण्डलियों की मालिश करता, तो कोई नींद न आने पर उनके सिर को सहलाया करता था। वे लोग डॉ. सविता को माईजी कहकर बुलाते थे। सविता का व्यवहार उन लोगों के साथ कठोर हो गया था। कुछ लोगों को तो वह कोठी पर भी नहीं आने देना चाहती थीं। सविता का स्वभाव अत्यन्त रूखा था। जनता के जो भी लोग भीमराव से मिलने या उन्हें देखने आते तो वह उन्हें मिलने के लिए मना कर देतीं और उनका अपमान करतीं। घर के दलित नौकरों के साथ भी उनका व्यवहार अच्छा नहीं था। अम्बेडकर को इन सब बातों का पता नहीं लगता था। जब किसी प्रकार वह जान लेते, तो सविता को बुरी तरह डाँटते थे। डॉ. भीमराव अम्बेडकर से बहुत से लोग रोज़ाना मिलने आया करते थे जो उनकी पत्नी को खटकता था। भीमराव की स्मरणशक्ति बहुत तेज थी। जिस किसी को मिलने का समय वे दिया करते, उन्हें याद रहता था और उसके न आने पर पूछते थे कि वह क्यूं नहीं आया? ऐसी स्थिति में सविता मिलने वालों के मार्ग में बाधा नहीं डाल पाती थीं।

अम्बेडकर अपनी पत्नी की ओर से बिलकुल असंतुष्ट थे, लेकिन वे किसी प्रकार की शिकायत नहीं करते थे। अपने शारीरिक स्वास्थ्य के कमज़ोर होने के बावजूद भी वह चौबीस घंटे चारपाई पर लेटे रहना पसंद नहीं करते थे। वे दुबले शरीर के होने पर भी उठने-बैठने, चलने-फिरने, बात-चीत करने में कोई आलस्य महसूस नहीं करते थे। विशेषकर पढ़ाई-लिखाई में तो किसी प्रकार का आलस्य नहीं दिखाते थे। अपने प्रतिदिन के कामों को वे सदैव नियमित समय पर ही पूरा करते थे। अपने जीवन में जैसा पारिवारिक वातावरण वह चाहते थे वैसा उन्हें नहीं मिल पाया। यही उन्हें कभी-कभी अखरता था, लेकिन उनका मिशन ही कुछ और था, इसलिए उनकी पारिवारिक संगति में कोई विशेष रुचि नहीं थी। वे तो हर पल दलितोद्धार के ही चिंतन में डूबे रहते थे और हर स्थिति में अपने ध्यान को केन्द्रित रखते थे।

डॉ. भीमराव अम्बेडकर अपने बिगड़ते हुए स्वास्थ्य की स्थिति में भी, कुछ पुस्तकों को अंतिम रूप देने में व्यस्त थे। भीमराव के परम भक्त और सेवक नानक चन्द रत्तू इन पुस्तकों को टाइप करने में व्यस्त थे। जब उन्होंने देखा कि वे इन पुस्तकों को पूरा नहीं कर पाएँगे, तो वे बुरी तरह विचलित हो गए। एक दिन रत्तू से उन्होंने कहा– "ऐसे देश में जन्म लेना महा पाप है जहाँ के लोग इतने अधिक पक्षपाती हों। फिर भी, चारों ओर से मेरे पर गालियों की बौछार के बावजूद भी मैंने बहुत कुछ किया है। मैं अपनी मृत्यु तक अपना काम करता ही रहूँगा।" इतना कहते-कहते उनकी आँखों में आँसू भर आए।

❑

अध्याय: 12

डॉ. भीमराव अम्बेडकर और उनके कार्य

डॉ. भीमराव अम्बेडकर को बचपन से ही कई बार छुआछूत संबंधी घटनाओं का सामना करना पड़ा था। उन्हीं घटनाओं के आधार पर वे एक प्रगतिशील विचारों वाले महान् राष्ट्रवादी के रूप में उभरे। महार जाति का होने के कारण समाज में उनके साथ व उनके परिवार वालों से भेदभाव किया जाता था। इन्हीं भेदभावों को ख़त्म करने के लिए उन्होंने उच्च शिक्षा ग्रहण करने का निर्णय लिया था। अम्बेडकर ने ही सबसे पहले छुआछूत, दलितों, महिलाओं और मज़दूरों से भेदभाव जैसी कुरीति के खिलाफ़ आवाज़ उठाई। वे प्रत्येक काम बड़ी शालीनता से करते थे। उन्होंने दलित लोगों पर सवर्ण हिन्दुओं के अत्याचारों को अपनी आँखों से देखा था। अम्बेडकर ने 'बहिष्कृत हितकारिणी सभा' की स्थापना की, जो दलित वर्ग के शिक्षा का प्रसार करती थी। डॉ. भीमराव अम्बेडकर ने अछूतों को मानवाधिकार देने का अभियान चलाया। इस कार्य में वह सफल भी हुए।

प्रथम विश्वयुद्ध के बाद महार जाति के लोगों को सेना में भर्ती होने पर पूर्णतया प्रतिबंध लगा दिया गया था। डॉ. भीमराव अम्बेडकर ने इस प्रतिबंध को हटाने के लिए भी कार्य किया और वह इसमें सफल हुए। इसके बाद सन् 1946 में 'महार मशीनगन रेजिमेंट' का गठन भी किया गया। महाराष्ट्र के कोलाबा जिले में महाड़ नामक कस्बे में चावदार नामक एक तालाब से महारों को पानी भरने की इज़ाज़त नहीं थी। डॉ. भीमराव अम्बेडकर ने इसके खिलाफ़ भी आवाज़ उठाई और सत्याग्रह करके इस तालाब से अछूतों के लिए पानी भरने के अधिकार को प्राप्त किया। इस सत्याग्रह को 'महाड़ सत्याग्रह' के नाम से जाना जाता है। भीमराव ने नासिक के कालाराम मंदिर में अछूतों के प्रवेश के अधिकार के लिए सत्याग्रह किया। वर्ष 1930 से 1935 तक पाँच

साल सत्याग्रह चला और आख़िर में फैसला अछूतों के हक में हुआ। इसपर अम्बेडकर ने कहा– 'यदि कोई यह समझता है कि मैंने स्वार्थ सिद्ध करने के लिए कोई कार्य किया है, तो यह उसकी भूल है। मैंने देश की जनता की भलाई के लिए काम किया है।' भीमराव की बातों से व उनके द्वारा चलाए जा रहे अछूतों के अधिकार के लिए सत्याग्रहों से दलित लोग बहुत खुश थे।

अम्बेडकर के कार्यों से अब उच्च जाति के लोग भी धीरे-धीरे उनके सहयोग के लिए आगे आ रहे थे। इनमें बी.जी. खेर और बी.आर. कादरेकर प्रमुख थे। भीमराव का कार्य व्यापक स्तर पर होने लगा था। इस समय वह देश के छः करोड़ अछूतों का नेतृत्व कर रहे थे। लोग उनके एक इशारे पर मर-मिटने को तैयार थे। दलितों और अछूतों के हित में कार्य करने के कारण अम्बेडकर को अछूतों का मसीहा माना जाने लगा था। अब भीमराव का अधिक समय समाज-सुधार के कार्यों में तथा दलितों और अछूतों को अधिकार दिलाने में बीतने लगा। उनके कार्य की सभी लोग प्रशंसा कर रहे थे। सन् 1926 में अम्बेडकर बंबई विधान परिषद् के एक मनोनीत सदस्य बन गए। सन् 1927 में डॉ. भीमराव अम्बेडकर ने छुआछूत के खिलाफ़ एक व्यापक आंदोलन शुरू किया। इस आंदोलन में उन्होंने सार्वजनिक आंदोलनों और जुलूसों के द्वारा, पेयजल के सार्वजनिक संसाधन समाज के सभी लोगों के लिए खुलवाने हेतु तथा अछूतों को भी हिन्दू मंदिरों में प्रवेश करने का अधिकार दिलाने के लिए संघर्ष किया। 1 जनवरी, 1927 को डॉ. भीमराव अम्बेडकर ने द्वितीय आंग्ल-मराठा युद्ध की कोरेगाँव की लड़ाई के दौरान मारे गए भारतीय सैनिकों के सम्मान में कोरेगाँव में एक समारोह आयोजित किया। यहाँ महार समुदाय से संबंधित शहीद सैनिकों के नाम संगमरमर के एक शिलालेख पर ख़ुदवाये गए। भीमराव को बॉम्बे प्रेसीडेंसी समिति में सभी यूरोपीय सदस्यों वाले साइमन आयोग सन् 1928 में काम करने के लिए नियुक्त किया गया। वायसराय के निमंत्रण पर डॉ. भीमराव अम्बेडकर अछूतों के नेता की हैसियत से गोलमेज सम्मेलन में शामिल होने लंदन गए। 12 नवंबर, 1930 को ब्रिटिश प्रधानमंत्री रेमजे मैक्डोनाल्ड की अध्यक्षता में पहला गोलमेज सम्मेलन हुआ था। इस सम्मेलन में डॉ. अम्बेडकर ने अपने भाषण में ब्रिटिश सरकार की आलोचना करने के साथ-साथ दलित वर्ग की भरपूर वकालत की। उन्होंने अछूतों को उनके अधिकार देने की माँग की।

एक तरफ़ डॉ. भीमराव अम्बेडकर दलितों और अछूतों के अधिकारों के लिए कार्य कर रहे थे तो दूसरी तरफ़ गांधीजी अछूतों के कल्याण के लिए अपने तरीके से कार्य कर रहे थे। अम्बेडकर को 15 अगस्त, 1931 को दूसरे गोलमेज सम्मेलन में शामिल होने के लिए लंदन जाना था। लंदन जाने से पहले वे गांधीजी से मिलने गए। अम्बेडकर से बातचीत के दौरान गांधीजी ने साफ़ शब्दों में कहा– 'मैं अछूतों को

हिन्दुओं से अलग राजनीतिक अधिकार नहीं दे सकता। इससे हिन्दुओं को गहरा आघात लगेगा।' इस पर भीमराव ने कहा– 'मैं आपका आभारी हूँ जो आपने अपना स्पष्ट मत प्रकट किया।' दूसरे गोलमेज सम्मेलन में अछूतों के प्रतिनिधित्व तथा अधिकारों को लेकर गांधीजी और अम्बेडकर में बहुत टकराव हुआ। अंत में अम्बेडकर विजयी हुए। उन्हें 'कम्यूनल अवार्ड' से सम्मानित किया गया। कम्यूनल अवार्ड अछूतों के हक में आने से डॉ. भीमराव अम्बेडकर की जीत हुई। गोलमेज सम्मेलन से वापस आने के बाद भीमराव ने अपने समर्थकों के साथ बंबई में काले झंडे दिखाकर गांधीजी के प्रति अपना विरोध प्रकट किया।

दलितों और अछूतों के सम्मान के लिए किए जा रहे अम्बेडकर के कार्यों से ब्रिटिश सरकार भी प्रभावित थी। 20 अगस्त, 1932 को ब्रिटेन के प्रधानमंत्री ने सार्वजनिक रूप से घोषणा करते हुए कहा– 'मैं भारत के अछूतों को पृथक रूप से प्रतिनिधित्व करने और चुनावों में खड़े होने का अधिकार प्रदान करता हूँ।' यह डॉ. भीमराव अम्बेडकर के लिए बड़ी सफलता थी। जिन अधिकारों के लिए वे वर्षों से संघर्ष कर रहे थे उनका संघर्ष अब जाकर रंग लाया था। जो अधिकार सवर्णों को प्राप्त थे, अब वही अधिकार अछूतों को भी प्राप्त हो गए थे। ब्रिटिश सरकार की इस घोषणा के विरोध में गांधीजी 20 सितंबर, 1932 को भूख हड़ताल पर बैठ गए थे। उस समय गांधीजी यरवदा जेल, पुणे में बंदी थे। देशभर में अछूतों के अधिकारों के लिए विचार-विमर्श होने लगे। परिस्थिति को देखते हुए अम्बेडकर ने सी. राजगोपालाचारी से अपनी शर्त पर एक समझौता करके गांधीजी की भूख हड़ताल समाप्त करायी। इससे अछूतों के हितों पर कोई आँच नहीं आई। जातीयता के आधार अछूतों को पृथक प्रतिनिधित्व करने के लिए चुनाव में 71 सीटें देने की बात की गई। इस समझौते पर हिन्दुओं की ओर से पंडित मदन मोहन मालवीय जी ने तथा दलितों की ओर से डॉ. भीमराव अम्बेडकर ने हस्ताक्षर किए। इस समझौते को 'पूना पैक्ट' के नाम से जाना जाता है। इसके बाद अम्बेडकर, गांधीजी से मिलने यरवदा जेल गए। गांधीजी को जेल से रिहा कर दिया गया लेकिन अंग्रेजी सरकार ने उनके साथ शर्त लगा दी कि वे बाहर जाकर राजनीतिक क्षेत्र में कार्य नहीं करेंगे।

भीमराव के महान् कार्यों से अंग्रेजी सरकार भी उन पर मेहरबान थी। अम्बेडकर एक पढ़े-लिखे काबिल और समझदार इनसान थे। अंग्रेजी शासन में अंग्रेजों से इनके संबंध काफ़ी अच्छे थे। अमेरिका तथा लंदन से उच्च शिक्षा प्राप्त करने के कारण अम्बेडकर शिक्षित वर्ग में काफ़ी लोकप्रिय थे। आकर्षक व्यक्तित्व, प्रकांड विद्वान और अद्‌भुत विश्लेषण शक्ति के कारण अंग्रेज उनका बहुत सम्मान करते थे। जब अम्बेडकर किसी समारोह में जाते थे तो अंग्रेज उनके लिए सीट खाली छोड़ देते थे। 2 जुलाई,

1947 को अम्बेडकर द्वारा दलितों के लिए किए जाने वाले कार्यों को ध्यान में रखते हुए वायसराय ने उन्हें कौंसिल का सदस्य चुन लिया। यह भारत की एक ऐतिहासिक घटना थी। पहली बार कोई अछूत व्यक्ति वायसराय की कौंसिल का सदस्य चुना गया था। यह उनके लिए बहुत सम्मान की बात थी।

डॉ. भीमराव अम्बेडकर के जीवन से जुड़े कुछ महत्त्वपूर्ण आंदोलन, सत्याग्रह व उनके कार्यों की चर्चा निम्नलिखित है–

अछूतोद्धार आन्दोलन

समाज में ऊँच-नीच, असमानता तथा अन्याय का बोलबाला हो चला था। समाज में सबसे अधिक शोषित एवं पीड़ित शूद्र ही थे जिन्हें हर प्रकार की यातनाएँ सहनी पड़ती थीं। उनको मानव अधिकारों से वंचित कर दिया गया था। शूद्रों के अलावा एक और अछूतों का वर्ग पैदा हो गया था जिनकी दशा पशुओं से भी बदतर हो गई थी। अठारहवीं शताब्दी तक आते-आते तो उनकी स्थिति ऐसी हो गई थी कि उनका देखना और छुआ जाना भी उच्च वर्ग के लोगों को दूषित कर देता था। इनकी ऐसी स्थिति लगभग पूरे भारत में एक जैसी थी। महाराष्ट्र में सनातनी ब्राह्मण वर्ग की दृष्टि अत्यन्त हीन हो गई थी और सारे समाज का धीरे-धीरे पतन हो चला था। डॉ. भीमराव अम्बेडकर ने स्वयं अपनी पुस्तक "एनिहिलेशन ऑफ कास्ट" में यह लिखा है– 'पेशवाओं के शासन-काल में महाराष्ट्र में यदि कोई सवर्ण हिन्दू सड़क पर चल रहा हो तो अछूत को वहाँ चलने की आज्ञा नहीं थी ताकि कहीं उसकी छाया से वह हिन्दू अपवित्र न हो जाए। यह अनिवार्य था कि प्रत्येक अछूत अपनी कलाई या गले में एक निशानी के तौर पर काला डोरा बाँधे ताकि कहीं सवर्ण हिन्दू उसे पहचान लें और भूल से उससे स्पर्श न कर बैठें। इतना ही नहीं पूना में अछूतों को गले में मिट्टी की हांडी भी लटका कर चलना पड़ता था ताकि वे अपने थूक को उसी में कर लें क्यूंकि उनका भूमि पर गिरा थूक न केवल भूमि को अपवित्र बनाता था बल्कि सवर्ण हिन्दू भी उस पर पैर डालने से अपवित्र हो जाते।'

महाराष्ट्र के महान् क्रान्तिकारी समाज-सुधारक महात्मा ज्योतिबा फुले ने अछूतोद्धार का काम सुसंगठित ढंग से किया। उन्होंने अछूतों में जागृति उत्पन्न की और सन् 1854 में अछूत लड़की-लड़कों के लिए पूना में स्कूल खोले जिनमें वह स्वयं पढ़ाते थे। महात्मा फुले के व्यक्तित्व ने अम्बेडकर के जीवन को प्रेरणा प्रदान की। अछूतोद्धार आन्दोलन में गोपाल कृष्ण का नाम भी आता है जो महात्मा फुले के विचारों से प्रभावित थे। इनके अतिरिक्त छत्रपति साहू महाराज जो सन् 1894 में कोल्हापुर रियासत के राजा बने, महात्मा फुले की विचारधारा तथा कार्य-प्रणाली से प्रभावित हुए। महाराजा ने शूद्रों

तथा अछूतों को अपने यहाँ नौकरियाँ दीं, छात्रालयों की स्थापना की और छात्रवृत्ति की सुविधाएँ भी दीं। कोल्हापुर के शंकराचार्य ने भी राजपुरोहित का समर्थन किया। इस प्रकार साहू महाराज ने अछूतोद्धार आन्दोलन को आगे बढ़ाया, परन्तु अछूतों की स्थिति में ज़्यादा सुधार नहीं हुआ क्यूंकि कोई प्रभावशाली नेता सामाजिक रंगमंच पर पूर्णत: खुलकर नहीं आया था।

डॉ. भीमराव अम्बडेकर के आगमन से ही महाराष्ट्र में अछूतोद्धार आन्दोलन को बल और तीव्र गति प्राप्त हुई। वे हिन्दू समाज में प्रचलित ब्राह्मणवाद के कट्टर विरोधी थे। उन्होंने सर्वप्रथम अछूतों के इतिहास का अध्ययन किया और उन्होंने अपने जीवन में स्वयं छुआछूत के कटु अनुभवों का सामना किया था, इसलिए उनमें ब्राह्मणवाद, छुआछूत तथा जातिवाद के प्रति उग्रता और तीक्ष्णता थी। अम्बेडकर ने अछूतोद्धार आन्दोलन को एक नया मोड़ दिया और कहा, "अछूत समाज की प्रगति में बाधक बनने वाला कोई भी व्यक्ति या संस्था हो, वह चाहे अछूत समाज का हो अथवा सवर्ण हिन्दू समाज का, उसका हमें तीव्र विरोध करना चाहिए।"

सन् 1917 का वर्ष अछूतोद्धार आन्दोलन के लिए अच्छा सिद्ध हुआ। कोल्हापुर के छत्रपति साहू महाराज ने अपनी रियासत में अछूतोद्धार आन्दोलन प्रारम्भ कर दिया था। उन्हीं की सहायता से डॉ. अम्बेडकर ने अपनी मराठी पत्रिका 'मूकनायक' प्रकाशित की जिसका विज्ञापन लोकमान्य तिलक के पत्र 'केसरी' ने निकालने से इंकार कर दिया था। महाराजा ने रियासत के मांड-गाँव में 21 मार्च 1920 को अछूतों की एक विराट् सभा करवाई जो डॉ. भीमराव अम्बेडकर की ही अध्यक्षता में सम्पन्न हुई। सभा में साहू महाराज ने कहा– 'भाइयों! मुझे अत्यधिक प्रसन्नता है कि आज तुम्हें डॉ. भीमराव अम्बेडकर जैसा महान् नेता एक रक्षक के रूप में मिल गया है। वह तुम्हारी छुआछूत की जंजीर तोड़ देगा और अछूतों के सच्चे नेता के रूप में समूचे भारत में चमक उठेगा।' साहू महाराज की अछूतोद्धार में अच्छी दिलचस्पी थी। मई, 1920 में डॉ. भीमराव अम्बेडकर की प्रेरणा और प्रयत्न से नागपुर में छत्रपति साहू की अध्यक्षता में 'अखिल भारतीय बहिष्कृत परिषद्' की स्थापना हुई। नागपुर की बहिष्कृत परिषद् में निश्चय ही एक नया मोड़ आया। उसने अछूत समाज में स्वावलम्बन की आवश्यकता का अनुभव किया।

डॉ. भीमराव अम्बेडकर ने अभी पूर्णत: अछूतोद्धार आंदोलन को अपने निर्देशन तथा हाथों में लेना नहीं चाहा क्यूंकि वह अपने लन्दन के अधूरे अध्ययन को पूरा करना चाहते थे। अम्बेडकर अपने दलित भाइयों को स्वावलम्बन तथा स्वतंत्रता का संदेश देकर जुलाई 1920 में अपनी शिक्षा को पूरा करने के लिए फिर से लन्दन चले गए थे और लगभग तीन वर्ष बाद वे अपना अध्ययन पूरा करके अप्रैल 1923 में भारत

वापस आ गए। आते ही, उन्होंने देखा कि अछूतोद्धार आन्दोलन का संचालन सवर्ण हिन्दू कर रहे हैं जो अम्बेडकर को बड़ा अखरा क्यूंकि वे चाहते थे कि अछूत लोग अपने सुधार-आन्दोलन का स्वतंत्र होकर संचालन करें। डॉ. भीमराव अम्बेडकर जब अपने अध्ययन से निश्चिंत हो गए, तब उन्होंने अपने जीवन के मिशन का काम शुरू किया। अपने इस मिशन में वे जीवनभर व्यस्त रहे। डॉ. भीमराव अम्बेडकर ने अपने अछूतोद्धार आन्दोलन की वास्तविक एवं ठोस शुरूआत 20 जुलाई 1924 को बंबई में 'बहिष्कृत हितकारिणी सभा' की स्थापना के साथ की। सभा का कार्य-क्षेत्र बंबई प्रान्त था। सभा के कार्य सांस्कृतिक विकास केन्द्र चलाना, औद्योगिक तथा कृषि विद्यालय खोलना, अछूतोद्धार आन्दोलन को आगे बढ़ाना आदि से संबन्धित थे।

अभी तक अछूतोद्धार आन्दोलन सवर्ण हिन्दुओं के हाथों में था, जो अपने स्वार्थों के कारण उसका संचालन कर रहे थे। डॉ. भीमराव अम्बेडकर चाहते थे कि अछूतोद्धार आन्दोलन का संचालन अछूत कार्यकर्ता ही करें। उनका विश्वास था कि ऐसा करने से दलितों में स्वावलंबन, आत्म-विश्वास और आत्म-सम्मान की भावनाएँ उत्पन्न होंगी। इन भावनाओं के बिना, अछूतों का उत्थान सम्भव नहीं था। इस प्रकार डॉ. भीमराव अम्बेडकर ने अछूतोद्धार आन्दोलन के दौरान 'मानवीय अधिकारों' की माँग प्रस्तुत की जिनकी प्राप्ति न केवल समाज के सहयोग पर आधारित थी, बल्कि दलितों के संगठन और उत्साह पर भी निर्भर थी। डॉ. भीमराव अम्बेडकर एक स्पष्ट तथा निर्भीक वक्ता थे। वे अपने स्वार्थ के लिए नहीं, बल्कि समस्त अछूत-समाज के हितों की रक्षा हेतु लड़ते थे। अछूतोद्धार आन्दोलन के अंतर्गत मानव अधिकारों की माँग को आगे बढ़ाने के लिए डॉ. भीमराव अम्बेडकर ने स्वयं मध्य-प्रदेश, मद्रास और बंबई प्रान्तों के दौरे शुरू कर दिए। उन्होंने मलावार के अछूतों की दुर्दशा का समाचार सुना और वहाँ सभा में गए। वहाँ के अछूत समाज के लोग जब अम्बेडकर से मिले तो उन्होंने अपनी दयनीय कहानी उन्हें सुनाई। मलावार के ब्राह्मण बड़े कट्टर थे। वे अपनी औरतों को भी शूद्र मानते थे और उन पर विश्वास नहीं करते थे। ब्राह्मणों ने अछूतों पर कड़े प्रतिबंध लगा रखे थे। अछूत ऊँचे मकान नहीं बना सकते थे, दूध-घी नहीं खा सकते थे, पशुओं को नहीं पाल सकते थे, घुटनों से नीचे कपड़े नहीं पहन सकते थे, सिर के बाल नहीं रख सकते थे, सोने-चाँदी के जेवर नहीं पहन सकते थे और किसी दुकान पर खाने-पीने की चीज़ को छू नहीं सकते थे। ब्राह्मणों के गाँव की ओर जाने वाली सड़कों पर वे कतई नहीं चल सकते थे। वे ग्यारह बजे से पहले बाजार आदि में नहीं जा सकते थे। मलावार के अछूतों की स्थिति बड़ी दयनीय थी। उन्हें मृत पशुओं का मांस खाना पड़ता था और उनकी औरतें आधी नंगी रहने के लिए मजबूर थीं। मनु-स्मृति के कठोर से कठोर नियम मलावार में लागू थे।

मलावार के अछूतों पर होने वाले अत्याचारों को सुनकर डॉ. भीमराव अम्बेडकर का हृदय पिघल गया था। ब्राह्मण इतना क्रूर हो सकता है इसकी कल्पना करना कठिन था। वहाँ स्त्री-पुरुषों की दयनीय स्थिति देखकर, अम्बेडकर ने यह निश्चय किया कि वे भारत के इस दक्षिणी भाग से ही अपना आन्दोलन तीव्र करेंगे। वहाँ दीन-हीन अछूतों की एक सभा हुई और बहुत भारी संख्या में दलित समाज के लोगों की भीड़ वहाँ इकट्ठी हुई। अम्बेडकर ने उन्हें मृत पशुओं का मांस न खाने के लिए समझाया, जिसके बाद परियाहों ने मांस खाना छोड़ दिया। वे मलावार के हर क्षेत्र में गए और जोरदार प्रचार किया। डॉ. भीमराव अम्बेडकर के इस प्रचार से सवर्ण हिन्दुओं में हलचल मच गई। अम्बेडकर ने एक सभा केवल परियाह औरतों और बच्चों के लिए बुलाई, जिन्हें उन्होंने अपने भाषण में समझाया कि– "तुम्हारे गाँव में ब्राह्मण चाहे कितना ही निर्धन क्यूं न हो अपने बच्चों को ज़रूर पढ़ाता है। उसका लड़का पढ़ते-पढ़ते डिप्टी कलैक्टर बन जाता है। तुम ऐसा क्यूं नहीं करतीं? तुम अपने बच्चों को पढ़ने क्यूं नहीं भेजतीं? क्या तुम चाहती हो तुम्हारे बच्चे सदैव मृत पशुओं का मांस खाते रहें? दूसरों की जूठन बटोरकर चाटते रहें? तुम अपने शरीर को वस्त्रहीन क्यूं रखती हो और अपनी जांघों को क्यूं नहीं ढकतीं? यदि तुम इस प्रकार रहोगी तो अपने सतीत्व की रक्षा कैसे करोगी? दुनिया में कहीं भी औरतें तुम्हारी तरह आधी नंगी नहीं रहतीं। यह बुरी बात है। तुम अपना सम्मान बनाओ और कपड़े पहनने का अपना ढंग बदलो। तुम्हें अपना सारा शरीर वस्त्र से ढकना चाहिए। तभी तुम सम्मान-जनक महिलाएँ बन पाओगी।" अपने भाषण के अंत में उन्होंने कहा था कि 'जो स्त्रियां मेरे से कल मिलने आएँ, वे अपने शरीर को पूर्णतः ढक कर आएँ।'

डॉ. भीमराव अम्बेडकर समाज विद्रोही होने के साथ-साथ क्रान्तिकारी भी थे। कोई समाज सुधारक तो पुराने ढाँचे को संभालने का प्रयास करता है, जबकि एक क्रांतिकारी पुराने सामाजिक ढाँचे को उखाड़ फेंकता है और नया ढाँचा बनाता है। डॉ. भीमराव अम्बेडकर स्वयं अछूत जाति में पैदा हुए थे। एक अछूत के रूप में अम्बेडकर ने वही सब महसूस किया जो अन्य अछूतों ने और अन्य दलितों ने किया था। वे जानते थे कि उनका हृदय कैसे जीता जाए। अम्बेडकर एक ऐसे नेता थे जिन्होंने समस्त अछूतों के दुःख-दर्दों को अपना व्यक्तिक अपमान समझा। इसलिए उन्होंने यह प्रतिज्ञा ली कि अछूतों को इन जुल्मों से मुक्त करेंगे और उनके लिए मानव अधिकारों की दिशा में सतत् संघर्ष करेंगे। डॉ. भीमराव अम्बेडकर के मन में अछूतों के प्रति आत्मीयता थी और एक नेता के रूप में वह अछूतों और दीन-हीन दलितों के साथ बड़े मार्मिक ढंग से बातचीत करते थे। वह कहते थे कि अछूतों को भी उसी प्रकार मकानों में रहने, वस्त्र पहनने और भोजन प्राप्त करने का अधिकार है जिस प्रकार देश के अन्य नागरिक

उनका उपयोग करते हैं। यदि अछूत आत्म-सम्मान का जीवन जीना चाहते हैं तो उन्हें आत्म-सहायता के सिद्धांत पर चलना होगा।

डॉ. भीमराव अम्बेडकर के इस महान् मिशन से न केवल अछूतों को सामाजिक दासता से मुक्ति मिली, बल्कि राष्ट्र की शक्ति, स्वास्थ्य, दौलत, सम्मान और संस्कृति को भी बल मिला। उन्होंने भूखे-नंगे और दीन-हीन दलितों में उत्साह तथा लक्ष्य का संचार किया। एक ओर डॉ. भीमराव अम्बेडकर ने अछूतों को मानवी अधिकारों के प्रति सचेत किया, तो दूसरी ओर कट्टर हिन्दुओं को चेतावनी दी कि उन्हें अपने में मानवी भावना का आदर करना चाहिए और अछूतों को भी मानव-प्राणियों की भाँति समझना चाहिए, अन्यथा भारत में ऐसी क्रांति आ सकती है जिसके गंभीर परिणाम हो सकते हैं। सन् 1926 में देश के विभिन्न भागों में कुछ महत्त्वपूर्ण परिवर्तन हो रहे थे और घटनाएँ घटित हो रही थीं। अम्बेडकर इन सभी घटनाओं का अच्छी तरह से अध्ययन कर रहे थे। डॉ. भीमराव अम्बेडकर की सच्ची भावना को अछूतों ने पहचाना और उनके नेतृत्व में अटूट विश्वास प्रकट किया। उधर अम्बेडकर भी एक वकील के रूप में प्रसिद्धि प्राप्त करते जा रहे थे। उन्होंने कुछ ऐसे मुकदमों को हाथ में लिया जिन्हें अन्य वकील लेना नहीं चाहते थे। अब वह अछूतों को एक सशक्त नेतृत्व प्रदान करने में सुदृढ़ हुए चले जा रहे थे। अछूत समाज की आँखें, अपने नेता की ओर टिक गई। डॉ. भीमराव अम्बेडकर समाज तथा सरकारी क्षेत्र में ख्याति प्राप्त कर चुके थे जो दलित समाज के लिए बहुत ही सम्मान-जनक था।

महाड़ जल सत्याग्रह

डॉ. भीमराव अम्बेडकर चाहते थे कि अछूतों को उनका मानवी अधिकार जल्द-से-जल्द मिले, जिसके लिए वे लगातार प्रयत्न कर रहे थे। इस कार्य में सफलता प्राप्त करना कोई आसान काम नहीं था क्यूंकि कट्टर हिन्दुओं द्वारा अब भी कड़ा प्रतिरोध किया जा रहा था। अतः डॉ. भीमराव अम्बेडकर इस निष्कर्ष पर पहुँचे कि सतत् संघर्ष किए बिना हिन्दू समाज में अछूतों को मानवीय अधिकार प्राप्त नहीं हो सकते। उस समय के वातावरण में एकमात्र उपाय संघर्ष के साथ-साथ सत्याग्रह था जिसपर चलने का उन्होंने और उनके साथियों ने निश्चय किया। अम्बेडकर द्वारा किए गए सत्याग्रहों में से दो बड़े सत्याग्रह प्रसिद्ध हैं, एक महाड़ का जल सत्याग्रह और दूसरा नासिक का धर्म सत्याग्रह। महाराष्ट्र के एक समाज सुधारक श्री बोले ने सन् 1923 में बंबई कौंसिल में यह प्रस्ताव प्रस्ततु किया था कि 'सरकार द्वारा संचालित संस्थाएँ, अदालत, विद्यालय, चिकित्सालय, कार्यालय, धर्मशाला, पनघट, तालाब आदि स्थानों में प्रवेश करने और उनका उपयोग करने का अधिकार सरकार अछूत वर्गों को भी प्रदान करे।' सरकार ने

सभी प्रमुख विभागों और स्थानीय बोर्डों को यह आदेश जारी कर दिए थे कि अछूतों को सार्वजनिक स्थानों का प्रयोग करने दिया जाए। सरकार के इस आदेश के अनुसार, कोलाबा जिले की महाड़ नगरपालिका ने सन् 1924 में चावदार तालाब से पानी भरने का अछूतों को अधिकार दे दिया था, पर वहाँ के सवर्ण हिन्दू नहीं चाहते थे कि अछूत लोग तालाब के पानी का प्रयोग करें। हालांकि ईसाई, मुसलमान, पारसी सभी तालाब के पानी का उपयोग करते थे।

एक ओर सवर्ण हिन्दुओं ने यह ठान लिया था कि किसी भी अछूत को तालाब का पानी छूने तक नहीं दिया जाएगा और दूसरी ओर अछूत स्त्री-पुरुषों में बड़ा उत्साह पैदा हो गया था कि वे अपना अधिकार लेकर रहेंगे। 19-20 मार्च 1927 को महाराष्ट्र के कोलाबा जिले के प्रमुख अछूत नेताओं ने महाड़ में डॉ. भीमराव अम्बेडकर की अध्यक्षता में दलित जाति परिषद् की ओर से एक सभा का आयोजन किया। इस आयोजन का काफ़ी प्रचार किया गया और महाराष्ट्र तथा गुजरात के दूर-दूर के स्थानों से आकर वहाँ अछूत स्त्री-पुरुष इकट्ठे हुए। जब डॉ. भीमराव अम्बेडकर वहाँ पर पहुँचे तो उनका भव्य स्वागत किया गया। उन्होंने अछूतों को समझाया कि, "ऐसा काम करो जिससे तुम्हारे बाल-बच्चे तुम से अधिक अच्छी स्थिति में रहें। यदि आप ऐसा कर सकने में असमर्थ रहोगे तो आदमी के माता-पिता और पशु के नर-मादा होने में कोई अन्तर नहीं रहेगा। स्वतंत्रता किसी को उपहार के रूप में नहीं मिलती। उसके लिए संघर्ष किया जाता है। आत्म-उत्थान अन्यों के आशीर्वाद से नहीं होता बल्कि अपने ही प्रयत्न, संघर्ष तथा परिश्रम से होता है।" उन्नीस मार्च की रात को समिति की बैठक हुई जिसमें यह निर्णय लिया गया कि बीस मार्च की सुबह तालाब से पानी पीने के अधिकार को व्यावहारिक रूप दिया जाए।

यह बड़ी विचित्र बात थी कि यदि कोई अछूत ईसाई या मुसलमान हो जाए तो वह चावदार तालाब से पानी पी सकता था, पर वे अछूत के रूप में उस तालाब के आस-पास भी भटक नहीं सकता था। दूसरे दिन तालाब से पानी पीने का प्रस्ताव पास हुआ। डॉ. भीमराव अम्बेडकर ने कहा, "हम अपने अधिकार का उपयोग करने अवश्य जाएँगे, पर तुम सब स्त्री-पुरुषों को बिलकुल शांत रहना है।" सुबह होते ही डॉ. भीमराव अम्बेडकर के नेतृत्व में, कोई लगभग पाँच हज़ार नर-नारियों का एक जुलूस चार-चार की कतार में बड़े नियंत्रित ढंग से, तालाब की ओर चल पड़ा। अम्बेडकर पहली बार इतने बड़े सत्याग्रह का नेतृत्व कर रहे थे। शान्तिपूर्वक ढंग से वह जुलूस तालाब के किनारे तक पहुँच गया। अम्बेडकर का प्रिय कुत्ता भी उनके साथ था। सबसे पहले उसी कुत्ते ने तालाब से पानी पिया और फिर उसके स्वामी ने तालाब के किनारे बैठकर दोनों हाथों से जल ग्रहण किया। इसके बाद वह जुलूस शान्तिपूर्वक

अपने स्थान पर वापस आ गया। लगभग दो घंटे के बाद कुछ गुंडे सवर्ण हिन्दुओं ने यह अफवाह फैला दी कि अछूत लोग वीरेश्वर के मन्दिर में प्रवेश की योजना बना रहे हैं। इस झूठी खबर से हिन्दुओं में गुस्सा बढ़ गया, वह जोश में आकर संगठित हो गए और अपने हाथों में लाठियाँ लेकर पंडाल की ओर चल पड़े। उन्होंने यह नारा बुलंद कर दिया कि उनका धर्म ही नहीं बल्कि ईश्वर भी अपवित्र होने के खतरे में है। पण्डाल में अछूत स्त्री-पुरुष इधर-उधर हो चले थे। कुछ अपने-अपने गाँव जाने की तैयारी कर रहे थे, कुछ पण्डाल में भोजन कर रहे थे और कुछ महाड़ के बाजार में घूम रहे थे। इतने में कट्टर हिन्दू उस पंडाल में पहुँच गए और अचानक हमला कर दिया। जहाँ कहीं भी अछूत स्त्री, बच्चे और आदमी मिले, उन्हें पीटना शुरू कर दिया और चारों ओर भगदड़ मच गई।

डॉ. भीमराव अम्बेडकर को इस घटना के बारे में कुछ पता नहीं था। वे उस समय अपने साथियों के साथ प्रवासी बँगले में थे और परस्पर विचार विमर्श कर रहे थे। पुलिस इन्सपेक्टर ने अम्बेडकर से मुलाकात की। डॉ. भीमराव अम्बेडकर ने पुलिस अधिकारियों से कहा कि वे हिन्दुओं को संभालें और वे अछूतों की देखभाल करते हैं। शीघ्र ही वे अपने दो-चार साथियों सहित पण्डाल की ओर दौड़े। कुछ हिन्दू गुंडों ने उन पर भी आक्रमण कर दिया। अम्बेडकर ने उन्हें समझाते हुए कहा कि हम लोगों का वीरेश्वर मंदिर में जाने का कोई आयोजन नहीं है। जब वे पण्डाल में पहुँचे तो उन्होंने देखा कि पूरा का पूरा पण्डाल धराशायी हो गया है, सारा भोजन बिखरा पड़ा है, रसोई के बर्तन मिट्टी में सने पड़े हैं, कुछ अछूत स्त्री-बच्चे और पुरुष घायल अवस्था में ज़मीन पर पड़े हैं। अम्बेडकर ने उन्हें तुरंत अस्पताल पहुँचाया और वे बंबई के लिए रवाना हो गए। वहाँ पहुँचकर अम्बेडकर ने महाड़-कांड की सूचना महाराष्ट्र के कोने-कोने में फैला दी ताकि अछूतों में जागृति की नई लहर दौड़े और सवर्ण हिन्दू भी अपने भाइयों की करतूत को जान सकें। महाराष्ट्र तथा भारत के प्रमुख समाचार पत्रों ने डॉ. भीमराव अम्बेडकर के इस साहसिक सत्याग्रह की प्रशंसा की और सवर्ण हिन्दुओं द्वारा निहत्थे अछूतों पर आक्रमण की निंदा की। सवर्ण हिन्दुओं के इस हिंसात्मक कार्य से अम्बेडकर के हृदय को गहरी चोट पहुँची।

अछूतोद्धार आन्दोलन में महाड़ सत्याग्रह से एक नया मोड़ आया जिसने अछूतों की मनःस्थिति को उत्तेजित किया। अछूतों में यह विचार जग गया कि संघर्ष के बिना कोई अधिकार प्राप्त नहीं होगा। उन्हें संगठित होकर ही संघर्ष करना पड़ेगा। उधर महाड़ के सनातनी हिन्दुओं ने आग में और नमक छिड़क दिया। उन्होंने घोषणा की कि अछूतों द्वारा चावदार तालाब का पानी छूने से वह अपवित्र हो गया अतः उन्होंने तालाब को शुद्ध करने का संस्कार किया। डॉ. भीमराव अम्बेडकर ने इस शुद्धिकरण

को अछूतों का अपमान समझा और उन्होंने अपने पत्र 'बहिष्कृत भारत' के माध्यम से इसका प्रचार किया। उन्होंने पुनः सत्याग्रह की योजना बनाई जिसके लिए उन्होंने 'बहिष्कृत हितकारिणी सभा' के कार्यालय में सत्याग्रह करने वालों के नाम लिखना प्रारम्भ करवा दिया। उधर महाड़ नगरपालिका ने सवर्ण हिन्दुओं के दबाव में आकर सरकार का वह आदेश रद्द कर दिया जिसके अन्तर्गत अछूतों को तालाब से पानी भरने का अधिकार दिया था। अम्बेडकर ने 'महाड़ सत्याग्रह समिति' की स्थापना की और 25-26 दिसम्बर 1926 का दिन पुनः सत्याग्रह के लिए निश्चित किया। इसी समय सवर्ण हिन्दुओं ने महाड़ के आस-पास सभी अछूतों का सामाजिक बहिष्कार कर रखा था। हिन्दुओं ने अछूतों के गाँव में घूमना-फिरना बन्द कर दिया, उन्हें चीज़ें बेचना बंद कर दिया और यहाँ तक कि अन्न की बिक्री भी उनके लिए बन्द हो गई। महीनों तक ये अन्याय चलता रहा, लेकिन उनके इन अत्याचारों से अछूत घबराए नहीं और उनकी दलित जाति परिषद् ने सत्याग्रह की पूरी तैयारी कर ली।

सवर्ण हिन्दुओं ने परिषद् के पण्डाल को बनाने के लिए जगह नहीं दी। महाड़ के व्यापारियों ने परिषद् को कोई भी वस्तु देने से इंकार कर दिया। किसी मुसलमान ने परिषद् को जगह दी और पण्डाल बनाया गया। डॉ. भीमराव अम्बेडकर 24 दिसम्बर 1927 को अपने 200 साथियों के साथ बंबई से महाड़ के लिए रवाना हो गए और वह दूसरे दिन दोपहर वहाँ पहुँच गए। वे महाड़ से पाँच मील दूर दासगाँव उतरे थे जहाँ लगभग तीन हज़ार दलितों ने अम्बेडकर तथा उनके सहयोगियों का अच्छा स्वागत किया। उन्हें एक जुलूस के रूप में दासगाँव से महाड़ ले जाया गया। महाड़ में अम्बेडकर ने जिलाधीश से मुलाकात की और जिलाधीश ने अम्बेडकर से कहा– "सवर्ण हिन्दुओं ने चावदार तालाब को खानगी सम्पत्ति होने का दावा किया है। अतः जब तक इस बात का कानूनी फैसला नहीं हो जाता तब तक आप सत्याग्रह न करें।" डॉ. भीमराव अम्बेडकर स्वयं एक बड़े बैरिस्टर थे, उन्होंने कहा कि– "जिस स्थान का प्रयोग मुस्लिम, पारसी तथा हिन्दू करते हों वह खानगी कैसे हो सकता है? हम सत्याग्रह अवश्य करेंगे।" लगभग पाँच हज़ार लोगों ने सत्याग्रही सूची में अपने नाम अंकित कराए थे। अछूतों में सत्याग्रह को लेकर बहुत जोश था। उस सभा में जिलाधीश ने बोलते हुए कहा "सरकार के आदेशानुसार सार्वजनिक तालाब, विद्यालय तथा सड़कें सबके लिए खुले हैं, परन्तु हिन्दुओं ने अदालत में यह दावा पेश किया है कि चावदार तालाब निजी सम्पत्ति है। इसलिए, अदालत के निर्णय तक आपको प्रतीक्षा करनी चाहिए। पहले सत्याग्रह के समय जिन लोगों ने आप पर आक्रमण किया था उन्हें दंडित किया गया। यदि आप कानून का उल्लंघन करते हैं तो आप भी दंड के भागी होंगे। एक मित्र के नाते, मैं आपको सलाह देता हूँ कि आप अदालत के निर्णय तक सत्याग्रह

को स्थगित कर दें।" उधर डॉ. भीमराव अम्बेडकर ने कहा– "मेरा हृदय यह देखकर खुशी से उछल पड़ता है कि आप अपने सम्मान तथा अधिकार को प्राप्त करने के लिए सत्याग्रह को तैयार हैं, लेकिन साथ ही संघर्ष छेड़ने से पूर्व यह अच्छा रहे यदि हम इसके कानूनी पक्ष पर भी विचार कर लें। यह बात सही है कि दुनिया में कठिन परिश्रम के बाद ही कुछ प्राप्त होता है। ध्यान रहे, आप लोग अग्नि में इसलिए मत कूदो कि मैं कहता हूँ। आप इसलिए ऐसा करो कि आपका कार्य औचित्यपूर्ण है। हम ऐसे सत्याग्रही चाहते हैं जो अपने को मिटाकर भी छुआछूत मिटाने के लिए तैयार हो। जिलाधीश को सुनने के बाद यदि आप अपने निर्णय पर अडिग रहते हैं तो सत्याग्रह करने में कोई संकोच नहीं होना चाहिए।"

दूसरे दिन डॉ. भीमराव अम्बेडकर ने एकत्र जन-समूह को बहुत समझाया, हालाँकि यह काम बड़ा कठिन था। उन्होंने अछूतों से निवेदन किया– "आप बड़े बहादुर लोग हैं। वे लोग जो अपने अधिकारों के लिए जीवन तक देने को तैयार हैं अवश्य ही प्रगति करेंगे, लेकिन अब ऐसी स्थिति पैदा हो गई है जहाँ आप को सत्याग्रह छेड़ने से पूर्व दो बार सोचना पड़ेगा। आप जानते हैं गांधीजी ने सत्याग्रह किया, जिनको हिन्दू जनता का समर्थन प्राप्त था, परन्तु हमें सवर्ण हिन्दुओं से तनिक भी आशा नहीं। इस तथ्यों को देखते हुए, हमें सरकार को नाराज नहीं करना चाहिए। यह मत सोचना कि यदि आप सत्याग्रह स्थगित करते हो तो इसमें कोई अपमान है। मेरे भाइयों! मैं आपको विश्वास दिलाता हूँ कि सत्याग्रह के समर्थन का अर्थ यह नहीं होगा कि हमने संघर्ष का परित्याग कर दिया है। संघर्ष उस समय तक जारी रहेगा जब तक चावदार तालाब पर हम अपना अधिकार प्राप्त नहीं कर लेते।" दलित नेता के निर्णय का सभी लोगों ने सम्मान किया। डॉ. भीमराव अम्बेडकर महाड़ में एक दिन और ठहरे और उन्होंने चमार मोहल्लों में भाषण दिए और दलितों में जागृति का बिगुल बजाया। अम्बेडकर ने शाम को एक सभा में भाषण देते हुए कहा– "आप अपने आपको कभी अछूत मत समझो। साफ़-सुथरा जीवन व्यतीत करो। स्पृश्य स्त्रियों की भाँति वस्त्र पहनो। इसकी कभी चिन्ता मत करो कि तुम्हारे वस्त्र फटे पुराने हैं। यह ध्यान रखो कि वे साफ़ हैं। आपके वस्त्रों की स्वतंत्रता पर कोई प्रतिबंध नहीं लगा सकता और न ही कोई तुम्हें अपने जेवरात के चुनाव में रोक सकता है। अपने मन को स्वच्छ बनाने का ध्यान रखो और आत्मसहायता की भावना अपने मन में पैदा करो। तुम्हारे पति और पुत्र शराब पीते हैं तो उन्हें खाना मत दो। अपने बच्चों को स्कूल भेजो। स्त्री-शिक्षा उतनी ही अनिवार्य है जितनी पुरुष-शिक्षा। यदि तुम लिखना-पढ़ना जानते हो तो तुम्हारी प्रगति शीघ्र होगी। जैसे तुम रहोगे वैसे ही तुम्हारी संतान बनेगी। उनके जीवन को इस प्रकार ढालो जो दुनिया में आपका नाम रोशन करें।"

डॉ. भीमराव अम्बेडकर के इन शब्दों के साथ महाड़ सत्याग्रह का अंत हुआ। अम्बेडकर ने अदालत में चावदार तालाब से अछूतों द्वारा पानी पीने के अधिकार के लिए दावा पेश किया। वह मुकदमा दस वर्षों तक चला और 17 मार्च 1936 को बंबई हाई कोर्ट ने अछूतों के पक्ष में अपना फैसला सुनाया। एक लंबे संघर्ष के बाद डॉ. भीमराव अम्बेडकर और समूचे अछूत समुदाय को सफलता मिली।

नासिक धर्म सत्याग्रह

नासिक का धर्म सत्याग्रह भी एक विचित्र घटना है। नासिक हिन्दुओं का एक ऐतिहासिक तीर्थस्थल है। यहाँ पंचवटी है जहाँ श्री रामचन्द्रजी वनवास के दिनों में रहे थे, रावण की बहन शूर्पणखा की नाक भी यहीं काटी गई थी और रावण ने सीताहरण भी यहीं किया था। यहीं पर एक 'कालाराम' मन्दिर स्थित है जिसमें रामजी की एक मूर्ति विराजमान है। रामनवमी के दिन यहाँ पन्द्रह दिन का एक मेला होता है और रथ यात्रा भी निकाली जाती है। रथ में भगवान् कालेराम को बैठाकर गोदावरी नदी में स्नान करवाने के लिए ले जाया जाता है। इस रथ को हिन्दू लोग खींचते हैं और वे गोदावरी नदी में स्नान करके कालेराम के मन्दिर में दर्शन करते हैं। अछूतों को भी यह इच्छा थी कि वे भी ऐसा करें, पर उन्हें कौन ऐसा करने देता? अछूत लोग इस बात के लिए सन् 1929 से प्रयास कर रहे थे कि उन्हें भी रथ छूने दिया जाए, गोदावरी के मुख्य घाट पर स्नान करने दिया जाए और मन्दिर में कालेराम के दर्शन भी करने दिए जाएँ। वहाँ के अछूत लोगों को डॉ. भीमराव अम्बेडकर के अछूतोद्धार आन्दोलन और महाड़ सत्याग्रह के बारे में पता था। इसलिए उन लोगों ने अम्बेडकर को बुलाया ताकि वे उनका नेतृत्व करें। 2 मार्च 1930 को डॉ. भीमराव अम्बेडकर ने अछूतों द्वारा कालाराम मन्दिर में प्रवेश के अधिकार को लेकर सत्याग्रह प्रारम्भ किया।

डॉ. भीमराव अम्बेडकर दो तारीख को ही बंबई से नासिक पहुँच गए। उनकी अध्यक्षता में एक आम सभा का आयोजन हुआ जिसमें अपार भीड़ थी। सभा में सर्वसम्मति से यह निर्णय लिया गया कि सत्याग्रह अवश्य किया जाए। सत्याग्रह की घोषणा कर दी गई और सभी अछूत स्त्री-पुरुष बड़ी से बड़ी कुर्बानी देने के लिए तैयार थे। दोपहर के बाद तीन बजे अछूतों का एक विशाल जन-समूह इकट्ठा हुआ और सभी एकत्र स्त्री-पुरुष चार-चार की कतारों में, अनुशासित ढंग से, कालाराम मन्दिर की ओर एक जुलूस के रूप में चल पड़े। जुलूस का नेतृत्व डॉ. भीमराव अम्बेडकर कर रहे थे। सभी स्त्रियाँ-पुरुष कालाराम के दर्शन करने के लिए लालांवित थे, लेकिन जैसे ही मंदिर के प्रबंधकों ने देखा कि एक विशाल जुलूस मन्दिर की ओर बढ़ा चला आ रहा है, उन्होंने मन्दिर के सभी दरवाज़े बन्द कर दिए। थोड़ी देर प्रतीक्षा की, पर कोई उत्तर

नहीं मिला। फिर वह जुलूस गोदावरी के घाट की ओर चल पड़ा, जहाँ पहुँचकर वह एक सभा में शामिल हो गया। भाषणों के बाद सभी स्त्री-पुरुषों ने सत्याग्रह की शपथ ग्रहण की ताकि प्रयास विफल न हो। सत्याग्रह का बहुत प्रचार हो रहा था और यह धीरे-धीरे बढ़ रहा था जिसकी वज़ह से सरकार ने शहर में दफा 144 लगा दी। यह घोषणा भी करवा दी गई कि कालाराम मन्दिर के आस-पास सौ गज के अन्दर इकट्ठा घूमने वालों को पकड़ लिया जाएगा। फिर भी कुछ सत्याग्रही एक-एक करके मन्दिर के दरवाज़ों के पास पहुँच गए और धरने पर बैठ गए।

सत्याग्रह लगभग एक महीने तक चलता रहा और रामनवमी आ गई। रामनवमी के दिन रथयात्रा होती थी। उस दिन भी मन्दिर के सामने सजा हुआ रथ आ गया। अछूत सत्याग्रही अड़ रहे थे कि वो भी रथ को खींचेंगे। एक समझदार सिटी मजिस्ट्रेट ने यह समझौता करवा दिया कि एक ओर से अछूत नवयुवक और दूसरी ओर से सवर्ण नवयुवक रथ खींचेंगे। अछूत समाज के लोग तो इस बात के लिए राजी हो गए, पर सवर्ण हिन्दू जाति के लोग मन से उसे स्वीकार नहीं कर पाए और लड़ाई-झगड़ा करने के लिए उतारू हो गए। हज़ारों स्त्री-पुरुषों की भीड़ वहाँ इकट्ठी हो गई। कालाराम मन्दिर का उत्तरी दरवाज़ा खोल दिया गया। मन्दिर के आस-पास पुलिस का बड़ा भारी प्रबन्ध किया गया था। मन्दिर में दर्शन करने के लिए लोगों की भीड़ का रेला चला गया जिसके साथ कुछ अछूत लोग भी अन्दर घुस गए, लेकिन उन्हें पकड़कर पीटना प्रारम्भ कर दिया गया और बाहर निकाल फेंका। एक दूसरी गली से जब अछूतों की भीड़ आई तो सवर्ण हिन्दुओं ने उनका रास्ता रोक लिया और पुलिस ने उन पर कोड़ों से प्रहार किया। कोड़ों की बरसात में भी वे वहाँ डटे रहे। पुलिस ने उन्हें गिरफ्तार कर लिया और रामनवमी के दिन अछूत स्त्री-पुरुषों की हिन्दुओं तथा पुलिस ने निर्दयता से पिटाई की।

जिस जगह से रथयात्रा प्रारम्भ होने वाली थी उस जगह डॉ. भीमराव अम्बेडकर भी उपस्थित थे और रथ खींचने वाले अपने नवयुवकों का नेतृत्व कर रहे थे। वहाँ अपार भीड़ थी और नासिक के दलित जाति के नेता दादा साहब गायकवाड़ को किसी तरह मालूम हो गया कि हिन्दू लोग दंगा अवश्य करेंगे। उन्होंने डॉ. भीमराव अम्बेडकर से कहा– "आपका जीवन खतरे में है। आप यहाँ से शीघ्र चलें। मोटर गाड़ी उधर खड़ी है।" अम्बेडकर ने गायकवाड़ से कहा– "आप मुझे अच्छी सलाह नहीं दे रहे हैं। मैं एक बहादुर सैनिक का बेटा हूँ, किसी कायर का नहीं। मैं डरपोक नहीं हूँ। चाहे जो कुछ हो, मौत के भय से मैं यहाँ से कतई नहीं हटूँगा। दूसरों की जान मौत के मुँह में डालकर मैं भागने वालों में से नहीं हूँ।" इतनी देर में हिन्दुओं ने हमला बोल दिया और रथ को खींचकर भाग गए। रथ को उन्होंने तंग मार्ग में ले जाकर खड़ा कर दिया। रथ

के चारों तरफ़ पुलिस का कड़ा पहरा लगा दिया गया ताकि वहाँ अछूत लोग न आ सकें। कुछ अछूत नवयुवक, जिनमें बहुत जोश था वह पुलिस की कतार काटकर रथ के पास पहुँच गए और जब वे उसे खींचने का प्रयास करने लगे तो सवर्ण हिन्दुओं ने उनपर ऐसी क्रूरता से प्रहार किया कि वे खून से लथ-पथ हो गए। इसी बीच डॉ. भीमराव अम्बेडकर भी वहाँ पहुँच गए। उन पर भी पत्थरों की वर्षा होने लगी जिनसे उनको काफ़ी चोटें आईं।

उस दिन सारे नासिक शहर तथा आस-पास अछूतों और सवर्ण हिन्दुओं के बीच दंगे होते रहे, लेकिन सत्याग्रह जारी रहा। उस समय वहाँ पचास हज़ार हिन्दू सवर्ण जाती के लोग स्नान कर रहे थे। वहीं अछूत नर-नारियों ने स्नान करना प्रारम्भ कर दिया। पुलिस ने स्नान करने वाले अछूतों पर डंडे बरसाए, पर वे स्नान करते रहे। सवर्ण हिन्दुओं ने भी अछूत नारी-नारियों पर हमला बोल दिया और उन्हें खून से भी नहला दिया गया। वहाँ हा-हाकार मच गया, लेकिन अछूत लोगों में सत्याग्रह एवं संघर्ष का जोश निरन्तर बना रहा। हिन्दुओं को मन्दिर के दरवाज़े एक साल तक बन्द रखने पड़े। सत्याग्रह का नतीजा यह हुआ कि रथयात्रा और मूर्ति स्नान पर प्रतिबंध लगा दिया गया तथा अक्टूबर 1935 को मन्दिर प्रवेश पर काननू बन गया कि अछूतों को भी दर्शन के लिए मंदिर के अंदर जाने दिया जाए।

❑

अध्यायः 13

डॉ. बाबा साहब अम्बेडकर

डॉ. भीमराव अम्बेडकर समाज के प्रति अपने कार्यों में इतने व्यस्थ हो गए थे कि वह अपने घर-परिवार वालों की तरफ़ ज़रा भी ध्यान नहीं दे पा रहे थे। उनकी पत्नी रमाबाई काफ़ी लंबे से बीमार चल रही थीं। जिसके बाद मई 1935 में उनका देहान्त हो गया। पत्नी रमाबाई के देहान्त से भीमराव पर बड़ा प्रभाव पड़ा। उन्होंने सभी सुख-सुविधाओं का त्याग कर दिया और सादगी भरा जीवन जीने लगे। भीमराव की इस सादगी को देखकर उसी समय से लोग उनको 'बाबा साहब' के नाम से पुकारने लगे। इसी दौरान उन्हें बंबई गवर्नमेंट लॉ कॉलेज में प्राचार्य के पद पर नियुक्त किया गया। पढ़ने-पढ़ाने में ध्यान देने के कारण अम्बेडकर धीरे-धीरे अपने दुःख से बाहर आ गए और वापस से पहले की तरह सामान्य जीवन व्यतीत करने लगे। सितम्बर 1935 में नासिक जिले के येवला स्थान पर अम्बेडकर ने 'येवला सम्मेलन' की अध्यक्षता की और दलितों को हिन्दू धर्म त्याग कर दूसरा धर्म अपनाने को कहा। येवला सम्मेलन में उन्होंने स्पष्ट कहा कि वे धर्म परिवर्तन कर रहे हैं। पत्नी की मृत्यु के बाद यह पहला अवसर था, जब डॉ. अम्बेडकर सार्वजनिक सभा में पधारे थे। इस अवसर पर उन्होंने सफ़ेद वस्त्र पहन रखे थे। इसी सम्मेलन से उनको 'बाबा साहब' वाले नाम से ज़्यादा प्रसिद्धि मिली और सभी लोग उन्हें डॉ. बाबा साहब अम्बेडकर के नाम से भी जाननें लगे।

भीमराव शुरू से ही ब्राह्मण और पूँजीवाद के विरोधी थे। बंबई में 1936 के चुनाव होने वाले थे। उस दौरान भीमराव अम्बेडकर ने 'इंडिपेंडेंट लेबर पार्टी' (स्वतंत्र मज़दूर दल) के नाम से एक नयी पार्टी बनायी। बंबई असेम्बली में 175 सीटों में से 15 सीटें अछूतों के लिए सुरक्षित थीं। अम्बेडकर को 17 सीटों पर चुनाव लड़ने को मिला।

फरवरी, 1937 को चुनाव संपन्न हुआ तो 17 में से 15 सीटों पर इंडिपेंडेंट लेबर पार्टी के प्रत्याशी विजयी रहे। इस जीत से अम्बेडकर काफ़ी प्रसिद्ध हो गए। अब वे अछूतों के साथ-साथ मज़दूरों के भी नेता माने जाने लगे। जुलाई, 1937 को बंबई कांग्रेस मंत्रिमंडल का गठन हुआ। एक सरकारी बिल द्वारा अछूतों के लिए 'हरिजन' शब्द का उपयोग किए जाने का प्रस्ताव रखा गया। इसका विरोध दलित जाति के नेता दादा साहब गायकवाड़ और डॉ. भीमराव अम्बेडकर ने किया। अपना विरोध जताने के लिए अम्बेडकर ने असेम्बली में शांति मार्च किया। मई, 1938 में डॉ. भीमराव अम्बेडकर ने बंबई गवर्नमेंट लॉ कॉलेज के प्राचार्य पद से त्याग पत्र दे दिया। इसके बाद भीमराव हमेशा पश्चिमी वेशभूषा में रहने लगे थे लेकिन मन से वे पूर्णतः भारतीय थे।

सन् 1942 में कांग्रेस पार्टी 'भारत छोड़ो आंदोलन' के चलते पूरे देश में लोकप्रिय हो गई थी। उस समय कांग्रेस की आलोचना करना खतरे से खाली नहीं था, किन्तु अम्बेडकर ने उस समय भी एक पुस्तक लिखी और प्रकाशित करवाई। उस पुस्तक का नाम था– 'गांधीजी और कांग्रेस ने अछूतों के लिए क्या किया?' अपने विवादास्पद विचारों और गांधीजी व कांग्रेस की कटु आलोचना के बावजूद अम्बेडकर की प्रतिष्ठा एक अद्वितीय विद्वान और विधिवेत्ता की थी, जिसके कारण 15 अगस्त, 1947 को भारत की स्वतंत्रता के बाद कांग्रेस के नेतृत्व वाली नई सरकार अस्तित्व में आई, तो उसने अम्बेडकर को कानून मंत्री के रूप में देश की सेवा करने के लिए आमंत्रित किया। इस आमंत्रण को अम्बेडकर ने स्वीकार कर लिया। डॉ. भीमराव अम्बेडकर नेहरू मंत्रिमंडल में शामिल हुए तथा स्वतंत्र भारत के पहले कानून मंत्री बने। जुलाई, 1946 में अम्बेडकर बंगाल विधान परिषद् से मुस्लिम लीग की सहायता से दलितों के प्रतिनिधि के तौर पर संविधान सभा में निर्वाचित होकर आये। नवंबर, 1946 में भीमराव ने संविधान सभा में पहली बार भाषण दिया। जुलाई, 1947 में अम्बेडकर राष्ट्रीय झण्डा समिति के सदस्य बनाये गए तथा संविधान सभा द्वारा अशोक धम्मचक्र तिरंगा झंडा स्वीकृत हुआ।

❑

अध्याय: 14

भारतीय संविधान के रचयिता

डॉ. भीमराव अम्बेडकर को सन् 1947 को स्वतंत्र भारत के नये संविधान सभा की प्रारूप समिति के अध्यक्ष के रूप में नियुक्त किया गया था। उनके सामने संविधान का प्रारूप तैयार करने का चुनौतीपूर्ण काम था, जो अत्यंत पेचीदा और जटिल कार्य था। संविधान प्रारूप समिति के सात सदस्य थे लेकिन विभिन्न कारणों से वे अपना पूरा सहयोग न दे सके। अपनी ख़राब सेहत के बावजूद बाबा साहब ने अकेले ही रात-दिन मेहनत कर भारतीय संविधान का प्रारूप तैयार कर दिखाया, जो समता, स्वतंत्रता, बंधुता और न्याय के सिद्धान्तों पर आधारित है। 4 अक्टूबर, 1948 को डॉ. भीमराव अम्बेडकर ने संविधान सभा में संविधान प्रस्तुत किया। 20 नवंबर, 1948 को संविधान सभा ने अनुच्छेद 17 से अछूत शब्द हटाने का निश्चय कर लिया। 26 नवंबर, 1949 को संविधान बनकर तैयार हुआ और उसपर सरकार की मुहर लग गई। 26 जनवरी, 1950 से भारतीय संविधान लागू हो गया। बाबा साहब अम्बेडकर ने भारत में संविधान द्वारा एक नये युग का आरम्भ किया। अम्बेडकर ने समाज के सभी वर्गों के बीच एक वास्तविक पुल के निर्माण पर जोर दिया। उनके अनुसार अगर देश के अलग-अलग वर्गों के अंतर को कम नहीं किया गया, तो देश की एकता बनाए रखना मुश्किल होगा। उन्होंने धार्मिक, लिंग और जाति समानता पर विशेष जोर दिया। वह शिक्षा, सरकारी नौकरियों और सिविल सेवाओं में अनुसूचित जातियों और अनुसूचित जनजातियों के सदस्यों के लिए आरक्षण शुरू करने के लिए विधानसभा का समर्थन प्राप्त करने में सफल रहे।

एक बार विदेशी पत्रकार भारत की सामाजिक एवं राजनीतिक स्थितियों का अध्ययन करने भारत आए थे। उन्हें गांधीजी, मोहम्मद जिन्ना एवं डॉ. भीमराव

अम्बेडकर से मुलाकात के लिए रात का समय मिला। बाबा साहब ने रात के दो बजे का समय मुलाकात के लिए दिया। पत्रकार ने बाबा साहब से मिलते ही प्रश्न किया– 'क्या बात है डॉ. अम्बेडकर, आप रात के दो बजे भी मुझे जागते हुए मिले, परन्तु मिस्टर गांधी और जिन्ना तो सो गये।' बाबा साहब ने उत्तर दिया– 'वे सो गये, क्यूंकि उनका समाज जाग चुका है, परन्तु मेरा समाज अभी घोर निद्रा में है। यदि मैं भी सो गया तो इसे कौन जगायेगा।' अम्बेडकर की यह बात सुनकर विदेशी पत्रकार हैरान रह गया।

बाबा साहब नेहरू मंत्रिमंडल में गैर-कांग्रेसी मंत्री थे। संसद में कानून मंत्री के रूप में उन्होंने हिन्दू कोड बिल पेश किया, जिसमें उत्तराधिकार, गुजारा भत्ता, विवाह, तलाक, गोद लेना एवं नाबालिगपन पर प्रगतिशीलता की दृष्टि से विचार किया गया था। बिल पास होने से महिलाओं को स्वतंत्रता और समानता का अधिकार मिलता। हालांकि प्रधानमंत्री नेहरू, कैबिनेट और कई अन्य कांग्रेसी नेताओं ने इसका समर्थन किया, परन्तु रूढ़िवादी हिन्दुओं ने बिल का प्रचंड विरोध किया। बिल पास न होने से अम्बेडकर बहुत निराश हुए और उन्होंने सितम्बर, 1951 को कानून मंत्री पद से इस्तीफा दे दिया। अम्बेडकर ने वर्ष 1952 में लोकसभा का चुनाव एक निर्दलीय उम्मीदवार के रूप में लड़ा। इस चुनाव में उन्हें हार का सामना करना पड़ा। मार्च, 1952 में उन्हें संसद के ऊपरी सदन यानी राज्यसभा के लिए चुना गया और अपनी मृत्यु तक वो इस सदन के सदस्य रहे।

भारत और पाकिस्तान का विभाजन हो गया था और दोनों राज्य पूर्ण रूप से स्वतंत्र हो गए थे। इस विभाजन में अछूतों को कुछ भी नहीं मिल पाया था। इसलिए डॉ. भीमराव अम्बेडकर बड़े चिंतित थे। उन्होंने जीवन भर संघर्ष किया और दलितों ने बड़ी कुर्बानियाँ दीं, पर अंत में कोई ठोस फल नहीं मिला। अतएव अपने अन्तिम प्रयास की दिशा में डॉ. भीमराव अम्बेडकर अक्टूबर, 1946 में लंदन पहुँच गए। वहाँ वह मंत्रियों, राजनीतिज्ञों और विशेषज्ञों से मिले ताकि अछूतों के हितों की अच्छी सुरक्षा का मार्ग निकल सके। लगभग सभी ने यह सलाह दी कि वह दलितों के अधिकारों के लिए संविधान-सभा में ही संघर्ष करें। अम्बेडकर चाहते थे कि दलितों को जनसंख्या के आधार पर प्रांतीय तथा केंद्रीय असेम्बलियों और मंत्री मंडली में प्रतिनिधित्व प्राप्त हो। वे लंदन के वार्तालापों से समझ गए कि अब अछूतों के हितों का निर्णय भारतीयों के ही हाथ में है। वे भारत लौट आए और दलितों की स्थिति पर गंभीर चिंतन करने लगे। 29 अप्रैल, 1947 के दिन संविधान-सभा ने सरदार पटेल द्वारा प्रस्तावित उस धारा को पास किया जिसमें यह ऐतिहासिक घोषणा हुई– "किसी भी रूप में छुआछूत समाप्त है और छुआछूत के कारण किसी पर अयोग्यता थोपना दण्डनीय अपराध होगा।" सरदार पटेल द्वारा इस प्रस्ताव को पेश करना तो सौभाग्य की बात थी ही, बल्कि समस्त भारत

के लिए यह स्मरणीय दिवस था क्यूंकि सदियों से चला आ रहा छुआछूत का हिन्दुओं पर लगा कलंक साफ़ हुआ, हालाँकि व्यवहार में अब भी बहुत से कट्टर हिन्दू छुआछूत से ऊपर नहीं उठ पाए हैं।

अगस्त, 1947 को संविधान-सभा ने संविधान-प्रारूप समिति की नियुक्ति की जिसमें डॉ. भीमराव अम्बेडकर को भी चुना गया। डॉ. भीमराव अम्बेडकर को कुछ आश्चर्य तो अवश्य हुआ, परन्तु उस समय उन्हें और भी आश्चर्य हुआ जब उन्हें प्रारूप-समिति का अध्यक्ष भी चुना गया। निस्सन्देह जिस अछूत को जीवनभर कष्टों, कठिनाइयों एवं अपमानों का सामना करना पड़ा, आज उसको संविधान निर्माण की प्रक्रिया में सर्वोच्च स्थान मिला। भारतीय इतिहास में एक दलित के लिए यह न केवल आश्चर्यजनक, बल्कि बहुत बड़ी उपलब्धि थी। भारत ने अपना कानून रचनाकार, उस जाति में से चुना जिसे सदियों से कुचला एवं शोषित किया गया। नए स्वतंत्र भारत ने कानून बनाने का कार्यभार एक ऐसे महापुरुष को सौंपा जिसने कुछ ही वर्ष पूर्व मनु-स्मृति और हिन्दुओं की संहिता का अग्निदाह किया था। संविधान-प्रारूप समिति का इतना कार्य था कि अम्बेडकर को बहुत परिश्रम करना पड़ा। उस स्थिति में, जब उनका स्वास्थ्य काफ़ी गिर चुका था। डॉ. भीमराव अम्बेडकर ने नेहरू जी से अपील की कि पाकिस्तान में रहने वाले सभी दलितों को यहाँ लाने के लिए शीघ्र कदम उठाए जाएँ। अम्बेडकर अनेक प्रकार के कार्यों में व्यस्त रह कर नए संविधान के निर्माण में जुटे हुए थे।

डॉ. भीमराव अम्बेडकर के कंधों पर संविधान-प्रारूप समिति का कितना भार था, यह टी.टी. कृष्णामाचारी के 5 नवम्बर, 1948 के उस भाषण से स्पष्ट है जो उन्होंने संविधान-सभा में दिया था– "सदन सम्भवत: इस बात से अवगत है कि आपके द्वारा सात मनोनीय सदस्यों में से एक ने इस्तीफा दे दिया था, उसकी पूर्ति की गई। एक सदस्य की मृत्यु हो गई, पर उसके स्थान की पूर्ति नहीं हुई। एक सदस्य दूर अमेरिका में है और उनका स्थान भी नहीं भरा गया। एक सदस्य राजकीय मामलों में व्यस्त है, अतएव उनका स्थान भी उस सीमा तक खाली रहता है। स्वास्थ्य कारणों से एक या दो सदस्य दिल्ली से दूर हैं और वे भी अपना काम नहीं सँभाल पाते। इसलिए कुल मिलाकर संविधान के प्रारूप को तैयार करने का सारा उत्तरदायित्व डॉ. भीमराव अम्बेडकर पर ही आ गिरा और मुझे यह कहने में कोई झिझक नहीं है कि हम उनके प्रति बड़े आभारी हैं, उस काम को ऐसी स्थिति में पूर्ण करने के लिए, जो प्रशंसनीय है।" अधिकतर डॉ. भीमराव अम्बेडकर और उनके सचिव ने ही सारा काम सँभाला और संविधान अभी तक तैयार नहीं हुआ था कि देश में राजनीति उथल-पुथल मच गई क्यूंकि लोग भारत के विभाजन की पीड़ा को शांत नहीं कर पाए थे।

ऐसे तनावपूर्ण वातावरण में, फरवरी के अन्तिम सप्ताह में डॉ. भीमराव अम्बेडकर ने संविधान का प्रारूप तैयार करके संविधान-सभा के अध्यक्ष को प्रस्तुत कर दिया और 16 नवंबर 1948 को संविधान-सभा के समक्ष पेश किया। उसमें 8 सूचियाँ और 315 धाराएँ थीं। सभा के अधिकांश सदस्यों ने डॉ. भीमराव अम्बेडकर की विद्वता, परिश्रम और कर्तव्यनिष्ठा की प्रशंसा की। प्रारूप के तीसरे वाचन के समय अम्बेडकर ने सभा में कहा– "संविधान-सभा में मैं क्यूं आया? केवल दलित वर्गों के हितों की रक्षा करने के लिए। इससे अधिक और मेरी कोई आकांक्षा नहीं थी। यहाँ आने पर मुझे इतनी बड़ी जिम्मेदारी सौंपी जाएगी इसकी मुझे कोई कल्पना तक नहीं थी। संविधान-सभा ने जब मुझे प्रारूप समिति में नियुक्त किया, तब मुझे आश्चर्य हुआ ही, परन्तु जब प्रारूप समिति ने मुझे अपना अध्यक्ष चुना, तो मुझे आश्चर्य का धक्का सा लगा। संविधान-सभा और प्रारूप समिति ने मुझ पर इतना विश्वास करके मुझसे यह काम सम्पन्न करवाया, उसके लिए मैं उनके प्रति कृतज्ञता प्रकट करता हूँ। संविधान कितना ही अच्छा हो, यदि उसको व्यवहार में लाने वाले लोग अच्छे न हों, तो संविधान निश्चय ही बुरा साबित होगा। अच्छे लोगों के हाथों में बुरा संविधान भी अच्छा साबित होने की संभावना बनी रहती है।" डॉ. भीमराव अम्बेडकर ने अंत में सभी भारतीयों से अपील की कि वे सामाजिक तथा मनोवैज्ञानिक अर्थ में एक राष्ट्र बनें और जातियों का निषेध करें जिनके कारण हम अवनति की स्थिति में आ गिरे। जातिगत भेदभावों को भुलाकर हमें संगठित रहना चाहिए। जिस संविधान में हमने जनता के लिए, जनता का और जनता द्वारा राज्य-तत्त्व अन्तर्भूत किया है, वह संविधान दीर्घकाल तक बना रहे, ऐसा यदि हम सब चाहते हैं तो हमें देश के सामने संकटों को समझने में और उनका निराकरण करने में विलंब नहीं करना चाहिए। सभी नागरिकों को देश की सेवा करने का यही मार्ग अपनाना चाहिए।

डॉ. भीमराव अम्बेडकर के इन शब्दों की बड़ी प्रशंसा की गई। उनके शब्दों में उनकी देश-भक्ति और राष्ट्र-प्रेम की अभिव्यक्ति थी। सभी सदस्य शान्त होकर उनके भाषण को सुनते रहे और 26 नवंबर, 1949 के दिन, संविधान-सभा ने नए संविधान को स्वीकार कर लिया। अन्त में, संविधान-सभा के अध्यक्ष डॉ. राजेन्द्र प्रसाद ने कहा, "सभापति के शासन पर बैठकर, मैं प्रतिदिन की कार्यवाही को ध्यानपूर्वक देखता रहा और इसलिए प्रारूप समिति के सदस्यों, विशेषकर उसके अध्यक्ष डॉ. भीमराव अम्बेडकर ने कितनी निष्ठा और उत्साह से अपना कार्य पूरा किया, इसकी कल्पना औरों की अपेक्षा मुझे अधिक है। डॉ. भीमराव अम्बेडकर को प्रारूप समिति में शामिल करने और उसका अध्यक्ष नियुक्त करने से बढ़कर कोई और अच्छा हम दूसरा काम न कर सके। उन्होंने अपने चुनाव को न केवल न्यायोचित ठहराया है,

बल्कि उस काम में योगदान किया जिसे उन्होंने सम्पन्न किया।" डॉ. राजेन्द्र प्रसाद के भाषण के बीच में कई बार अम्बेडकर और उनके साथियों का करतल-ध्वनि से स्वागत किया गया। स्वतंत्र भारत के संविधान के प्रमुख निर्माता को विद्वानों ने विभिन्न प्रकार की संज्ञाएँ दीं और जगह-जगह उनका अभिनंदन किया गया। एक विद्वान ने उन्हें 'आधुनिक मनु' कहा, तो दूसरे ने उन्हें 'बीसवीं सदी का महान् स्मृतिकार' की संज्ञा दी।

❑

अध्याय: 15

हिन्दू-धर्म का त्याग

डॉ. भीमराव अम्बेडकर की संकल्प-शक्ति और कार्य-क्षमता अद्‌भुत थी। 14 अक्टूबर 1956 का दिन पास आ रहा था जब डॉ. भीमराव अम्बेडकर को बौद्ध-धर्म की दीक्षा लेनी थी। उस दिन विजयदशमी थी। वह दिन उन्होंने हिन्दू-धर्म त्याग करके बौद्ध-धर्म स्वीकार करने के लिए चुना था। नागपुर धर्म-परिवर्तन स्थान नियुक्त किया गया था। 23 सितंबर, 1956 को अम्बेडकर ने अपने धर्म-परिवर्तन की घोषणा की थी जिससे सारे भारत में तहलका मच गया था। हिन्दू एवं आर्यसमाज के लोग तो बहुत ही बेचैन हो गए। नौ से ग्यारह बजे के बीच सुबह धर्म-परिवर्तन का समय निर्धारित हुआ। भारत के सबसे वृद्ध भिक्षु चन्द्रमणि को कुशीनारा, जिला गोरखपुर, उत्तर प्रदेश से दीक्षा हेतु आमंत्रित किया गया और वे वहाँ सहर्ष पधारे। उधर डॉ. भीमराव अम्बेडकर अपनी पत्नी के साथ, हवाई ज़हाज़ से 12 अक्टूबर की सुबह नागपुर पहुँच गए। नागपुर के श्याम होटल में उनका प्रबन्ध किया गया। हज़ारों लोगों की भीड़ वहाँ आने लगी ताकि अम्बेडकर के दर्शन किए जा सकें। यहाँ तक कि देहाती क्षेत्रों के सैंकड़ों स्त्री-पुरुष जो उनके दर्शन नहीं कर पाते वे उनके पद-चिह्नों की धूल को ही अपने माथे पर लगाकर सन्तुष्ट हो जाते थे। लोग अम्बेडकर के दर्शन करने के लिए 14 अक्टूबर से पहले ही लगातार नागपुर पहुँच रहे थे।

डॉ. भीमराव अम्बेडकर बौद्ध-धर्म से बहुत प्रभावित थे। वे धम्म को भारतीय सभ्यता से उपजा मानते थे, क्यूंकि यह समानता, न्याय और अपनत्व भाव पर आधारित है। 13 अक्टूबर की शाम को डॉ. भीमराव अम्बेडकर ने एक पत्रकार सम्मेलन बुलाया जिसमें उन्होंने बताया कि वे भगवान् बुद्ध द्वारा बताए गए धर्म का ही अनुसरण करेंगे। उन्होंने बताया कि एक बार गांधीजी के साथ बातचीत के दौरान उन्होंने स्पष्ट कहा

था कि वे छुआछूत की समस्या को लेकर गांधीजी से मतभेद रखते हैं, लेकिन समय आने पर, "मैं ऐसा मार्ग अपनाऊँगा जो देश के लिए कम से कम हानिकारक हो और बौद्ध-धर्म स्वीकार करना सबसे बड़ा लाभ है जो मैं देश के प्रति कर रहा हूँ क्यूंकि बौद्ध-धर्म भारतीय संस्कृति का अपृथक् अंग है। मैंने इस बात का ध्यान रखा है कि मेरे धर्म-परिवर्तन से इस भूमि की संस्कृति एवं इतिहास की परम्परा को कोई हानि नहीं पहुँचे।" उन्होंने बताया कि आने वाले वर्षों में धर्म-परिवर्तन का आन्दोलन बहुत व्यापक रूप से चलेगा और उनके समस्त अनुयायी, यहाँ तक कि ब्राह्मण भी उनका अनुसरण करेंगे। उसी पत्रकार-सम्मेलन में अम्बेडकर ने यह भी बताया कि वे ऑल इण्डिया रिपब्लिकन पार्टी की स्थापना भी करेंगे जो उन सब स्त्री-पुरुष को अपने में शामिल करने के लिए आमन्त्रित करेगी जिनकी समानता तथा स्वतंत्रता के सिद्धान्तों में पूर्ण आस्था हो।

13 अक्टूबर की रात को डॉ. भीमराव अम्बेडकर और उनके साथियों के साथ विचार-विमर्श हुआ कि धर्म-परिवर्तन को आगामी चुनावों तक स्थगित क्यूं न कर दिया जाए। अम्बडेकर के साथी एवं कुछ अनुयायी चाहते थे कि आयोजन स्थगित कर दिया जाए ताकि सुरक्षित सीटों पर वे चुनाव लड़ सकें। अम्बेडकर के बौद्ध-धर्म स्वीकार करने के बाद वे ऐसा नहीं कर पाएँगे। इस बात से भीमराव को बड़ा दुःख हुआ और वे रो पड़े कि जिन लोगों के लिए उन्होंने जीवन भर संघर्ष किया, वे आज थोड़े से लालच के कारण इतने महान् कार्य को टालमटोल करना चाहते हैं। अम्बेडकर ने उन्हें ताड़ना दी और कहा कि यदि वे उनके साथ धर्म-परिवर्तन करना चाहते हैं तो उनका स्वागत है, अन्यथा वे जो कुछ चाहें, करें। वे तो अपना धर्म-परिवर्तन निश्चित रूप से करेंगे।

अगले दिन सुबह डॉ. भीमराव अम्बेडकर कुछ जल्दी उठ गए। उन्होंने अपने परम भक्त और सेवक रत्तू को गरम पानी के प्रबंध के लिए कहा ताकि वे स्नान कर लें और स्नान के पश्चात् उन्होंने रत्तू को पण्डाल आदि के प्रबंध को देखने के लिए दीक्षा-भूमि भेजा। सूचना मिली कि सब प्रबंध ठीक है। सुबह तड़के से ही दीक्षा-भूमि की ओर बच्चों, स्त्री-पुरुषों के झुण्ड के झुण्ड चले आ रहे थे। श्याम होटल से लेकर दीक्षा-भूमि तक जाने वाली सड़क को सफ़ाई वालों ने तड़के ही साफ़ कर दिया था। वे सब प्रसन्न थे कि वहाँ उनके मुक्तिदाता का पदार्पण होगा। करीब साढ़े आठ बजे डॉ. भीमराव अम्बेडकर सिल्क की सफ़ेद धोती तथा कोट पहनकर अपनी कार में बैठकर, पत्नी सविता और रत्तू को साथ में बैठाकर दीक्षा-भूमि के लिए रवाना हो गए। मार्ग के दोनों ओर बेशुमार भीड़ थी और लोगों में बड़ा उत्साह था। सब स्त्री-पुरुष बहुत प्रसन्न थे। भीड़ इतनी थी कि सारा प्रबंध अपर्याप्त सिद्ध हुआ। जैसे ही डॉ. भीमराव अम्बेडकर का काफीला पंडाल में पहुँचा, तो उन्हें सीधा मंच पर ले जाया गया। एक

हाथ में लाठी और दूसरे हाथ को रत्तू के कंधे पर रखकर वे खड़े हुए। भीड़ ने तालियों से उनका स्वागत किया। पत्रकार लिखने में और फोटोग्राफर चित्र लेने में व्यस्त थे। मंच पर भगवान् बुद्ध की ताम्बे की मूर्ति रखी हुई थी।

14 अक्टूबर, 1956 को डॉ. भीमराव अम्बेडकर ने लाखों लोगों की उपस्थिति में पत्नी सविता सहित बौद्ध धर्म की दीक्षा ली। मंच पर विराजमान 83 वर्षीय महास्थविर चंद्रमणि और उनके चार भिक्षुओं ने डॉ. भीमराव अम्बेडकर और उनकी पत्नी को, जो भगवान् बुद्ध की प्रतिमा के समक्ष खड़े थे, पाली भाषा में त्रिशरण का और फिर पंचशील का उच्चारण करवाया। उन्होंने पाली भाषा के शब्दों का मराठी में उच्चारण किया। तब डॉ. भीमराव अम्बेडकर और मिसेज डॉक्टर सविता, हाथ जोड़े तीन बार बुद्ध की प्रतिमा के सामने झुके और सफ़ेद गुलाब के फूल उन्हें भेंट किए। फिर उनके द्वारा बौद्ध-धर्म स्वीकार करने की घोषणा की गई। क्षण भर में सारा आकाश 'बाबा साहब अम्बेडकर की जय' और 'भगवान् बुद्ध की जय' के नारों से गूँज उठा। धर्म-परिवर्तन के बाद अम्बेडकर को फूल-मालाओं से लाद दिया गया। तब उन्होंने यह घोषणा की– "अपने पुराने धर्म को त्यागकर, जो असमानता और दमन पर आधारित है, मैं आज पुनः जन्मा हूँ। अवतारवाद के दर्शन में, मेरा कोई विश्वास नहीं है और यह कहना ग़लत एवं शरारतपूर्ण है कि भगवान् बुद्ध विष्णु के अवतार थे। मैं अब किसी भी हिन्दू देवी-देवता का पुजारी नहीं हूँ। मैं श्राद्ध की क्रिया नहीं करूँगा। मैं भगवान् बुद्ध के अष्टांग-मार्ग का पूर्णतः अनुसरण करूँगा। बौद्ध-धर्म एक सच्चा धर्म है और मैं अपने जीवन को ज्ञान, सम्यक् मार्ग तथा दया के सिद्धांतों के अनुसार संचालित करूँगा।" अम्बेडकर ने एक-दो बार यह भी कहा कि– "मैं हिन्दू-धर्म का त्याग करता हूँ।" बड़ी भावपूर्ण मुद्रा में अम्बेडकर का यह उच्चारण लोगों ने सुना।

डॉ. भीमराव अम्बेडकर ने यह निश्चय किया कि वे हिन्दू-परम्पराओं एवं रीति-रिवाज़ों का अनुसरण कतई नहीं करेंगे। उन्होंने बाईस प्रतिज्ञाओं को प्रस्तुत किया जिनका स्वागत वहाँ एकत्र जन-समूह ने किया। उनमें यह प्रतिज्ञा भी थी कि वे प्राणियों में समानता का प्रचार करेंगे। बौद्ध होने के बाद उन्होंने सामने बैठे हुए स्त्री-पुरुषों को धम्म दीक्षा दी। वे सब कतार बनाकर खड़े हो गए और बाबा साहब ने त्रिशरण एवं पंचशील का उन्हें उच्चारण करवाया और इस प्रकार उनके साथ, लाखों नर-नारी बौद्ध हो गए। जातीय सम्मान और समता को प्राप्त करने के लिए उन्होंने बौद्ध धर्म को अपनाया। दीक्षित होने के बाद डॉ. भीमराव अम्बेडकर ने लगभग सभी बौद्ध तीर्थों की यात्रा की।

❑

अध्यायः 16

डॉ. भीमराव अम्बेडकर और उनका साहित्य

डॉ. भीमराव अम्बेडकर एक महापुरुष और महान् राजनीतिज्ञ होने के साथ-साथ एक उच्च कोटि के साहित्यकार भी थे। प्रगतिशील एवं क्रान्तिकारी साहित्यकार के रूप में उनका स्थान महत्त्वपूर्ण था। उच्च कोटि का लेखक होने के लिए अम्बेडकर ने अपने जीवन में बहुत संघर्ष किया। उनके लक्ष्य ने उन्हें हमेशा बोलने और लिखने के लिए प्रेरित किया। उनका साहित्य व्यक्तित्व कष्ट की अग्नि में तप कर उभरा। अछूत जाति में जन्म लेना अम्बेडकर के लिए एक बड़ा अभिशाप था जो आगे चलकर उनके समाज के लिए वरदान साबित हुआ। छुआछूत, जातिवाद, ब्राह्मणवाद एवं हिन्दूवाद ने उनके जीवन को झकझोर दिया था। उन्होंने विद्रोही एवं क्रान्तिकारी के साहस तथा निर्भीकता की नींव पर साहित्यिक भवन का निर्माण किया। वे कलम एवं कटार चलाने में बड़े माहिर थे और दोनों में ही उन्हें सफलता प्राप्त हुई। उनकी साहित्यिक प्रतिभा के कई प्रेरक तत्त्व थे। उनके पिता, रामजी सकपाल का उनके साहित्यिक विकास में बड़ा योगदान रहा। सकपाल जी ने बचपन में ही अम्बेडकर को अंग्रेजी भाषा, ग्रामर तथा शब्दों से अच्छा परिचय करवाया। पिता की सहायता से अम्बेडकर की अंग्रेजी में रुचि बढ़ती चली गई और वे अंग्रेजी में अच्छा लिखने व बोलने लगे।

अम्बेडकर अपने कोर्स के अतिरिक्त अन्य पुस्तकों का गम्भीरता से अध्ययन करते थे जिनसे उनमें लिखने की लालसा पैदा हो गई और वे जीवन के अन्तिम समय तक लिखते रहे। आर्थिक, सामाजिक, राजनीतिक एवं धार्मिक समस्याओं से पीड़ित होने के बावजूद भी डॉ. भीमराव अम्बेडकर ने पढ़ने-लिखने की प्रवृत्ति को नहीं छोड़ा। अम्बेडकर की साहित्यिक प्रतिभा का विकास वास्तव में अमेरिका में हुआ। सन् 1915 उनके लेखन का शुभारम्भ था। अम्बेडकर को अनेक बाधाओं का सामना करना पड़ा, परन्तु उनकी साहित्यिक रुचि ज़रा भी कम नहीं हुई और वे अपनी प्रतिभा एवं

अथक प्रयासों से साहित्य की उच्च सीढ़ी पर पहुँच सके। डॉ. भीमराव अम्बेडकर को लिखने का शौक तो था ही, पर उससे वह अपना तथा अपने पारिवारिक जीवन का निर्वाह नहीं कर सकते थे। साहित्यिक प्रयास से जीविका कमाना उनके लिए असंभव था। वे उपन्यास आदि नहीं लिखते थे और न ही वे जनता के मनोरंजन के लिए ही ऐसा करते थे। अम्बेडकर ने अपने पढ़ने-लिखने का कार्य निरन्तर जारी रखा जिससे कि उनकी वैचारिक एवं साहित्यिक रुचि में कमी न हो। डॉ. भीमराव अम्बेडकर की साहित्यिक-सृष्टि का विवेचन करना बड़ा ही गंभीर विषय है। उन्होंने सामाजिक, राजनीतिक, आर्थिक एवं धार्मिक ग्रन्थों की रचना करके अपनी बहुमुखी प्रतिभा का परिचय दिया। वे साहित्यकार के रूप में कभी सामने नहीं आए, परन्तु इस रूप में कार्य करते रहे। उन्होंने सीधी, सरल तथा सहज भाषा का प्रयोग करके वास्तविकताओं को चित्रित किया। अम्बेडकर के साहित्यिक व्यतित्व में मानवता, आदर्शवाद और यथार्थ देखने को मिलता है।

डॉ. भीमराव अम्बेडकर ने दलितों के उत्थान को अपने जीवन का मूल उद्देश्य बना लिया था। इसी उद्देश्य को पूरा करने के लिए उन्होंने पत्रिकाओं में अभिरुचि पैदा की और अपने साधनों के अनुसार तीन पत्रिकाओं का समयानुसार काम करना प्रारम्भ किया। महाराजा कोल्हापुर से कुछ आर्थिक सहायता प्राप्त करने के बाद अम्बेडकर ने सबसे पहले जनवरी 1920 में 'मूकनायक' साप्ताहिक मराठी पत्रिका का प्रारम्भ किया था। उस पत्रिका के अम्बेडकर अधिकृत संपादक नहीं थे, पर वे ही पत्रिका का संचालन कर रहे थे। पत्रिका उन्हीं की आवाज़ का दूसरा लिखित रूप थी। आर्थिक अभाव के कारण पत्रिका का प्रकाशन कार्य कठिन था, परन्तु बाबा साहब ने उसे आगे बढ़ाने में भारी योगदान किया। मूकनायक के प्रथम अंक में अम्बेडकर ने पत्रिका के उद्देश्य को बड़ी ही सरल, स्पष्ट एवं प्रभावशाली भाषा में बताया था। उन्होंने कहा कि भारत असमानता का घर है जहाँ हिन्दू-समाज एक ऐसी बहुमंजिली इमारत है जिसमें कोई प्रवेश-द्वार नहीं है और न ही एक मंजिल से दूसरी मंजिल तक जाने के लिए कोई सीढ़ी है। जो व्यक्ति जिस मंजिल में पैदा हुआ उसी में उसे मरना है। मूकनायक सभी प्रकार के मूक-दलितों की आवाज़ बनकर निकला था। मूकनायक के एक लेख में अम्बेडकर ने यह प्रतिपादित किया था कि भारत को मात्र एक स्वतन्त्र देश ही नहीं होना चाहिए, बल्कि एक अच्छा राज्य भी बनना चाहिए ताकि यहाँ के सभी नागरिकों को धार्मिक, सामाजिक एवं राजनीतिक मामलों में समान अधिकार प्राप्त हों और सभी स्त्री-पुरुषों को प्रगति के समान अवसर मिलें। अम्बेडकर ने पत्रिका के माध्यम से लोगों का ध्यानाकर्षित किया।

डॉ. भीमराव अम्बेडकर अगर अपनी ओर से मूकनायक के लिए सामग्री नहीं जुटाते तो वह चल नहीं पाती। वह पत्रिका उनकी जीविका का साधन तो नहीं थी, पर

अम्बेडकर ने उसके माध्यम से अपने जीवन की विचारधारा को स्पष्ट किया। उनकी इस विचारधारा से दलितों में जागृति एवं विरोध की लहरें दौड़ पड़ीं। अम्बेडकर के प्रयत्नों से पत्रिका बहुत दिनों तक चली, परन्तु भारी धनाभाव के कारण वह अंत में बंद हो गई।

डॉ. भीमराव अम्बेडकर जैसे नेता के लिए तो पत्रिका और भी अनिवार्य थी क्यूंकि वह विद्रोही एवं क्रांतिकारी थे। अतः उन्होंने अपनी दूसरी पाक्षिक पत्रिका 'बहिष्कृत भारत' मराठी में 3 अप्रैल 1927 को बंबई में शुरू की। पत्रिका का उद्देश्य बताते हुए उन्होंने कहा कि वह वकालत के पेशे को अच्छा समझते हैं क्यूंकि दलितों के कल्याण के लिए पत्र-पत्रिका चलाना किसी स्वतन्त्र जीविकोपार्जन के पेशे के साथ ही संभव हो सकता है। उन दिनों भारत में अच्छी आर्थिक स्थिति के बिना पत्र-पत्रिका चलाना बहुत मुश्किल था। उन्होंने अपनी नई पत्रिका के माध्यम से अपने आन्दोलन के आलोचकों को उत्तर देना प्रारम्भ किया। एक सम्पादकीय के बाद दूसरे सम्पादकीय में डॉ. भीमराव अम्बेडकर ने वकालत की कि सभी तालाब और मन्दिर अछूतों के लिए खुले होने चाहिए क्यूंकि वे भी हिन्दू हैं। अम्बेडकर ने अपनी पत्रिका के माध्यम से सरकार से यह भी आग्रह किया कि उस प्रस्ताव का विरोध करने वालों को दण्डित किया जाए। जब डॉ. भीमराव अम्बेडकर ने 'बहिष्कृत भारत' के माध्यम से अपने विचारों को स्पष्ट किया तो हिन्दू पत्र-पत्रिकाएँ उनकी आलोचना में जुट गए। अम्बेडकर ने जब अपने एक संपादकीय में तर्क प्रस्तुत किया, तो चारों ओर तहलका मच गया और अछूतों में जागृति की लहर दौड़ गई। पत्रिका के माध्यम से डॉ. भीमराव अम्बेडकर का नाम चारों ओर प्रसिद्ध हो गया। जनता से भी काफ़ी सम्पर्क स्थापित हो गया और उनके आन्दोलन और पत्रिका को चलाने के लिए उनके शिष्यों एवं भक्तों ने अच्छा धन इकट्ठा कर लिया। अम्बेडकर ने यह घोषणा की कि अब 'बहिष्कृत भारत' के स्थान पर 'जनता' नाम की साप्ताहिक पत्रिका निकाली जाए।

अतः दिसम्बर 1930 में डॉ. भीमराव अम्बेडकर के दो साथियो, देवराव नाइक और कदरेकर की सहायता से 'जनता' पत्रिका का शुभारम्भ हुआ। पत्रिकाओं के माध्यम से अम्बेडकर ने सामाजिक एवं राजनीतिक क्षेत्रों में जो जन-जागृति की, उसका एक निश्चित रूप में विकास हुआ। अम्बेडकर के सभी पत्र-पत्रिकाओं ने दलितों के दुःख-दर्दों को उजागर किया और दलितों की समानता की इच्छा का प्रदर्शन किया ताकि उनके साथ भी अन्य मानव प्राणियों की भाँति समानता का व्यवहार हो। अम्बेडकर की इन पत्रिकाओं में 'विद्रोह' या 'क्रांति' से अभिप्राय समाज में आवश्यक परिवर्तन लाना था।

डॉ. भीमराव अम्बेडकर ने यह स्वीकार किया कि लेखक जीविकोपार्जन के लिए लिखता है। यदि किसी लेखक के पास और कोई योग्यता या पेशा न हो तो वह लेखन

के द्वारा ही जीविका कमाने का प्रयास करता है। इसमें कोई बुराई भी नहीं है कि व्यक्ति जीने के लिए लिखता है। वह चाहे तो ऐसी स्थिति में साहित्य द्वारा समाज का पथ-प्रदर्शन कर सकता है। यह उसकी व्यक्तिगत क्षमता पर निर्भर करता है। अम्बेडकर ने जीविकोपार्जन के लिए नहीं लिखा क्यूंकि वह बैरिस्टर भी थे और कुछ ही दिनों में उनकी वकालत अच्छी चल गई थी। यदि वह जीविका-निर्वाह के लिए लिखते भी तो संभवतः सफल नहीं हो पाते क्यूंकि वह एक अछूत परिवार में जन्मे थे। उनका साहित्य बाज़ार में कैसे बिकता? परन्तु वह तो अपने आत्म-विश्वास के साथ निरंतर लिखते रहे और अपने जीवन-काल में उन्होंने लगभग दो दर्जन महत्त्वपूर्ण ग्रंथों की रचना की जो प्रत्येक दृष्टि से आज उतने ही सजीव और सशक्त हैं जितने कि वे उनके समय में थे। अम्बेडकर की रचनाओं में विषय की व्यापकता, गम्भीरता तथा रोचकता समाहित है। इन ग्रन्थों के अलावा उनके बहुत से लेख हैं जो विभिन्न पत्रिकाओं में प्रकाशित हुए। मराठी भाषा में तो उनके मौलिक विचार पहले भी पत्रिकाओं के माध्यम से प्रकाशित हुए जिन्हें पढ़कर अम्बेडकर के लेखन क्षेत्र तथा साहित्यिक अभिरुचि का पता आसानी से लगाया जा सकता है।

डॉ. भीमराव अम्बेडकर ने धन कमाने के लक्ष्य से अपनी रचनाएँ नहीं लिखीं। उनके सामने मौजूदा समाज में दलितों की समस्याएँ प्रमुख थीं जिन पर वह अपनी किशोरावस्था से ही चिंतन करते चले आ रहे थे। अम्बेडकर ने अपनी कलम को दलितों के प्रति हो रहे अन्यायों एवं अत्याचारों के विरुद्ध उठाया। समाज उत्थान की प्रवृत्ति उस कलम में निहित थी। उन्होंने जो भी साहित्यिक-सृजन किया उसमें दलित, दीन-हीन, स्त्री-पुरुषों की दर्दनाक घटनाएँ हैं। उनके हितों की रक्षा की प्रभावशाली वकालत है। उनका साहित्य आमोद-प्रमोद का साधन नहीं है बल्कि उसमें गहनतम विचार है जिन्हें पढ़कर कोई भी व्यक्ति आन्दोलित हो उठता है, उनके पक्ष में या फिर उनके विरोध में। अम्बेडकर की रचनाओं का लक्ष्य न केवल सामाजिक तथा राजनीतिक था बल्कि नैतिक, धार्मिक एवं आध्यात्मिक भी था। वह बड़ी निर्भीकता से आगे बढ़े। अपने साहित्य-सृजन में उनका अपना कोई निजी स्वार्थ नहीं था। अनेक प्रकार की कठिनाइयों का सामना करने के बाद भी उनकी साहित्य-साधना अनवरत चलती रही जिसके फलस्वरूप उन्हें अपने लक्ष्य की प्राप्ति में सफलता मिली। अम्बेडकर के साहित्य में जो प्रभावशीलता और उद्देश्यता थी, उसे उपेक्षित नहीं किया जा सकता था और आज भी उनका साहित्य उतना ही सजीव तथा प्रेरणास्पद है, जितना कि पहले था। अम्बेडकर ने अपना सारा समय समाज-सुधार और साहित्य-सृजन में ही लगाया।

अम्बेडकर अपने इन कामों से आत्म-संतोष का गहरा अनुभव करते और अपनी प्रकाशित रचनाओं को देखकर वह बहुत ही प्रसन्न होते। बाबा साहब का मन हमेशा

पढ़ने-लिखने में ज़्यादा रहता था इसलिए उन्हें अपने साहित्य से पूर्ण संतुष्टि प्राप्त होती थी। पुस्तकें लिखने में उन्हें जीवन के लिए चिंतन और प्रयत्न की इच्छा को अभिव्यक्ति दे सकने का संतोष अनुभव होता था। अपने साहस के साथ वे लिखते रहे, न केवल आत्म-संतोष की अनुभूति के लिए, अपितु दलितों तथा अन्य प्रगतिशील व्यक्तियों तथा समाज को नई दिशा प्रदान करने के लिए। वे कलम के धनी तो थे ही और धीरे-धीरे उनके पास भौतिक धन-सम्पत्ति भी जमा हो गई थी। उनको प्रसिद्धि भी व्यापक रूप में मिल चुकी थी, लेकिन अम्बेडकर ने कभी भी उस वैभव को अपनी कलम के ऊपर हावी नहीं होने दिया। वे निरन्तर सामाजिक-दार्शनिक साहित्य-जगत् को कुछ-न-कुछ प्रदान करते रहे। जिस रात को अम्बेडकर का निधन हुआ, उस रात को उन्होंने अपने महान् ग्रन्थ "भगवान् बुद्ध और उनका धम्म" की भूमिका लिखी।

डॉ. भीमराव अम्बेडकर अपने व्याख्यानों एवं लेखों द्वारा दलितों को विश्लेषित करते थे, ताकि उनमें जागृति एवं प्रगति के विचारों का संचार होता रहे। उन्होंने अपनी लेखनी से दलितों के बिगड़े भाग्य को सँभाला और उसे उत्साहपूर्ण जीवन के मार्ग पर ला रखा। साहित्य रचना के दौरान अम्बेडकर अपने लक्ष्य के प्रति सदैव अडिग बने रहे। वे जहाँ कहीं भी रहे, जो कुछ भी उन्होंने लिखा और पढ़ा, उनको दलितों का ध्यान निरन्तर बना रहा। अपने सम्पूर्ण साहित्य में उन्होंने यही प्रतिपादित किया कि अपने अधिकारों के लिए लड़ो, अधिक से अधिक त्याग करो और मुसीबतों की परवाह किए बिना, सतत् संघर्ष करते रहो। अम्बेडकर के साहित्य में पूर्ण समरूपता मिलती है जो उनके व्यक्तित्व की गंभीर विशेषता है। उनके साहित्य में उनका महान् विद्रोही व्यक्तित्व ही झलकता है। हिन्दू-समाज एवं धर्म के वर्ण-भेद, जातिवाद, छुआछूत, पाखण्ड, आडम्बर और मिथ्याचार के प्रति विद्रोह की भावना उनके ग्रन्थों में मिलती है। उनकी कलम और वाणी की तीक्ष्णता तथा उग्रता बड़ी स्वाभाविक थी क्यूंकि उन्होंने असमानता पर आधारित समाज का विरोध किया।

साहित्य-सृजन के लक्ष्य को स्पष्ट करते हुए अम्बेडकर ने साहित्यकारों को संबोधित करते हुए कहा– "हम अपने जीवन की ओर, अपने कर्तव्यों की ओर तथा अपनी संस्कृति की तरफ़ ध्यान नहीं देते हैं। थोड़ा सा इनकी तरफ़ ध्यान करें तो हमें पता चलेगा कि हमारे जीवन-मूल्य और हमारे सांस्कृतिक-मूल्य किस प्रकार नष्ट-विनष्ट किए जा रहे हैं। कारण कुछ भी हो, पर यह सच है कि हम अध:पतन और अवनति के मार्ग पर बढ़ रहे हैं। इसलिए साहित्यकारों का कर्तव्य है कि वे तत्परता से और सावधानीपूर्वक इस जीवन-मूल्यों की रक्षा करें, उनमें तेज पैदा करें और उनका विकास करें। मुझे साहित्यकारों से अपनी सारी शक्ति लगाकर कहना है कि आप अपने साहित्य-निर्माण द्वारा उदात्त जीवन-मूल्यों और सांस्कृतिक-मूल्यों को विकसित

करें। अपने विचार संकुचित और सीमित न रखें, उन्हें विशाल बनाएँ। अपनी वाणी को चारदीवारी से बाहर निकलने दें। अपनी लेखनी का प्रकाश अपने आँगन में ही न रोक लें, उसका तेज गाँव-गाँव में गहन अंधकार को दूर करने के लिए फैलने दें। यह भूल न जाएँ कि अपने इस देश में उपेक्षितों, दलितों और दु:खियों का अपना अलग संसार है। उनके दु:ख, उनकी व्यथा समझें और अपनी सृजन-शक्ति उनके जीवन को उन्नत करने के लिए होम दें। यही सच्ची मानवता होगी।"

अम्बेडकर के लिखने-पढ़ने का कोई विशेष समय निश्चित नहीं था। उन्हें जहाँ कहीं भी, जब कभी भी समय मिलता वो लिखने-पढ़ने बैठ जाते। साहित्य-सृजन की प्रवृत्ति, उनके व्यक्तित्व का एक अंग बन गई थी। वे एक ही साथ, कई पुस्तकों की रचना करने में व्यस्त रहते थे। लिखते समय वे अपार संतुष्टि की अनुभूति महसूस करते थे। ऐसा कहा जाता है कि अम्बेडकर ने 'भगवान् बुद्ध और उनका धम्म' लिखने में कई वर्ष लगा दिए थे। उनकी विशेषता यह थी कि वे भावावेश या आक्रोश में नहीं लिखते थे। उनकी हर रचना में तार्किक संगति और तथ्यों की भरमार होती है। वे अपने विचारों का संकलन अपने ही ढंग से किया करते थे। यदि दलितों के हितों का कोई प्रश्न आता तो उनके मन रूपी सागर में भरे पड़े विचार उमड़ पड़ते थे। उन्हें अधिक सोचने-समझने की आवश्यकता नहीं पड़ती थी। किसी साहित्यकार के लिए मेहमानों का आना-जाना कोई बन्धन नहीं होता। बाबा साहब अपने भक्तों से मिलने पर आनन्दित होते और उनके साथ वार्तालाप के बीच, नए विचारों में डूब जाना उनकी बड़ी भारी विशेषता थी।

साहित्य में कला का उतना ही महत्त्व है जितना कि विचारों का। अम्बेडकर के साहित्य में कला और विचार दोनों का अनुपम संगम है। विचार-पक्ष जितना ही सुदृढ़ होगा, वाक्यों की रचना भी उतनी सरस होगी। साहित्य में केवल एक ही पक्ष का होना एक कमी है क्यूंकि विचार और शैली दोनों का समन्वय ही किसी लेखक की सफलता की कसौटी है। डॉ. भीमराव अम्बेडकर के साहित्य में यह विशेषता मिलती है। लेखक का एक अपना स्टाइल बन जाता है, जिसके माध्यम से वह वैचारिक क्षेत्र में दूर-दूर तक विचरण करता है। प्रत्येक लेखक की अपनी भाषा-शैली होती है जिसके प्रभाव से उसका साहित्य सरस बन जाता है। डॉ. भीमराव अम्बेडकर की संस्कृत, उर्दू, फ़ारसी, गुजराती, जर्मन भाषाओं पर अच्छी पकड़ थी, पर उन्होंने केवल मराठी और अंग्रेजी भाषाओं को अपने विचारों की अभिव्यक्ति का माध्यम बनाया। कड़े शब्दों के प्रयोग की अपेक्षा, उन्होंने बोल-चाल की सरल और सहज भाषा का प्रयोग किया। अंग्रेजी भाषा पर तो उनका इतना अधिकार था जितना कि किसी का अपनी मातृ-भाषा पर होता है।

जब डॉ. भीमराव अम्बेडकर अंग्रेजी में बोलते या लिखते, उनमें वही सरसता और सहजता मिलती जो उनके मराठी साहित्य में। एक ओर उनकी भाषा में अत्यधिक मिठास है, तो दूसरी ओर गम्भीर तीखापन, क्यूंकि वे न केवल उद्धारक, अपितु एक विद्रोही भी थे। उनके संपूर्ण साहित्य को देखकर कहा जा सकता है कि उनकी भाषा-शैली चिंतन प्रधान, आलोचनात्मक और तर्क-वितर्क प्रधान शैली है। अम्बेडकर ने जहाँ-जहाँ अपने साहित्य में राजनीतिक एवं सामाजिक समस्याओं की व्याख्या की है, वहाँ-वहाँ उनका स्तर गंभीर हो गया। जो लेखक विद्रोही हो, समाज-क्रान्तिकारी हो, तो उसकी भाषा-शैली तो निश्चय ही आलोचनात्मक होगी। डॉ. भीमराव अम्बेडकर ने अपने साहित्य में हिन्दू समाज तथा धर्म, सवर्ण जाति, कांग्रेस एवं गांधी की जमकर आलोचना की है। अपने साहित्य में उन्होंने प्रत्येक व्यक्ति को आलोचना का विषय नहीं बनाया। उनकी शैली तर्क-वितर्क प्रधान शैली है। वार्तालाप करते समय वे व्यंग्यों का प्रयोग करते थे। परम्पराओं, आस्थाओं, विचारों आदि पर अपनी कलम की नोक से प्रहार करना अम्बेडकर को विशेष प्रिय था। उनकी भाषा-शैली में न केवल व्यंग्य होते हैं, बल्कि मुहावरों की भी बहुलता होती है। अत: यह स्पष्ट है कि डॉ. भीमराव अम्बेडकर को एक साहित्यकार के रूप में सफलता मिली।

साहित्य रचना के लिए लेखक को किसी न किसी रूप में प्रेरणा प्राप्त होती है और वही उसकी साहित्यिक रचना का आधार बन जाती है। अधिकतर साहित्यकारों की प्रेरणाएँ समयानुसार बदलती रहती हैं, पर डॉ. भीमराव अम्बेडकर की प्रेरणा का स्रोत प्रारम्भ से लेकर अन्त तक एक ही रहा। उनका मन, साहस के साथ, एक समस्या के समाधान की ओर केन्द्रित हो गया था जिसने उनकी लेखनी को एक नवीन दिशा तथा नवीन प्रेरणा प्रदान की। उन्होंने अपने मिशन का कार्य अपनी लेखनी से ही शुरू किया। अत: उनके प्रेरणा का स्रोत वे दलित मानव प्राणी थे जिन्हें समाज में सभी तरह से पीड़ित एवं अपमानित रखा गया। उनकी प्रेरणा का मुख्य स्रोत समाज को बदलना और स्थापित व्यवस्था के प्रति विद्रोह रहा ताकि सभी मानव प्राणियों को समानता तथा स्वतन्त्रता का स्तर प्राप्त हो। अम्बेडकर ने मनुष्य की परिस्थितियों में परिवर्तन करने के लिए अपनी सशक्त लेखनी द्वारा ऐसे विषयों को चुना और उन पर इस प्रकार वाद-विवाद किया ताकि एक नए समाज की रचना में अच्छा योगदान हो।

सामाजिक प्रेरणा तो अम्बेडकर के साहित्य में प्रारम्भ से अंत तक है ही, पर उन्हें साहित्य-सृजन के लिए प्रेरणा स्वयं अपने जीवन और विचारों से भी प्राप्त हुई। यदि वे महार जाति के अछूत परिवार में पैदा नहीं हुए होते और उनका छुआछूत का कटु अनुभव नहीं हुआ होता, तो संभवत: उनकी लेखनी कुछ और ही होती। यही कारण है कि विभिन्न वर्षों में लिखे गए अम्बेडकर के साहित्य में एक तारतम्यता मिलती

है। एक निश्चित जीवन पद्धति की ओर संकेत मिलता है, जो समस्त दलित वर्गों के उत्थान के लिए बहुत ज़रूरी था। उनके साहित्य में, उस समस्त साहित्य के प्रति विरोध मिलता है जो अन्याय, दमन, असमानता, छुआछूत, जातिवाद, ब्राह्मणवाद आदि को किसी भी तरह का संरक्षण प्रदान करता है, भले ही वह साहित्य सामाजिक हो या धार्मिक। यही कारण है कि अम्बेडकर के ग्रन्थों को आज भी बड़ी पवित्र भावना से देखा-पढ़ा जाता है। एक स्थान पर उन्होंने लिखा, "हमें जीने के लिए स्थान दो। हमें भी प्रगति के अवसर प्रदान करो। हमारी आत्मा को आत्मा का सम्मान दो। हमें सामाजिक, आर्थिक एवं दासता से मुक्त करो। अपने अस्तित्व एवं अपनी एकता के लिए हमें सामाजिक स्वतंत्रता का अधिकार दो। स्वयं जीयो और हमें भी जीने दो।" यह थी उनकी साहित्य-रचना की मधुर वाणी और उनके साहित्य की अभिव्यक्ति, जो आज भी सभी के लिए शक्ति सिद्ध महामंत्र है जिसमें आत्म-विश्वास, दृढ़ता, साहस तथा सम्मान का समावेश है।

अम्बेडकर की लिखी पुस्तकें

डॉ. भीमराव अम्बेडकर ने अपने जीवनकाल में विभिन्न पुस्तकों, पत्र-पत्रिकाओं, ग्रंथों आदि की रचना की है। वह अधिकतर अंग्रेजी भाषा में लिखा करते थे। इसलिए उनकी सारी रचनाओं का हिन्दी में अनुवाद किया गया है। अम्बेडकर की लिखीं पुस्तकों में लोकप्रिय हैं–

- पाकिस्तान अथवा भारत का विभाजन
- गांधीजी और कांग्रेस ने अछूतों के लिए क्या किया
- शूद्र कौन थे
- राज्य और अल्पसंख्यक
- हिन्दू नारी के उत्थान और पतन
- बुद्ध उपासना पथ
- बौद्ध पूजा पाठ
- भगवान् बुद्ध और उनका धम्म
- द अनटचेबल
- थॉट्स ऑफ लिंगुस्टिक स्टेट
- दि बुद्ध एंड कार्ल मार्क्स
- इवॉल्यूशन ऑफ प्रोविंशियल फाइनेंस इन ब्रिटिश इंडिया
- स्मॉल होलडिंग्स इन इंडिया एंड देयर रेमेडिज
- रिवोल्यूशन एंड काउंटर रिवोल्यूशन इन एनसिएंट इंडिया

❑

अध्याय: 17

डॉ. बाबा साहब अम्बेडकर का निधन

डॉ. भीमराव अम्बेडकर ने बौद्ध-धर्म अपनाने के बाद लगभग सभी बौद्ध-तीर्थ-स्थलों का भ्रमण कर लिया था। 30 नवम्बर, 1956 को वे हवाई ज़हाज़ से दिल्ली वापस आ गए। दिल्ली आते ही उन्होंने अपने सेवक रत्तू से अपने कुत्ते के स्वास्थ्य और बंबई में चल रहे सिविल सूट के बारे में पूछताछ की। रत्तू की तरफ़ से उन्हें उत्तर अनुकूल नहीं मिला, तो वे घर पहुँचते ही दु:खी हो गए। उन्होंने रत्तू को कहा कि उस रात वह वहीं रुक जाए। 2 दिसम्बर को अम्बेडकर ने अशोक विहार में दलाई लामा के स्वागत के लिए एक आयोजन में भाग लिया। शाम को वह अपनी कोठी के लॉन में कुर्सी पर बैठे घण्टों अपने भक्तों तथा आगन्तुकों से बातचीत करते रहे और वहीं बैठकर उन्होंने अपना रात्रि का भोजन किया।

अगले दिन अम्बेडकर अपनी कोठी के आउट-हाउस में अपने माली को देखने गए, जो तीन दिन से बुख़ार में था। उसकी निर्धन पत्नी उसकी चारपाई के पास खड़ी हो गई। अपने बिस्तर पर पड़े, उसने बाबा साहब को नमस्कार किया और थोड़ा सा मुस्कराकर उनका आदर-सत्कार किया। फिर वे फूट-फूट कर रोने लगा और दो क्षण बाद बोला– 'भगवान् स्वत: मेरे घर दर्शन देने आए हैं, लेकिन श्रीमान, मेरे जीवन का कोई भरोसा नहीं है, न मालूम मेरी पत्नी का क्या होगा?' वे फिर रोने लगा। अम्बेडकर अपने सभी नौकर-चाकरों के साथ अच्छा व्यवहार करते थे और वे भी उनका प्रेम और सम्मान करते थे। वृद्ध माली को साहस बँधाते हुए अम्बेडकर ने कहा– 'रोना बंद करो। प्रत्येक आदमी को कभी न कभी मरना है। मैं भी किसी दिन मरूँगा। ज़रा धैर्य से काम लो। उन दवाइयों को ले लो जो मैं अभी भेजता हूँ और तुम बिलकुल ठीक हो जाओगे।'

3 दिसम्बर को डॉ. भीमराव अम्बेडकर ने रत्तू से पूछा कि बंबई जाने के लिए उनकी टिकट हो गई है या नहीं। वे 16 दिसम्बर को वहाँ धर्म-परिवर्तन की दीक्षा देने वाले थे। 4 दिसम्बर को अम्बेडकर राज्यसभा में भी गए। वहाँ अपने साथियों के साथ उन्होंने बातें कीं और कुछ गंभीर विचार-विमर्श भी किया। कौन जानता था कि यह उनका राज्यसभा में आख़िरी बार आना होगा। शाम को अम्बेडकर ने अपनी लाइब्रेरी से मार्क्स की 'दास कैपिटल' पुस्तक को निकाला और फिर अपनी पुस्तक 'द बुद्ध एंड कार्ल मार्क्स' के अन्तिम अध्याय को पूरा किया। उन्होंने रत्तू को टाइप करने के लिए दे दिया। रत्तू ने लगभग रात को डेढ़ बजे तक टाइप का काम किया और वहीं कोठी में सो गया। 5 दिसम्बर की सुबह रत्तू जल्दी उठ गया, पर बाबा साहब सोए हुए थे। बाबा साहब लगभग पौने नौ बजे उठे। रत्तू ने उन्हें प्रणाम किया और रुख़सत ली। निहायत ईमानदार और सच्चा भक्त अपनी साइकिल लेकर दफ़्तर रवाना हो गया। बाबा साहब अम्बेडकर के आख़िरी दिनों में रत्तू ही उनका एकमात्र ऐसा भक्त था जो अपने दफ़्तर के अलावा सुबह-शाम उनकी सेवा में व्यस्त रहता था और जिसने डॉ. भीमराव अम्बेडकर के निकट रहने का सौभाग्य प्राप्त किया था।

रत्तू लगभग शाम को छह बजे आया। शाम को बाबा साहब ने रत्तू को कुछ टाइप का काम दिया। उस दिन बाबा साहब अम्बेडकर अपनी पत्नी सविता को लेकर कुछ गुस्से में थे। रात के आठ बजे तक बाबा साहब बिलकुल शान्त हो गए थे। सच्चा भक्त रत्तू उनकी टाँगों को दबा रहा था। डॉ. भीमराव अम्बेडकर ने रत्तू से कहा कि उनके सिर में तेल मालिश कर दे। उसने ऐसा ही किया और बाबा साहब को थोड़ी राहत मिली। उसी बीच उनका रसोइया सुदामा आ पहुँचा और सूचना दी कि उनका भोजन तैयार है। बाबा साहब ने कहा कि वह थोड़ा सा चावल खाएँगे और कुछ नहीं। कुछ क्षणों में बाबा साहब भोजन कक्ष में जाने के लिए उठ खड़े हुए। रत्तू के कन्धों पर हाथ रख कर वह अलमारी के पास गए और दो-चार पुस्तकें अपने हाथों में ले लीं। पुस्तकें ही तो उनकी वास्तविक जीवन साथी थीं। रत्तू की सहायता से वह अपनी कुर्सी पर बैठ गए। उन्होंने थोड़ा सा भोजन ग्रहण किया। भोजन पूरा करने के पश्चात् वह कबीर का एक भजन 'चल कबीर तेरा, भव सागर डेरा' गाते हुए उठ खड़े हुए। जैसे ही वे कमरे में जाकर बैठे, उन्होंने उन सभी पुस्तकों को एक-एक करके देखा जिन्हें वह कुछ समय पहले अलमारियों ने निकाल कर लाये थे। लगभग ग्यारह बजे के आस-पास बाबा साहब अपने बिस्तर पर लेट गए और रत्तू से धीमे-धीमे अपने पैर दबाने को कहा।

रत्तू ने देखा कि बाबा साहब अब सो गए हैं, वह अपनी साइकिल लेकर अपने घर की ओर चल दिया। जैसे ही वह कोठी के द्वार तक पहुँचा कि तभी सुदामा पीछे

भागता हुआ आया और रत्तू से कहा कि तुम्हें बाबा साहब वापस बुला रहे हैं। अम्बेडकर ने रत्तू से अपनी अलमारी से 'द बुद्ध एंड हिज धम्म' नामक ग्रन्थ की भूमिका तथा प्रस्तावना लाने को कहा और टाइप किए उन पत्रों को भी अपनी मेज पर रखवा लिया जो उन्होंने आचार्य आत्रे, एस.एस. जोशी तथा वर्मा सरकार को लिखवाए थे। रत्तू ने पुस्तक की भूमिका तथा प्रस्तावना और वे पत्र उनकी चारपाई के पास रखी मेज़ पर रख दिए और अपने घर चला गया। सुदामा ने उसी मेज़ के ऊपर कॉफी भरा एक थरमस और मिठाइयों की प्लेट भी रख दी थी।

अगले दिन 6 दिसम्बर की सुबह सविता अम्बेडकर अपनी दिनचर्या के अनुसार उठीं और उन्होंने बाबा साहब को सोये हुए पाया। थोड़ी देर अपनी कोठी के बगीचे में टहलकर वह बाबा साहब को रोज़ाना की भांति जगाने गईं। उन्होंने बाबा साहब को जगाने का प्रयास किया, पर बाबा साहब तो इस दुनिया से जा चुके थे। केवल उनका पार्थिव शरीर बिस्तर पर पड़ा हुआ था। सविता ने अपनी कार रत्तू के घर भेजी और वहाँ रत्तू भी आ गया था। रत्तू के आते ही वह सोफे पर गिर पड़ीं और चिल्लाईं कि अब बाबा साहब इस संसार में नहीं रहे। रत्तू भी यह सुनकर हैरान रह गया और वह भी चीख़ पड़ा, 'बाबा साहब, क्या हो गया?' दोनों ने उनके हाथ पैर दबाए, उनकी तेल मालिश की, इधर-उधर उनके शरीर को हिलाया-डुलाया, एक चम्मच ब्राण्डी भी उनके मुख में डाली, पर वे उनकी साँस लौटाने में असमर्थ रहे। पता नहीं रात में किस समय उनका देहावसान हो गया था। सविता बाबा साहब की मृत्यु के गम में डूब गई और दोनों उनके मृत शरीर के पास बैठकर फूट-फूटकर रोने लगे। रत्तू चिल्लाया, 'ओह! बाबा साहब, मैं आ गया हूँ। मुझे कुछ काम दो।' उसकी आवाज़ सुनने वाला महान् नेता अब जीवित नहीं था।

थोड़ी ही देर में रत्तू ने इस दु:खद समाचार को बाबा साहब के निकट रहने वाले व्यक्तियों, केन्द्रिय मंत्रियों तथा सरकार को टेलीफोन पर दिया। कुछ ही घण्टों में यह समाचार, आग की तरह, पूरी दिल्ली और देश में फैल गया। इस दु:खद समाचार से सारा देश व्याकुल हो उठा। ऑल इंडिया रेडियो ने इस समाचार को दो बार प्रसारित किया। उस समय संसद का अधिवेशन चल रहा था। सूचना मिलते ही सदनों की कार्यवाही बंद कर दी गई। लोकसभा में प्रधानमंत्री नेहरू ने भावभीनी श्रद्धांजलि अर्पित की और वह बाबा साहब के निवास-स्थान भी गए। लगभग दस बजे से उनके निवास स्थान, 26 अलीपुर रोड दिल्ली, पर डॉ. बाबा साहब अम्बेडकर के पार्थिव शरीर के दर्शन करने के लिए लोगों की भीड़ जमा होना शुरू हो गई और शाम सात बजे तक हज़ारों नर-नारी वहाँ आते रहे। वहाँ सूचित किया गया कि उनका पार्थिव शरीर हवाई जहाज़ से बंबई (मुंबई) पहुँच रहा है। लाखों की संख्या

में लोग बाबा साहब के दादर स्थित 'राजगृह' मकान पर पहुँच गए और हज़ारों लोग हवाई अड्डे पर जमा हो गए।

अतः बाबा साहब के अनुयायियों ने उनके पार्थिव शरीर की यात्रा दिल्ली में निकालना निश्चित किया। शाम साढ़े छह बजे उनके शरीर को एक ट्रक पर रखकर सजाया गया और जुलूस 26 अलीपुर रोड से मुख्य बाज़ारों में होता हुआ सफ़दरजंग हवाई अड्डे पर पहुँचा। लगभग साढ़े दस बजे बाबा साहब का पार्थिव शरीर बंबई के लिए रवाना हो गया और 7 दिसम्बर की दोपहर तक अन्तिम संस्कार के सभी प्रबन्ध पूर्ण कर लिए गए थे। उनके शरीर को फिर एक ट्रक पर सजाया गया और उसे फूल-मालाओं से लपेटा गया। उनके सिर के पास भगवान् बुद्ध की एक प्रतिमा रखी गई। लगभग डेढ़ बजे जुलूस प्रारम्भ हुआ और बंबई के मुख्य बाज़ारों में होता हुआ दादर श्मशान घाट पर पहुँच गया। शाम के अंधेरे में बाबा साहब के पार्थिव शरीर को चन्दन की चिता पर रखा गया और उनके पुत्र यशवन्त राव ने उनकी चिता को साढ़े सात बजे अग्नि दी। इस प्रकार अंतिम विदाई के साथ एक महापुरुष, महान् विचारक, समाज सुधारक और दलितों के मसीहा के जीवन का अंत हुआ। भारत सरकार ने 14 अप्रैल 1990 को मरणोपरांत डॉ. भीमराव अम्बेडकर को देश के उच्चतम नागरिक सम्मान 'भारत रत्न' से सम्मानित किया और 30 सितंबर 2015 को भारत सरकार ने उनकी स्मृति में 'डाक टिकट' भी जारी किया।

❑

अध्याय: 18

डॉ. बी.आर. अम्बेडकर की एक विचारक के रूप में उपस्थिति

कहते हैं जिन समूहों के पास कमज़ोर ज़मीन होती है, वहाँ रचनात्मकता भी सबसे अधिक होती है। बीसवीं शताब्दी के भारत में कई नेताओं ने इसे अलग-अलग पहचाना। डॉ. भीमराव अम्बेडकर ने इसे अस्पृश्यों, कमज़ोर समूहों और स्त्रियों के लिए पहचाना कि जब तक उनका उत्थान नहीं होगा, भारत एक देश और क़ौम के रूप में असफल ही रहेगा। उनका मानना था कि अगर किसी एक चीज़ ने भारतीय समाज को एक पतनशील समाज में परिवर्तित कर दिया है और उसे ज़िंदा क़ौम की जगह मुर्दा क़ौम में तब्दील कर दिया है तो उस चीज़ का नाम है, जाति व्यवस्था। जाति की सर्वव्यापी विनाशक भूमिका के संदर्भ में डॉ. अम्बेडकर लिखते हैं कि 'इसमें कोई संदेह नहीं है कि जाति आधारभूत रूप से हिंदुओं का प्राण है।'

अब देखने की बात यह है कि पिछले तीन दशक में डॉ. अम्बेडकर का पुनरुद्धार किया जा रहा है। अब जो थोड़ा भी प्रगतिशील दिखाई पड़ना चाहता है, उसे उनका नाम लेना ही पड़ेगा। दिलचस्प है कि स्वतंत्रता संघर्ष के दिनों में डॉ. भीमराव अम्बेडकर की प्रतिभा को जिस एक नेता ने पहचाना था, वे महात्मा गांधी थे। ध्यान देने की बात है कि उन दिनों जिस एक नेता पर डॉ. अम्बेडकर ने जोरदार धावा बोला था, वे भी महात्मा गांधी ही थे। अम्बेडकर को गिला था कि कांग्रेस ने दलितों के लिए कुछ भी नहीं किया। इसके लिए सबसे ज़्यादा ज़िम्मेदार महात्मा गांधी थे, क्यूंकि वे अपने अंतिम दिनों के पहले, वर्ण व्यवस्था और जाति प्रथा का विरोध करने के लिए तैयार नहीं थे, बल्कि अपने सनातनी हिंदू होने को लेकर संतुष्ट थे। लेकिन अम्बेडकर

के हमलों का गांधीजी, जिन्हें अम्बेडकर जिन्ना की तरह मिस्टर गांधी कहते थे, ने कभी प्रत्युत्तर नहीं दिया बल्कि उनका कहना था कि दलितों के साथ हमारे पूर्वजों ने जो कुछ किया है, उसे देखते हुए दलित हमारे मुँह पर थूक दें, तब भी हमें बुरा नहीं मानना चाहिए। इसके प्रायश्चित स्वरूप गांधीजी ने दलित प्रश्न को पूरे एक साल का समय दिया। अस्पृश्यता के कलंक को मिटाने के लिए उन्होंने देश भर में दौरा किया, जगह-जगह गालियाँ सुनीं, कई स्थानों पर उनकी गाड़ी पर बम फेंका गया और पंडितों ने शास्त्रार्थ करने की चुनौती दी। गांधी जी व्यर्थ की सिर-फुटव्वल से बचकर चलने वाले आदमी थे। उन्होंने सिर्फ़ इतना कहा कि अगर कोई साबित कर दे कि वेद या शास्त्र में अस्पृश्यता का समर्थन है, तो मैं उस अंश को प्रक्षिप्त मानूँगा।

❑

अध्याय: 19

डॉ. भीमराव अम्बेडकर के विचार

- शिक्षित बनो, संगठित रहो और संघर्ष करो।
- हम आदि से अंत तक भारतीय हैं।
- सागर में मिलकर अपनी पहचान खो देने वाली पानी की एक बूँद के विपरीत, इनसान जिस समाज में रहता है वहाँ अपनी पहचान नहीं खोता। इनसान का जीवन स्वतंत्र है। वो सिर्फ़ समाज के विकास के लिए नहीं पैदा हुआ है, बल्कि स्वयं के विकास के लिए पैदा हुआ है।
- पति-पत्नी के बीच का सम्बन्ध घनिष्ठ मित्रों के सम्बन्ध के सामान होना चाहिए।
- जीवन लम्बा होने की बजाए, महान् होना चाहिए।
- हिंदू धर्म में, विवेक, कारण और स्वतंत्र सोच के विकास के लिए कोई गुंजाइश नहीं है।
- बुद्धि का विकास मानव के अस्तित्व का अंतिम लक्ष्य होना चाहिए।
- मनुष्य एवं उसके धर्म को समाज के द्वारा नैतिकता के आधार पर चयन करना चाहिए। अगर धर्म को ही मनुष्य के लिए सब कुछ मान लिया जाएगा तो किन्हीं और मानकों का कोई मूल्य नहीं रह जाएगा।
- एक सफल क्रांति के लिए सिर्फ़ असंतोष का होना ही काफ़ी नहीं है, बल्कि इसके लिए न्याय, राजनीतिक और सामाजिक अधिकारों में गहरी आस्था का होना भी बहुत आवश्यक है।

- इतिहास गवाह है कि जहाँ नैतिकता और अर्थशास्त्र के बीच संघर्ष होता है वहाँ जीत हमेशा अर्थशास्त्र की होती है। निहित स्वार्थों को तब तक स्वेच्छा से नहीं छोड़ा गया है जब तक कि मजबूर करने के लिए पर्याप्त बल ना लगाया गया हो।
- किसी भी क़ौम का विकास उस क़ौम की महिलाओं के विकास से मापा जाता है।
- एक महान् व्यक्ति एक प्रख्यात व्यक्ति से एक ही बिंदु पर भिन्न है कि महान् व्यक्ति समाज का सेवक बनने के लिए तत्पर रहता है।
- जो व्यक्ति अपनी मौत को हमेशा याद रखता है वह सदा अच्छे कार्य में लगा रहता है।
- मैं ऐसे धर्म को मानता हूँ जो स्वतंत्रता, समानता, और भाई-चारा सिखाए।
- हर व्यक्ति जो मिल के सिद्धांत कि एक देश दूसरे देश पर शासन नहीं कर सकता को दोहराता है उसे ये भी स्वीकार करना चाहिए कि एक वर्ग दूसरे वर्ग पर शासन नहीं कर सकता।
- जिस तरह मनुष्य नश्वर है ठीक उसी तरह विचार भी नश्वर हैं। जिस तरह पौधे को पानी की ज़रूरत पड़ती है उसी तरह एक विचार को प्रचार-प्रसार की ज़रूरत होती है वरना दोनों मुरझाकर मर जाते हैं।
- आज भारतीय दो अलग-अलग विचारधाराओं द्वारा शासित हो रहे हैं। उनके राजनीतिक आदर्श जो संविधान के प्रस्तावना में इंगित हैं वो स्वतंत्रता, समानता और भाई-चारे को स्थापित करते हैं और उनके धर्म में समाहित सामाजिक आदर्श इससे इनकार करते हैं।
- उदासीनता लोगों को प्रभावित करने वाली सबसे ख़राब किस्म की बीमारी है।
- एक महान् व्यक्ति एक प्रतिष्ठित व्यक्ति से अलग है क्यूंकि वह समाज का सेवक बनने के लिए तैयार रहता है।
- एक सुरक्षित सेना एक सुरक्षित सीमा से बेहतर है।
- कानून और व्यवस्था राजनीति रूपी शरीर की दवा है और जब राजनीति रूपी शरीर बीमार पड़ जाए तो दवा अवश्य दी जानी चाहिए।
- जब तक आप सामाजिक स्वतंत्रता नहीं हासिल कर लेते, कानून आपको जो भी स्वतंत्रता देता है वो आपके किसी काम की नहीं।
- यदि मुझे लगा कि संविधान का दुरुपयोग किया जा रहा है, तो मैं इसे सबसे पहले जलाऊँगा।

- यदि हम एक संयुक्त एकीकृत आधुनिक भारत चाहते हैं, तो सभी धर्मों के धर्मग्रंथों की संप्रभुता का अंत होना चाहिए।
- राजनीतिक अत्याचार सामाजिक अत्याचार की तुलना में कुछ भी नहीं हैं और एक सुधारक जो समाज को ख़ारिज कर देता है वो सरकार को ख़ारिज कर देने वाले राजनीतिज्ञ से ज़्यादा साहसी है।
- लोग और उनके धर्म, सामाजिक नैतिकता के आधार पर, सामाजिक मानकों द्वारा परखे जाने चाहिए। अगर धर्म को लोगों के भले के लिये आवश्यक वस्तु मान लिया जाएगा तो और किसी मानक का मतलब नहीं होगा।
- समानता एक कल्पना हो सकती है, लेकिन फिर भी इसे एक गवर्निंग सिद्धांत रूप में स्वीकार करना होगा।
- हमारे पास यह स्वतंत्रता किस लिए है? हमारे पास ये स्वतंत्रता इसलिए है ताकि हम अपने सामाजिक व्यवस्था, जो असमानता, भेदभाव और अन्य चीज़ों से भरी है, जो हमारे मौलिक-अधिकारों से टकराव में है, को सुधार सकें।
- मेरे नाम की जय-जयकार करने से अच्छा है, मेरे बताए हुए रास्ते पर चलें।
- रात-रातभर मैं इसलिए जागता हूँ क्यूंकि मेरा समाज सो रहा है।
- जो क़ौम अपना इतिहास नहीं जानती, वह क़ौम कभी भी इतिहास नहीं बना सकती।
- अपने भाग्य के बजाय अपनी मजबूती पर विश्वास करो।
- मैं राजनीति में सुख भोगने नहीं बल्कि अपने सभी दबे-कुचले भाइयों को उनके अधिकार दिलाने आया हूँ।
- मनुवाद को जड़ से समाप्त करना मेरे जीवन का प्रथम लक्ष्य है।
- जो धर्म जन्म से एक को श्रेष्ठ और दूसरे को नीच बनाए रखे, वह धर्म नहीं, ग़ुलाम बनाए रखने का षड्यंत्र है।
- राष्ट्रवाद तभी औचित्य ग्रहण कर सकता है, जब लोगों के बीच जाति, नस्ल या रंग का अन्तर भुलाकर उसमें सामाजिक भ्रातृत्व को सर्वोच्च स्थान दिया जाए।
- मैं तो जीवन भर कार्य कर चुका हूँ अब इसके लिए नौजवान आगे आएँ।
- अच्छा दिखने के लिए मत जिओ बल्कि अच्छा बनने के लिए जिओ।
- जो झुक सकता है वह सारी दुनिया को झुका भी सकता है।
- लोकतंत्र सरकार का महज़ एक रूप नहीं है।

- एक इतिहासकार, सटीक, ईमानदार और निष्पक्ष होना चाहिए।
- संविधान, यह एक मात्र वकीलों का दस्तावेज़ नहीं। यह जीवन का एक माध्यम है।
- किसी का भी स्वाद बदला जा सकता है लेकिन ज़हर को अमृत में परिवर्तित नहीं किया जा सकता।
- न्याय हमेशा समानता के विचार को पैदा करता है।
- मन की स्वतंत्रता ही वास्तविक स्वतंत्रता है।
- इस दुनिया में महान् प्रयासों से प्राप्त किया गया को छोड़कर और कुछ भी बहुमूल्य नहीं है।
- ज्ञान व्यक्ति के जीवन का आधार है।
- शिक्षा जितनी पुरुषों के लिए आवश्यक है उतनी ही महिलाओं के लिए।
- महात्मा आए और चले गए परन्तु अछूत, अछूत ही बने हुए हैं।
- स्वतंत्रता का रहस्य, साहस है और साहस एक पार्टी में व्यक्तियों के संयोजन से पैदा होता है।
- सामान्यतः कोई स्मृतिकार कभी ये बात नहीं बताता कि आपके सिद्धांत क्यूं हैं और कैसे हैं।
- मैं किसी समुदाय की प्रगति को, महिलाओं ने जो प्रगति हासिल की है उससे मापता हूँ।
- जाति कोई ईंटों की दीवार या कोई काँटों का तार नहीं है, जो हिंदुओं को आपस में मिलने से रोक सके। जाति एक धारणा है, जो मन की एक अवस्था है।
- एक सफल क्रांति के लिए सिर्फ़ असंतोष का होना ही काफ़ी नहीं है बल्कि इसके लिए न्याय, राजनीतिक और सामाजिक अधिकारों में गहरी आस्था का होना भी बहुत आवश्यक है।
- राजनीतिक अत्याचार सामाजिक अत्याचार की तुलना में कुछ भी नहीं हैं और जो सुधारक समाज की अवज्ञा करता है वह सरकार की अवज्ञा करने वाले राजनीतिज्ञ से ज़्यादा साहसी है।
- हमें अपने पैरों पर खड़े होना है, अपने अधिकार के लिए लड़ना है, तो अपनी ताकत और बल को पहचानो क्यूंकि शक्ति और प्रतिष्ठा संघर्ष से ही मिलती है।

- हमारे पास यह आज़ादी इसलिए है ताकि हम उन चीज़ों को सुधार सकें जो सामाजिक व्यवस्था, असमानता, भेद-भाव और अन्य चीज़ों से भरी है जो हमारे मौलिक अधिकारों के विरोधी हैं।
- कानून और व्यवस्था राजनीतिक शरीर की दवा है और जब राजनीतिक शरीर बीमार पड़े तो दवा ज़रूर दी जानी चाहिए।
- जब तक आप सामाजिक स्वतंत्रता नहीं हासिल कर लेते, कानून आपको जो भी स्वतंत्रता देता है वो आपके लिए बेमानी है।
- निहित स्वार्थों को तब तक स्वेच्छा से नहीं छोड़ा गया है, जब तक कि मजबूर करने के लिए पर्याप्त बल ना लगाया गया हो।
- एक सफल क्रांति के लिए सिर्फ़ असंतोष का होना पर्याप्त नहीं है, जिसकी आवश्यकता है वो है न्याय एवं राजनीतिक और सामाजिक अधिकारों में गहरी आस्था।
- राजनीतिक अत्याचार सामाजिक अत्याचार की तुलना में कुछ भी नहीं हैं। एक सुधारक जो समाज को खारिज कर देता है, वो सरकार को ख़ारिज कर देने वाले राजतीतिज्ञ से कहीं अधिक साहसी है।
- मनुष्य एवं उसके धर्म को समाज के द्वारा नैतिकता के आधार पर चयन करना चाहिए। अगर धर्म को ही मनुष्य के लिए सब कुछ मान लिया जाएगा, तो किन्हीं और मानकों का कोई मूल्य ही नहीं रह जाएगा।
- धर्म में मुख्य रूप से केवल सिद्धांतों की बात होनी चाहिए, यहाँ नियमों की बात नहीं हो सकती।
- कुछ लोग सोचते हैं कि समाज के लिए धर्म की कोई आवश्यकता नहीं है, लेकिन मैं इस विचार को नहीं मानता। मानव जीवन के लिए धर्म की स्थापना होना बेहद ज़रूरी है।
- मैं यह नहीं मानता और न कभी मानूँगा कि भगवान् बुद्ध विष्णु के अवतार थे। मैं इसे पागलपन और झूठा प्रचार-प्रसार मानता हूँ।
- मैं गौरी, गणपति और हिन्दुओं के अन्य देवी-देवताओं में आस्था नहीं रखूँगा और न ही मैं उनकी पूजा करूँगा। हालाँकि, मैं एक हिंदू पैदा हुआ था, लेकिन मैं सत्य-निष्ठा से आपको विश्वास दिलाता हूँ कि मैं हिन्दू के रूप में मरूँगा नहीं।

❑

अध्याय: 20

डॉ. भीमराव अम्बेडकर के लेख

"बुद्ध अथवा कार्ल मार्क्स"

बुद्ध और कार्ल मार्क्स की आपस में तुलना करने को कुछ लोगों द्वारा यदि मज़ाक मान लिया जाए, तो इसमें कोई आश्चर्य की बात नहीं है। मार्क्स तथा बुद्ध के बीच तकरीबन 2381 वर्ष का अंतर है। बुद्ध ई.पू. 563 में जन्मे थे और कार्ल मार्क्स सन् 1818 में। कार्ल मार्क्स को नई विचारधारा, नए मत-राज्य शासन और एक नई आर्थिक व्यवस्था का निर्माता माना जाता है। परन्तु बुद्ध को एक ऐसे धर्म के संस्थापक के अलावा और कुछ नहीं माना जाता, जिसका राजनीति या अर्थशास्त्र से कोई संबंध नहीं है। 'बुद्ध अथवा कार्ल मार्क्स' निबंध के शीर्षक से ऐसा आभास होता है कि यह इन दोनों व्यक्तियों के बीच समानता को बताने वाला है या विषमता को दर्शाने वाला है। बुद्ध और कार्ल मार्क्स के बीच समय का बहुत बड़ा अंतराल है। दोनों के विचार क्षेत्र भी भिन्न-भिन्न हैं। इसलिए 'बुद्ध अथवा कार्ल मार्क्स' शीर्षक का अजीब सा प्रतीत होना लाज़मी है। मार्क्सवादी इस पर हँस सकते हैं और मार्क्स तथा बुद्ध को बराबर लाने का मज़ाक बना सकते हैं। मार्क्स बहुत आधुनिक युग के हैं और बुद्ध बहुत पुरातन युग के हैं। मार्क्सवादी ये कह सकते हैं कि उनके गुण की तुलना में बुद्ध केवल आदिम व अपरिष्कृत ही ठहर सकते हैं। फिर, दो व्यक्तियों के बीच क्या समानता या तुलना हो सकती है? बुद्ध से एक मार्क्सवादी क्या शिक्षा ले सकता है? एक मार्क्सवादी को बुद्ध क्या सिखा सकते हैं? फिर भी इन दोनों के बीच तुलना आकर्षक और शिक्षाप्रद है। बुद्ध और कार्ल मार्क्स दोनों के अध्ययन और दोनों की विचारधारा व सिद्धांत में मेरी भी रुचि है। इसी वज़ह से इन दोनों के बीच तुलना करने का विचार मेरे मन में आया। अगर मार्क्सवादी अपने पूर्वाग्रहों को

पीछे रखकर बुद्ध का अध्ययन करें और उन बातों को समझें जो उन्होंने कही हैं तथा जिनके लिए उन्होंने संघर्ष किया, तो मुझे यक़ीन है उनका नजरिया बदल जाएगा। सही में उनसे यह आशा नहीं की जा सकती कि बुद्ध की हँसी व मज़ाक उड़ाने का निश्चय करने के बाद वे उनकी प्रार्थना करेंगे, लेकिन यह कहा जा सकता है कि उनको यह अहसास होगा कि बुद्ध की शिक्षाओं व उपदेशों में कुछ ऐसी बात अवश्य है, जो याद रखने के योग्य और बहुत लाभदायक है।

बुद्ध का सिद्धांत

अहिंसा के सिद्धांत के साथ ज्यादातर बुद्ध का नाम जोड़ा जाता है और उनकी शिक्षाओं व उपदेशों को ही अहिंसा का समस्त सार माना जाता है। उसे ही उनका प्रारंभ व अंत समझा जाता है। काफ़ी कम लोग इस बात को जानते हैं कि बुद्ध ने जो उपदेश दिए, वे बहुत ही व्यापक हैं और अहिंसा से बहुत बढ़कर हैं। इसलिए यह आवश्यक है कि जो उनके सिद्धांत हैं उनको विस्तारपूर्वक प्रस्तुत किया जाए। मैंने त्रिपिटक का अध्ययन किया। उस अध्ययन से मैंने जो समझा उसे मैं आगे बता रहा हूँ–

- मुक्त समाज के लिए धर्म आवश्यक है।
- प्रत्येक धर्म अंगीकार करने योग्य नहीं होता।
- धर्म का संबंध जीवन के तथ्यों व वास्तविकताओं से होना चाहिए, ईश्वर या परमात्मा या स्वर्ग या पृथ्वी के संबंध में सिद्धांतों तथा अनुमान मात्र निराधार कल्पना से नहीं होना चाहिए।
- ईश्वर को धर्म का केंद्र बनाना अनुचित है।
- आत्मा की मुक्ति या मोक्ष को धर्म का केंद्र बनाना अनुचित है।
- पशुबलि को धर्म का केंद्र बनाना अनुचित है।
- वास्तविक धर्म का वास मनुष्य के हृदय में होता है, शास्त्रों में नहीं।
- धर्म का केंद्र मनुष्य तथा नैतिकता होना चाहिए। यदि नहीं, तो धर्म एक क्रूर अंधविश्वास है।
- नैतिकता के लिए जीवन का आदर्श होना ही पर्याप्त नहीं है। चूँकि ईश्वर नहीं है, अतः इसे जीवन का नियम या कानून होना चाहिए।
- धर्म का कार्य विश्व का पुनर्निर्माण करना तथा उसे प्रसन्न रखना है, उसकी उत्पत्ति या उसके अंत की व्याख्या करना नहीं।

- संसार में दुःख स्वार्थों के टकराव के कारण होता है और इसके समाधान का एकमात्र तरीका अष्टांग मार्ग का अनुसरण करना है।
- संपत्ति के निजी स्वामित्व से अधिकार व शक्ति एक वर्ग के हाथ में आ जाती है और दूसरे वर्ग को दुःख मिलता है।
- समाज के हित के लिए यह आवश्यक है कि इस दुःख का निदान इसके कारण का निरोध करके किया जाए।
- सभी मानव प्राणी समान हैं।
- मनुष्य का मापदंड उसका गुण होता है, जन्म नहीं।
- जो चीज़ महत्त्वपूर्ण है, वह है उच्च आदर्श, न कि उच्च कुल में जन्म।
- सबके प्रति मैत्री का साहचर्य व भाईचारे का कभी भी परित्याग नहीं करना चाहिए।
- प्रत्येक व्यक्ति को विद्या प्राप्त करने का अधिकार है। मनुष्य को जीवित रहने के लिए ज्ञान विद्या की उतनी ही आवश्यकता है, जितनी भोजन की।
- अच्छा आचारणविहीन ज्ञान खतरनाक होता है।
- कोई भी चीज़ भ्रमातीत व अचूक नहीं होती। कोई भी चीज़ सर्वदा बाध्यकारी नहीं होती। प्रत्येक वस्तु छानबीन तथा परीक्षा के अध्यधीन होती है।
- कोई वस्तु सुनिश्चित तथा अंतिम नहीं होती।
- प्रत्येक वस्तु कारण-कार्य संबंध के नियम के अधीन होती है।
- कोई भी वस्तु स्थाई या सनातन नहीं है। प्रत्येक वस्तु परिवर्तनशील होती है। सदैव वस्तुओं में होने का क्रम चलता रहता है।
- युद्ध यदि सत्य तथा न्याय के लिए न हो, तो वह अनुचित है।
- पराजित के प्रति विजेता के कर्तव्य होते हैं।

बुद्ध का संक्षिप्त रूप में यही सिद्धांत है। यह कितना प्राचीन, परंतु कितना नवीन है। उनके उपदेश कितने व्यापक तथा कितने गंभीर हैं।

कार्ल मार्क्स का मौलिक सिद्धांत

आगे अब हम कार्ल मार्क्स द्वारा मौलिक रूप से प्रस्तुत मूल सिद्धांत का अनुसंधान करते हैं। इसमें ज़रा भी शक नहीं कि मार्क्स आधुनिक समाजवाद या साम्यवाद का जनक है, लेकिन उसकी रुचि केवल समाजवाद के सिद्धांत को प्रतिपादित व प्रस्तुत करने मात्र में

ही नहीं थी। यह कार्य तो उससे बहुत पहले ही अन्य लोगों द्वारा कर दिया गया था। मार्क्स की ज़्यादा रुचि इस बात को साबित करने में थी कि उसका समाजवाद वैज्ञानिक है। मार्क्स का जिहाद जितना पूँजीपतियों के विरुद्ध था, उतना ही उन लोगों के विरुद्ध भी था, जिन्हें वह स्वप्नदर्शी या अव्यावहारिक समाजवादी कहता था। वह उन दोनों में से किसी को भी पसंद नहीं करता था। इस बात पर इसलिए सोच-विचार करने की आवश्यकता है, क्यूंकि मार्क्स अपने समाजवाद के वैज्ञानिक स्वरूप को सबसे ज़्यादा महत्त्व देता था। मार्क्स ने अपने जिन सिद्धांतों को प्रस्तुत किया, उनका उद्देश्य सिर्फ़ उसके इस दावे व विचारधारा को स्थापित करना था कि उसका समाजवाद वैज्ञानिक प्रकार का था, स्वप्नदर्शी व अव्यावहारिक नहीं।

कार्ल मार्क्स का वैज्ञानिक समाजवाद से यह अभिप्राय था कि उसका समाजवाद अपरिहार्य तथा अनिवार्य प्रकार का था। समाज उसकी तरफ़ अग्रसर हो रहा है तथा उसकी गति को आगे बढ़ने से कोई चीज़ नहीं रोक सकती। मार्क्स ने जिसके लिए मुख्य रूप से परिश्रम किया उसके इस दावे व विचारधारा को सिद्ध करना है।

मार्क्स की अवधारणा नीचे दी गई थ्योरम पर आधारित है:

- दर्शन का उद्देश्य विश्व का पुनर्निर्माण करना है, ब्रह्माण्ड की उत्पत्ति की व्याख्या करना नहीं।
- जो शक्तियाँ इतिहास की दिशा को निश्चित करती हैं, वे मुख्यतः आर्थिक होती हैं।
- समाज दो वर्गों में विभक्त है– मालिक तथा मज़दूर।
- इन दोनों वर्गों के बीच हमेशा संघर्ष चलता रहता है।
- मज़दूरों का मालिकों द्वारा शोषण किया जाता है। मालिक उस अतिरिक्त मूल्य का दुरुपयोग करते हैं, जो उन्हें अपने मज़दूरों के परिश्रम के परिणामस्वरूप मिलता है।
- उत्पादन के साधनों का राष्ट्रीयकरण अर्थात् व्यक्तिगत संपत्ति का उन्मूलन करके शोषण को समाप्त किया जा सकता है।
- इस शोषण के फलस्वरूप श्रमिक अधिकाधिक निर्बल व दरिद्र बनाए जा रहे हैं।
- श्रमिकों की इस बढ़ती हुई दरिद्रता व निर्बलता के कारण श्रमिकों की क्रांतिकारी भावना उत्पन्न हो रही है और परस्पर विरोध वर्ग-संघर्ष के रूप में बदल रहा है।
- चूँकि श्रमिकों की संख्या स्वामियों की संख्या से अधिक है, अतः श्रमिकों द्वारा राज्य को हथियाना और अपना शासन स्थापित करना स्वाभाविक है। इसे उसने 'सर्वहारा वर्ग की तानाशाही' के नाम से घोषित किया है।

- ➢ इन तत्त्वों का प्रतिरोध नहीं किया जा सकता, इसलिए समाजवाद अपरिहार्य है। मुझे आशा है, मैंने उन विचारों का सही उल्लेख किया है, जो मार्क्सवादी समाज के मूल आधार हैं।

मार्क्सवादी सिद्धांत का अस्तित्व

बुद्ध और मार्क्स की विचारधाराओं की आपस में तुलना करने से पहले यह जान लेना आवश्यक है कि मार्क्सवादी सिद्धांत के मौलिक संग्रह में से कितना अस्तित्व बचा हुआ है। कितनी बातों को इतिहास द्वारा असत्य साबित कर दिया गया है और उसके विरोधियों द्वारा व्यर्थ कर दिया है।

उन्नीसवीं शताब्दी के मध्य में जिस समय मार्क्सवादी सिद्धांत को प्रस्तुत किया गया था, उसी समय से इसकी काफ़ी आलोचना होती रही है। इस आलोचना की वज़ह से मार्क्स द्वारा प्रस्तुत विचारधारा का काफ़ी बड़ा ढाँचा ढह गया है। इसमें कोई शक नहीं कि मार्क्स का यह दावा कि उसका समाजवाद अपरिहार्य है, पूर्णतया असत्य सिद्ध हो चुका है। सर्वहारा वर्ग की तानाशाही सर्वप्रथम 1917 में, उसकी पुस्तक दास कैपिटल, समाजवाद का सिद्धांत के प्रकाशित होने के लगभग सत्तर वर्ष के बाद सिर्फ़ एक देश में स्थापित हुई थी। यहाँ तक कि साम्यवाद, जो कि सर्वहारा वर्ग की तानाशाही का दूसरा नाम है, रूस में आया तो यह किसी प्रकार के मानवीय प्रयास के बिना किसी अपरिहार्य वस्तु के रूप में नहीं आया था। वहाँ एक क्रांति हुई थी और इसके रूस में आने से पहले भारी रक्तपात हुआ था तथा अत्यधिक हिंसा के साथ वहाँ सोद्देश्य योजना करनी पड़ी थी। बाकी बचे हुए विश्व में अब भी सर्वहारा वर्ग की तानाशाही के आने की राह देखी जा रही है। मार्क्सवाद का ऐसा मानना है कि समाजवाद अपरिहार्य है और उसके इस सिद्धांत के ग़लत हो जाने के अलावा सूचियों में दिए गए बहुत से विचार भी तर्क का अनुभव, दोनों के द्वारा नष्ट हो गए हैं। व्यक्ति भी अब इतिहास की आर्थिक व्याख्या को ही इतिहास की केवल एकमात्र परिभाषा स्वीकार नहीं करता। यह बात कोई नहीं मानता कि सर्वहारा वर्ग को उत्तरोत्तर कंगाल बनाया गया है और यही बात उसके दूसरे तर्क के संबंध में भी सही है। मार्क्स के मत में जो बात बची रह जाती है, वह बहुत ही महत्त्वपूर्ण होती है। इस रूप में मेरे विचार में ये चार बातें हैं:–

- ➢ दर्शन का कार्य विश्व का पुनर्निर्माण करना है, विश्व की उत्पत्ति का स्पष्टीकरण देने या समझाने में अपने समय को नष्ट करना नहीं।
- ➢ एक वर्ग का दूसरे वर्ग के साथ स्वार्थ व हित का टकराव व उनमें संघर्ष का होना है।

- संपत्ति के व्यक्तिगत स्वामित्व से एक वर्ग को शक्ति प्राप्त होती है और दूसरे वर्ग को शोषण के द्वारा दु:ख पहुँचाया जाता है।
- समाज की भलाई के लिए यह आवश्यक है कि व्यक्तिगत संपत्ति का उन्मूलन करके, दु:ख का निराकरण किया जाए।

बुद्ध तथा कार्ल मार्क्स के बीच तुलना

मौजूद मार्क्सवादी सिद्धांत से कुछ बातों को लेकर अब दोनों के बीच तुलना की जा सकती है।

पहली बात को लेकर बुद्ध तथा कार्ल मार्क्स दोनों में पूर्ण रूप से सहमति है। उनमें कितनी अधिक सहमति है, इस बात को समझाने के लिए मैं नीचे बुद्ध तथा पोत्तपाद नामक ब्राह्मण के बीच हुए बातचीत के एक अंश को वर्णित करता हूँ:

इसके बाद पोत्तपाद ने बुद्ध से उन्हीं शब्दों में कुछ प्रश्न पूछे जो इस प्रकार हैं–

- क्या संसार शाश्वत नहीं है?
- क्या संसार सीमित है?
- क्या संसार असीम है?
- क्या आत्मा वैसी ही है, जैसा शरीर है?
- क्या आत्मा एक वस्तु है और शरीर दूसरी?
- क्या सत्य को पा लेने वाला व्यक्ति मृत्यु के बाद फिर जन्म लेता है?
- क्या वह न तो पुनः जन्म लेता है, न मृत्यु के बाद फिर रहता है?

सभी सवालों का बुद्ध ने एक ही जवाब दिया, जो इस प्रकार था:–

पोत्तपाद इस विषय पर भी मैंने अपना कोई मत प्रकट नहीं किया है।

- 'लेकिन बुद्ध ने उस पर कोई मत प्रकट क्यूं नहीं किया है?'

  क्यूंकि 'ये प्रश्न उपयोगी नहीं हैं, इनका संबंध धर्म से नहीं है, यह सही आचरण के लिए भी सहायक नहीं है, न अनासक्ति, न लालसा व लोभ से शुद्धिकरण, न शांति, न हृदय की शांति, न वास्तविक ज्ञान, न अंतर्ज्ञान की उच्चतर अवस्था, न निर्वाण में सहायक है। अतएव, यही कारण है कि मैं इस संबंध में कोई विचार प्रकट नहीं करता।'

बुद्ध तथा कौशल नरेश प्रसेनजित के बीच हुई बातचीत से में नीचे एक उदाहरण प्रस्तुत करता हूँ:

'इसके अतिरिक्त राजाओं के बीच, कुलीनों के बीच, ब्राह्मणों के बीच, गृहस्थों के बीच, माता तथा पुत्र के बीच, पुत्र तथा पिता के बीच भाई तथा बहन के बीच, साथियों तथा साथियों के बीच सदा संघर्ष चलता रहता है।'

यद्यपि ये शब्द प्रसेनजित के हैं, लेकिन बुद्ध ने इस बात से मना नहीं किया कि यह समाज का सही चित्र प्रस्तुत करता है।

जहाँ तक वर्ग संघर्ष के प्रति बुद्ध के दृष्टिकोण का संबंध है, अष्टांग मार्ग का उनका सिद्धांत इस बात को मान्यता देता है कि वर्ग संघर्ष का अस्तित्व है और यह वर्ग संघर्ष ही है, जो दुःख व दुर्दशा का कारण होता है।

➢ बुद्ध तथा पोत्तपाद के वार्तालाप में से उक्त यह अंश तीसरे प्रश्न के संबंध में मैं उद्धृत करता हूँ–

'तो फिर वह क्या है, जिसका आप महानुभाव ने निश्चय किया है।'

'पोत्तपाद', मैंने यह बिलकुल साफ़ कर दिया है कि दुःख तथा कष्ट का अस्तित्व है। वे हमेशा विद्यमान रहते हैं।' मैंने यह समझाया है कि दुःख का मूल व उत्पत्ति क्या है। मैंने यह भी स्पष्ट किया है कि दुःख का अंत क्या है और वह कौन सा तरीका है, जिसके द्वारा मनुष्य अपने दुःखों को ख़्म कर सकता है।

➢ 'तो फिर बुद्ध ने उस संबंध में यह कथन क्यूं किया?'

'पोत्तपाद, क्यूंकि वह प्रश्न उपयोगी है, वह धर्म से संबंधित है, वह सही आचरण, अनासक्ति, लालसा व लाभ से त्राण, शांति, हृदय की शांति, वास्तविक ज्ञान, पथ की उच्चतर अवस्था और निर्वाण में सहायक है। इसलिए पोत्तपाद यही कारण है कि मैंने उसके संबंध में कथन किया है।'

यहाँ शब्द यदि अलग हैं, लेकिन उनका अर्थ वही है। अगर हम यह जान लें कि दुःख का कारण शोषण है, तब बुद्ध इस विषय में मार्क्स से दूर नहीं हैं। व्यक्तिगत संपत्ति के प्रश्न के संबंध में बुद्ध तथा आनंद के बीच हुए वार्तालाप के निम्नलिखित उदाहरण से काफ़ी हद तक सहायता मिलती है। आनंद द्वारा किए गए एक सवाल का जवाब देते हुए बुद्ध ने कहा–

'मैंने कहा है कि धन-लोलुपता संपत्ति के स्वामित्व की वज़ह से होती है। यह ऐसा किस प्रकार है, इस बात को आनंद इस प्रकार समझा जा सकता है। जहाँ पर कोई संपत्ति और कोई अधिकार नहीं है, वह चाहे किसी भी व्यक्ति के द्वारा या किसी भी वस्तु के लिए हो, वहाँ कोई संपत्ति या अधिकार न होने की वज़ह से संपत्ति की समाप्ति या अधिकार की समाप्ति पर क्या कोई धनलोलुप या लालची दिखाई पड़ेगा?'

'नहीं, प्रभु।'

'तब आनंद, स्वामित्व के आधार, उसकी उत्पत्ति, दुराग्रह का प्रश्न ही कहाँ होता?'

- 'मैंने कहा कि दुराग्रह स्वामित्व का मूल है। अब आनंद वह ऐसा किस प्रकार व क्यूं है? इसे इस प्रकार समझना चाहिए। अगर किसी व्यक्ति में किसी वस्तु के संबंध में, वह चाहे जो हो, किसी प्रकार की कोई भी आसक्ति नहीं है तो क्या ऐसा होने पर आसक्ति के अंत होने पर अधिकार या संपत्ति का आभास होगा?'

'नहीं होगा, प्रभु।'

चौथी बात के संबंध में किसी सबूत की आवश्यकता नहीं है। इस विषय में भिक्षु संघ के नियम सर्वोत्तम प्रमाण हैं। नियमों के अनुसार एक भिक्षु केवल कुछ वस्तुओं को ही अपनी व्यक्तिगत संपत्ति के रूप में रख सकता है जो निम्नलिखित हैं:

- प्रतिदिन पहनने के लिए तीन वस्त्र (त्रिचीवर)
- कमर में बाँधने के लिए एक पेटी (कटिबाँधनी)
- एक भिक्षापात्र
- एक उस्तरा (वाति)
- सुई धागा
- पानी साफ़ करने की एक छलनी या छन्ना (अलक्षाधक)

इन सभी के अतिरिक्त एक भिक्षु के लिए सोने या चाँदी को हासिल करने पर पूरी तरह से रोक है, क्यूंकि इससे मन में यह आशंका पैदा होती है कि सोने या चांदी से वह उन वस्तुओं के अलावा, जिनको रखने की उसे इजाज़त है, कुछ और वस्तुएँ भी ले सकता है। ऊपर दिए गये सभी नियम रूस में साम्यवाद में पाए जाने वाले नियमों से काफ़ी सख़्त नियम हैं।

साधन

अब हम साधनों की तरफ़ देखते हैं। बुद्ध द्वारा किये गए साम्यवाद के प्रतिपादन को कार्य रूप प्राप्त करने के लिए साधन भी सीमित मात्रा में थे। इन साधनों को मौटे तौर पर तीन भागों में बाँटा जा सकता है। इसका पहला भाग है– पंचशील का आचरण।

बुद्ध ने एक नए सिद्धांत को भलि-भाँति समझा। यह उन समस्याओं की कुंजी है, जो उनके मन में बार-बार उठा करती थीं। बुद्ध के नए सिद्धांत का आधार यह है

कि पूरा विश्व कष्टों और दु:खों से भार हुआ है। यह एक ऐसा तथ्य था, जिस पर न सिर्फ़ ध्यान देना ज़रूरी था, बल्कि मुक्ति की किसी भी योजना में इसे सबसे पहला स्थान देना था। इस तथ्य को मान्य कर बुद्ध ने इसे अपने सिद्धांत का आधार बना लिया।

बुद्ध का कहना था कि इस सिद्धांत को अगर उपयोगी होना है, तो कष्ट तथा दु:ख का निवारण हमारा लक्ष्य होना चाहिए। इस कष्ट और दु:ख के कारण क्या हो सकते हैं? इस प्रश्न के उत्तर में बुद्ध ने यह पाया कि इसके कारण केवल दो हो सकते हैं। व्यक्ति के जीवन में कष्ट तथा दु:ख उसके अपने ही चाल-चलन की वज़ह से हो सकते हैं। दु:ख और कष्टों के इस कारण को दूर करने के लिए बुद्ध ने पंचशील का अनुपालन करने का उपदेश दिया। पंचशील में निम्नलिखित बातें शामिल हैं जो इस प्रकार हैं:–

- किसी जीवित वस्तु को न ही नष्ट करना और न ही कष्ट पहुँचाना।
- चोरी अर्थात् दूसरे की संपत्ति को धोखाधड़ी या हिंसा द्वारा न हथियाना और न उस पर कब्ज़ा करना।
- झूठ न बोलना।
- तृष्णा न करना।
- मादक पदार्थों का सेवन न करना।

बुद्ध का ऐसा भी मानना है कि संसार में कुछ कष्ट व दु:ख का कारण मनुष्य का मनुष्य के प्रति पक्षपात है। इस पक्षपात को किस प्रकार दूर किया जाए? मनुष्य के प्रति मनुष्य के पक्षपात का निराकरण करने के लिए बुद्ध ने आर्य अष्टांग मार्ग निर्धारित किया। इस अष्टांग मार्ग के तत्त्व इस प्रकार हैं:–

- सम्यक दृष्टि, अर्थात् अंधविश्वास से मुक्ति।
- सम्यक संकल्प, जो बुद्धिमान तथा उत्साहपूर्ण व्यक्तियों के योग्य होता है।
- सम्यक वचन अर्थात् दयापूर्ण, स्पष्ट तथा सत्य भाषण।
- सम्यक आचरण अर्थात् शांतिपूर्ण, ईमानदारी तथा शुद्ध आचरण।
- सम्यक जीविका अर्थात् किसी भी जीवधारी को किसी भी प्रकार की क्षति या चोट न पहुँचाना।
- अन्य सात बातों में सम्यक परिरक्षण।
- सम्यक स्मृति अर्थात् एक सक्रिय तथा जागरुक मस्तिष्क।
- सम्यक समाधि अर्थात् जीवन के गंभीर रहस्यों के संबंध में गंभीर विचार।

बुद्ध के इस आर्य अष्टांग मार्ग का उद्देश्य पृथ्वी पर धर्मपरायणता तथा न्यायसंगत राज्य की स्थापना करना तथा उसके द्वारा संसार के दु:ख तथा विषाद को मिटाना है।

बुद्ध के सिद्धांत का तीसरा अंग निब्बान का सिद्धांत है। निब्बान का सिद्धांत आर्य अष्टांग मार्ग के सिद्धांत का अभिन्न अंग है। निब्बान के बिना अष्टांग मार्ग को प्राप्त नहीं किया जा सकता। निब्बान का सिद्धांत इस बात से अवगत कराता है कि अष्टांग मार्ग को प्राप्त करने में कौन-कौन-सी कठिनाइयाँ आती हैं। इन कठिनाइयों में मुख्य रूप से दस कठिनाइयाँ शामिल हैं। बुद्ध ने इन कठिनाइयों को आसव, बेड़ियाँ या बाधाएँ कहा है। इन बाधाओं का वर्णन निम्नलिखित है–

- प्रथम बाधा अहम् का मोह है, जब तक व्यक्ति पूर्णतया अपने अहम् में रहता है, प्रत्येक भड़कीली चीज़ का पीछा करता है, जिनके विषय में वह व्यर्थ ही यह सोचता है कि वे उसके हृदय की अभिलाषा की तृप्ति व संतुष्टि कर देंगी, तब तक उसको आर्य मार्ग नहीं मिलता। जब उसकी आँखें इस तथ्य को देखकर खुलती हैं कि वह इस असीम व अनंत का एक बहुत छोटा सा अंश है, तब वह यह अनुभूति करने लगता है कि उसका व्यक्तिगत अस्तित्व कितना नश्वर है, तभी वह इस संकीर्ण मार्ग में प्रवेश कर सकता है।
- दूसरी बाधा संदेह तथा अनिर्णय की स्थिति है। जब मनुष्य अस्तित्व के महान रहस्य, व्यक्तित्व की नश्वरता को देखता है तो उसके अपने कार्य में भी संदेह तथा अनिर्णय की स्थिति की संभावना होती है, अमुक कार्य किया जाए या न किया जाए, फिर भी मेरा व्यक्तित्व अस्थाई नश्वर है, ऐसी कोई चीज़ प्रश्न क्यूं बन जाती है, जो उसे अनिर्णायक, संदेही या निष्क्रिय बना देती है, परंतु वह चीज़ जीवन में काम नहीं आएगी। उसे अपने शिक्षक का अनुसरण करने, सत्य को स्वीकार करने तथा संघर्ष की शुरुआत करने का निश्चय कर लेना चाहिए अन्यथा उसे और आगे कुछ नहीं मिलेगा।
- तीसरी बाधा संस्कारों तथा धर्मानुष्ठानों की क्षमता पर निर्भर करती है। किसी भी उत्तम संकल्प से वह चाहे जितना दृढ़ हो, किसी चीज़ की प्राप्ति उस समय तक नहीं होगी, जब तक मनुष्य कर्मकांड से छुटकारा नहीं पाएगा, जब तक वह इस विश्वास से मुक्त नहीं होगा कि कोई बाह्य कार्य, पुरोहिती शक्ति तथा पवित्र धर्मानुष्ठान से उसे हर प्रकार की सहायता मिल सकती है। जब मनुष्य इस बाधा पर काबू पा लेता है, केवल तभी यह कहा जा सकता है कि वह ठीक धारा में आ गया है और अब देर-सवेर विजय प्राप्त कर सकता है।
- चौथी बाधा शारीरिक वासनाएँ हैं।

- पाँचवीं बाधा दूसरे व्यक्तियों के प्रति द्वेष व वैमनस्य की भावना है।
- छठीं भौतिक वस्तुओं से मुक्त भावी जीवन के प्रति इच्छा का दमन है।
- सातवीं भौतिकता से मुक्त संसार में भावी जीवन के प्रति इच्छा का होना है।
- आठवीं बाधा अभिमान की है।
- नौवीं बाधा दंभ की है। ये वे कमजोरियाँ हैं, जिन पर मनुष्य के लिए विजय प्राप्त करना बहुत कठिन है और जिनके लिए विशेष रूप से श्रेष्ठ व्यक्ति उत्तरदायी हैं। यह उन लोगों के लिए निंदा की बात है, जो अपने आप से कम योग्य तथा कम पवित्र हैं।
- दसवीं बाधा अज्ञानता है। यद्यपि अन्य सब कठिनाइयों व बाधाओं पर विजय प्राप्त की जा सकती है, फिर भी यह बनी ही रहेगी, बुद्धिमान तथा अच्छे व्यक्ति के शरीर में काँटे के समान चुभती रहेगी। यह मनुष्य की आख़िरी और सबसे बड़ी शत्रु है।

आर्य अष्टांग मार्ग के पीछे चलकर ही इन कठिनाइयों और बाधाओं पर विजय प्राप्त करना ही निब्बान है। आर्य अष्टांग मार्ग सिद्धांत यह बताता है कि मनुष्य को मन की कौन सी स्थिति व मनोवृत्ति का परिश्रमपूर्वक पोषण करना चाहिए। निब्बान का सिद्धांत उस प्रलोभन या बाधा के विषय में बताता है, जिस पर अगर व्यक्ति आर्य अष्टांग मार्ग का पालन करना चाहता है तो उन पर गंभीरतापूर्वक विजय प्राप्त करनी चाहिए।

परिमिता का सिद्धांत नवीन सिद्धांत का चौथा भाग है। परिमिता का सिद्धांत मनुष्य के दैनिक जीवन में दस गुणों का आचरण करने के लिए प्रेरित करता है। वे दस गुण निम्नलिखित हैं–

- **पन्न–** पन्न या बुद्धि वह प्रकाश है, जो अविद्या, मोह या अज्ञान के अंधकार को हटाता है। पन्न के लिए यह अपेक्षित है कि व्यक्ति अपने से अधिक बुद्धिमान व्यक्ति से पूछकर अपनी सभी शंकाओं का समाधान कर ले, बुद्धिमान लोगों से संबंध रखे और विभिन्न कलाओं और विज्ञान का अर्जन करे, जो उसकी बुद्धि विकसित होने में सहायक हों।
- **शील–** शील नैतिक मनोवृत्ति अर्थात् बुरा न करने और अच्छा करने की मनोवृत्ति, ग़लत काम करने पर लज्जित होना है। दंड के भय से बुरा काम न करना शील है। शील का अर्थ है, ग़लत काम करने का भय।
- **नेक्खम–** नेक्खम संसार के सुखों का परित्याग है।

- **दान–** दान का अर्थ अपनी संपत्ति, रक्त तथा अंग का उसके बदले में किसी चीज़ की आशा किए बिना, दूसरों के हित व भलाई के लिए अपने जीवन तक को भी उत्सर्ग करना है।
- **वीर्य–** वीर्य का अर्थ है, सम्यक प्रयास। आपने जो कार्य करने का निश्चय कर लिया है, उसे पूरी शक्ति से कभी भी पीछे मुड़कर देखे बिना करना है।
- **खांति–** खांति (शांति) का अभिप्राय सहिष्णुता है। इसका सार है कि घृणा का मुक़ाबला घृणा से नहीं करना चाहिए, क्यूंकि घृणा, घृणा से शांत नहीं होती। इसे केवल सहिष्णुता द्वारा ही शांत किया जाता है।
- **सच्च–** सच्च (सत्य) सच्चाई है। बुद्ध बनने का आकांक्षी कभी भी झूठ नहीं बोलता। उसका वचन सत्य होता है। सत्य के अलावा कुछ नहीं होता।
- अधित्थान– अधित्थान अपने लक्ष्य तक पहुँचने के दृढ़-संकल्प को कहते हैं।
- **मेत्त–** मेत्त (मैत्री) सभी प्राणियों के प्रति सहानुभूति की भावना है, चाहे कोई शत्रु हो या मित्र, पशु हो या मनुष्य, सभी के प्रति होती है।
- **उपेक्खा–** उपेक्खा अनासक्ति है, जो उदासीनता से भिन्न होती है। यह मन की वह अवस्था है, जिसमें न तो किसी वस्तु के प्रति रुचि होती है, परिणाम से विचलित व अनुत्तेजित हुए बिना उसकी खोज व प्राप्ति में लगे रहना ही उपेक्खा है।

हर व्यक्ति अपने व्यवहार में इन सभी गुणों को अपने पूर्ण सामर्थ्य व इच्छाशक्ति के साथ अपनाए और इन पर आचरण करे। इसी कारण से ही इन्हें परिमिता (पूर्णता की स्थिति) कहा जाता है। इसी सिद्धांत को बुद्ध ने संसार में दुःख तथा क्लेश की समाप्ति के लिए अपने बोध व ज्ञान के परिणामस्वरूप प्रतिपादित किया है।

यह एकदम साफ़ है कि बुद्ध ने जो साधन अपनाए, वे अपनी इच्छा से अनुसरण करके मनुष्य की नैतिक मनोवृत्ति को बदलने के लिए थे। साम्यवादियों द्वारा अपनाए गए साधन भी इसी की तरह स्पष्ट, संक्षिप्त तथा स्फूर्तिपूर्ण हैं। ये साधन हैं:

- हिंसा
- सर्वहारा वर्ग की तानाशाही

साम्यवादी का कहना है कि साम्यवाद को स्थापित करने के लिए केवल दो साधन हैं, पहला है हिंसा। वर्तमान व्यवस्था को भंग करने व तोड़ने के लिए इससे कम कोई भी कार्य या योजना पर्याप्त नहीं होगी। दूसरा साधन है, सर्वहारा वर्ग की तानाशाही। नई व्यवस्था को जारी रखने के लिए उससे कम कोई चीज़ पर्याप्त नहीं होगी। इन बातों से

स्पष्ट हो जाता है कि बुद्ध तथा कार्ल मार्क्स में क्या समानताएँ हैं और क्या विषमताएँ हैं। अंतर व विषमता साधनों के विषय में हैं, साध्य दोनों में एक जैसे हैं।

साधनों का मूल्यांकन

हमें अब आगे साधनों के मूल्यांकन का अनुसंधान करना चाहिए। हमें यह देखना चाहिए कि किसके साधन श्रेष्ठ तथा लंबे समय तक ठहरने व स्थाई बने रहने वाले हैं, किंतु दोनों ओर कुछ भ्रांतियाँ हैं। उनको स्पष्ट करना ज़रूरी है।

हम हिंसा को लेते हैं। जहाँ तक हिंसा का संबंध है, हिंसा का नाम सुनते ही या उसका विचार करते ही लोगों को कँपकँपी आ जाएगी, लेकिन यह केवल मन की भावुकता है। हिंसा का पूरी तरह से त्याग नहीं किया जा सकता। यहाँ तक कि गैर-साम्यवादी देशों में भी हत्यारे को फाँसी के फंदे पर लटकाया जाता है। क्या फाँसी के फंदे पर किसी को लटकाना हिंसा नहीं है? गैर-साम्यवादी देश एक-दूसरे के साथ आपस में युद्ध करते हैं और उस युद्ध में लाखों लोग मारे जाते हैं। क्या इसे हिंसा नहीं कहा जाएगा? अगर किसी हत्यारे को इसलिए मारा जा सकता है कि उसने एक नागरिक को मारा है, उसकी हत्या की है, यदि एक सिपाही या सैनिक को युद्ध में इसलिए मारा जा सकता है कि वह शत्रु राष्ट्र का है, तो अगर किसी संपत्ति का स्वामी स्वामित्व के कारण शेष मानव जाति को दुःख पहुँचाता है, तो उसे क्यूं नहीं मारा जा सकता? संपत्ति के स्वामी के लिए उसके पक्ष में बचाव करने का कोई कारण नहीं है। व्यक्तिगत संपत्ति को परम पावन क्यूं माना जाना चाहिए?

बुद्ध हमेशा से ही हिंसा के विरुद्ध रहे थे, लेकिन वह न्याय के पक्ष में भी थे और जिस जगह पर न्याय के लिए बल प्रयोग की आवश्यकता होती है, उस जगह पर बुद्ध ने बल प्रयोग करने की स्वीकृति दी है। इस बात को वैशाली के सेनाध्यक्ष सिंहा सेनापति के साथ उनसे बातचीत में बहुत अच्छे से उदाहरण के साथ बताया गया है। यह बात जानने के बाद कि बुद्ध अहिंसा का प्रचार करते हैं, सिंहा उनके पास गया और उनसे पूछा– "भगवन्, अहिंसा का उपदेश देते व प्रचार करते हैं। क्या भगवन् आप एक दोषी को दंड से मुक्त करने व स्वतंत्रता देने का उपदेश देते व प्रचार करते हैं? क्या आप यह उपदेश देते हैं कि हमें अपनी पत्नियों, अपने बच्चों तथा अपनी संपत्ति को बचाने के लिए और उनकी रक्षा करने के लिए युद्ध नहीं करना चाहिए? क्या अहिंसा के नाम पर हमें अपराधियों के हाथों कष्ट झेलते रहना चाहिए? क्या आप उस समय भी युद्ध के लिए मना करते हैं, जब वह सत्य तथा न्याय के हित में हो?"

बुद्ध इस सवाल का जवाब देते हुए कहते हैं– "मैं जिस बात का प्रचार करता हूँ और उपदेश देता हूँ, आपने उसे ग़लत तरीके से समझा है। किसी अपराधी और

दोषी को दंड ज़रूर दिया जाना चाहिए और किसी निर्दोष व्यक्ति को आज़ाद कर देना चाहिए। लेकिन एक दंडाधिकारी एक-एक अपराधी को दंड देता है, तो यह दंडाधिकारी का दोष नहीं है। दंड की वज़ह अपराधी का दोष व अपराध होता है। जो दंडाधिकारी किसी अपराधी को दंड देता है, वह न्याय का ही पालन कर रहा होता है। उस व्यक्ति पर अहिंसा का झूठा कलंक नहीं लगता। जो व्यक्ति अपने या किसी दूसरे के न्याय तथा सुरक्षा के लिए लड़ता है, उसे अहिंसा का दोषी नहीं बनाया जा सकता। जब शांति बनाए रखने के लिए सभी साधन असफल हो गए हों, तो हिंसा का उत्तरदायित्व उस व्यक्ति पर आ जाता है, जो युद्ध का आरंभ करता है। इनसान को दुष्ट शक्तियों के सामने आत्मसमर्पण नहीं करना चाहिए। यहाँ युद्ध किया जा सकता है, लेकिन यह अपने मतलब की शर्तों को पूरा करने के लिए नहीं होना चाहिए।"

इस बात में ज़रा भी शक नहीं कि हिंसा के विरुद्ध अन्य ऐसे आधार भी हैं, जिन पर प्रो. जॉन डिवी द्वारा जोर दिया गया है। जिन लोगों का यह मानना है कि साध्यों की सफलता साधन को उचित सिद्ध करती है, तो यह नैतिक रूप से एक विकृत सिद्धांत है। उनसे डिवी ने यह सही प्रश्न किया है कि यदि साध्य नहीं, तो फिर साधनों को कौन सी चीज़ सही साबित करती है? सिर्फ़ साध्य ही साधनों को सही साबित कर न्यायोचित ठहरा सकता है। बुद्ध यह बात स्वीकार कर लेते हैं कि सिर्फ़ साध्य ही है, जो साधनों को सही साबित करता है। इसके अतिरिक्त कौन सी चीज़ सही साबित कर सकती है और उन्होंने यह कहा होता कि अगर साध्य हिंसा को सही साबित करता है, तो प्रत्यक्ष उपस्थित की पूर्ति साध्य के लिए हिंसा एक उचित साधन है।

अगर बल प्रयोग साध्य को हासिल करने का इकलौता साधन होता, तो वह निश्चय ही संपत्ति के स्वामियों को बल का प्रयोग करने की अनुमति न देते। इस बात से पता चलता है कि साध्य के लिए उनके साधन अलग थे। प्रो. डिवी ने कहा है कि 'हिंसा बल प्रयोग का केवल एक दूसरा नाम है और यद्यपि बल का प्रयोग सृजनात्मक उद्देश्यों के लिए किया जाना चाहिए, परंतु शक्ति के रूप में बल प्रयोग तथा हिंसा के रूप में बल प्रयोग के बीच अंतर समझाना ज़रूरी है। एक साध्य की उपलब्धि में अन्य अनेक साध्यों का विनाश शामिल होता है, जो उस साध्य से अभिन्न होते हैं, जिसे नष्ट करने का प्रयास किया जाता है। बल प्रयोग को इस प्रकार नियमित करना चाहिए कि वह अनिष्टकर साध्य को नष्ट करने की प्रक्रिया में यथासंभव ज़्यादा से ज़्यादा साध्यों की रक्षा कर सके। बुद्ध की अहिंसा जैन मत के संस्थापक महावीर की अहिंसा जितनी निरपेक्ष नहीं थी। उन्होंने केवल शक्ति के रूप में बल प्रयोग की स्वीकृति दी होगी। साम्यवादी हिंसा का प्रतिपादन एक निरपेक्ष सिद्धांत के रूप में करते हैं। बुद्ध इसके बहुत बड़े विरोधी थे।'

बुद्ध तानाशाही का बिलकुल समर्थन नहीं करते। वह एक लोकतंत्रवादी के रूप में पैदा हुए थे और लोकतंत्रवादी के रूप में ही मरे। बुद्ध के समय में चौदह राजतंत्रीय राज्य थे और चार गणराज्य थे। वह शाक्य थे और शाक्यों का राज्य एक गणराज्य था। उन्हें वैशाली से अत्यंत अनुराग था, जो उनका द्वितीय घर था, क्यूंकि वह एक गणराज्य था। उन्होंने महानिर्वाण से पूर्व अपना वर्षावास वैशाली में व्यतीत किया था। अपने वर्षावास के पूरा हो जाने के बाद उन्होंने वैशाली को छोड़कर कहीं और जाने का निश्चय किया, जैसी उनकी आदत थी। कुछ दूर जाने के बाद, उन्होंने मुड़कर वैशाली की ओर देखा और फिर आनंद से कहा, 'तथागत वैशाली के अंतिम बार दर्शन कर रहे हैं।' उनकी इस बात से पता चलता है कि इस गणराज्य के प्रति उनका कितना लगाव व प्रेम था।

बुद्ध पूरी तरह से समतावादी थे। बुद्ध अधिकतर जीर्ण-शीर्ण वस्त्र (चीवर) पहनते थे। इस नियम को इसलिए प्रतिपादित किया गया था, ताकि कुलीन वर्ग के लोगों को संघ में शामिल होने से रोका जा सके। बाद में जीवक नामक एक प्रसिद्ध वैद्य ने अनुनय कर बुद्ध को थान से निर्मित वस्त्र को स्वीकार करने के लिए सहमत कर लिया। बुद्ध ने उस मूल नियम को तुरंत बदल डाला और उस नियम को सभी भिक्षुओं के लिए लागू कर दिया।

एक बार बुद्ध की माँ महाप्रजापति गौतमी को पता चला कि बुद्ध को सर्दी लग गई है, तो उन्होंने तुरंत बुद्ध के लिए एक गुलूबंद बनाना शुरू कर दिया। इसे पूरा हो जाने के बाद वह उसे बुद्ध के पास ले गईं और उसे पहनने के लिए कहा। बुद्ध ने उसे यह कहकर लेने से मना कर दिया कि अगर यह एक उपहार है, तो उपहार पूरे संघ के लिए होना चाहिए, केवल संघ के एक सदस्य के लिए नहीं। माँ ने उनसे बहुत विनती की, लेकिन बुद्ध बिलकुल नहीं माने और उसे स्वीकार नहीं किया।

भिक्षु संघ का संविधान सबसे ज़्यादा लोकतंत्रात्मक संविधान था। वह इन भिक्षुओं में से केवल भिक्षु थे। ज़्यादा से ज़्यादा वह मंत्रिमंडल के सदस्यों के बीच एक प्रधानमंत्री के समान थे। वह तानाशाह कभी नहीं थे। उनकी मृत्यु से पहले उनको दो बार कहा गया कि वह संघ पर नियंत्रण रखने के लिए किसी व्यक्ति को संघ का प्रमुख नियुक्त कर दें, परंतु हर बार उन्होंने, संघ का सर्वोच्च सेनापति है, कहकर मना कर दिया। बुद्ध ने धम्म तानाशाह बनने और तानाशाह नियुक्त करने से मना कर दिया।

साधनों का क्या मूल्य है? किसके साधन अंततः श्रेष्ठ तथा स्थाई हैं?

क्या साम्यवादी यह कह सकते हैं कि अपने मूल्यवान साध्य को हासिल करने में उन्होंने अन्य मूल्यवान साध्यों को बर्बाद नहीं किया है? उन्होंने निजी व्यक्तिगत संपत्ति को नष्ट किया है। यह मानकर कि यह एक मूल्यवान साध्य है, क्या साम्यवादी यह

कह सकते हैं कि उसे हासिल करने की प्रक्रिया में उन्होंने अन्य मूल्यवान साध्यों को नष्ट नहीं किया है? अपने साध्य व लक्ष्य को प्राप्त करने के लिए उन्होंने कितने लोगों की हत्या की है? क्या मानव जीवन का कोई मूल्य नहीं है? क्या वे संपत्ति को उसके स्वामी का जीवन लिए बिना उससे प्राप्त नहीं सकते?

अब हम तानाशाही को लेते हैं। तानाशाही का लक्ष्य क्रांति को एक स्थाई क्रांति बनाना होता है। यह एक मूल्यवान साध्य है, लेकिन क्या साम्यवादी यह कह सकते हैं कि इस साध्य को प्राप्त करने के लिए उन्होंने दूसरे मूल्यवान साध्यों को बर्बाद नहीं किया है? तानाशाही के बारे में ऐसा बोला गया है कि इसमें स्वतंत्रता और संसदीय सरकार का प्रायः अभाव होता है, यानि दोनों व्याख्याएँ पूरी तरह से साफ़ नहीं हैं। स्वतंत्रता का अभाव तो संसदीय सरकार में भी होता है, क्यूंकि कानून का अभिप्राय होता है, स्वतंत्रता का अभाव। इसी में तानाशाही तथा संसदीय सरकार का अंतर निहित है। संसदीय सरकार में प्रत्येक नागरिक को अपनी स्वतंत्रता पर सरकार द्वारा थोपे गए बंधनों की आलोचना करने का पूरा अधिकार होता है। संसदीय सरकार में आपके कुछ कर्तव्य तथा कुछ अधिकार होते हैं। आपका कर्तव्य है कि आप क़ानून का पालन करें और यह अधिकार है कि उसकी आलोचना करें। तानाशाही में आपका केवल कर्तव्य होता है कि आप कानून का पालन करें, लेकिन आपको उसकी किसी भी प्रकार की आलोचना करने का कोई अधिकार नहीं होता है।

किसके साधन ज़्यादा प्रभावशाली और अचूक हैं। अब हमें यह सोचना है कि किसके साधन ज़्यादा टिकाऊ तथा स्थाई हैं। हमें बल प्रयोग तथा नैतिक प्रवृत्ति पर आधारित सरकार के बीच चयन करना होगा। बर्क का कहना है कि बल प्रयोग स्थाई साधन नहीं हो सकता। अमेरीका के साथ सहमति के संबंध में उसने यह कभी न भूलने वाली चेतावनी दी थी।

"महोदय, पहले मुझे यह बोलने की आज्ञा दीजिए कि एकमात्र बल का प्रयोग केवल अस्थाई होता है। यह कुछ समय के लिए किसी को वश में ला सकता है, लेकिन यह उसे दोबारा वश में करने की आवश्यकता को ख़त्म नहीं करता और किसी भी ऐसे राष्ट्र पर शासन नहीं किया जा सकता, जिस पर बार-बार विजय के लिए चढ़ाई करनी पड़े।"

"मेरी अगली आपत्ति इसकी अनिश्चितता के संबंध में है। बल प्रयोग का परिणाम हमेशा आतंक नहीं होता और युद्ध सामग्री विजय नहीं होती। आप साधनविहीन हैं, क्यूंकि समझौता असफल होने पर बल बना रहता है, लेकिन बल प्रयोग असफल हो जाए, तो फिर समझौते की कोई आशा नहीं रह जाती। शक्ति और सत्ता कभी-कभी प्यार से भी हासिल की जा सकती है, लेकिन हिंसा से उसकी कभी भीख़ नहीं माँगी जा सकती।"

"बल प्रयोग के बारे में मेरी अगली आपत्ति यह है कि आप अपने लक्ष्य को अपने ही प्रयत्नों से धूल-धूसरित कर देते हैं, जो आप उसे अक्षत बनाने के लिए करते हैं। आपने जिस लक्ष्य को पाने के लिए पहले संघर्ष किया था, वह आपको फिर से मिल तो जाता है, परन्तु वह इस कारण तुच्छ, गलित, अपशिष्ट और छीनी हुई वस्तु के समान होता है।"

बुद्ध ने भिक्षुओं को अपने एक प्रवचन में न्यायसंगत शासन और कानून के शासन के बीच अंतर दर्शाया है। भिक्षुओं को संबोधित करते हुए उन्होंने कहा–

बंधुओ! काफ़ी समय पहले स्ट्रांग टायर नाम का एक प्रभुसत्ता संपन्न अधिपति था। वह एक ऐसा राजा था, जो धर्मपरायणता से शासन करता था। वह पृथ्वी की चारों दिशाओं का स्वामी, विजेता और अपनी जनता का रक्षक था। उसके पास एक दिव्य चक्र भी था और वह समुद्र पर्यंत पृथ्वी पर परमाधिकारपूर्वक रहता था। उसने इस पर साहस और तलवार से नहीं बल्कि धर्मपरायणता से विजय प्राप्त की थी।

अब बंधुओ! बहुत सालों के बाद राजा स्त्रात्रय ने किसी व्यक्ति को आदेश दिया और यह कहा कि 'महोदय, आप यह देखें कि दिव्य चक्र थोड़ा सा धँस गया है, वह अपनी जगह से नीचे की ओर खिसक गया है। इसके बारे में आप मुझे आकर समझाइए।' इसे देखने के बाद वह व्यक्ति राजा स्त्रात्रय के पास गया और कहा, 'महाराज, यह सच है कि दिव्य चक्र धँस गया है और वह अपनी जगह से खिसक गया है।' राजा स्त्रात्रय ने अपने बड़े राजकुमार को बुलाया और उससे इस प्रकार कहा, 'प्रिय पुत्र, देखो, मेरा दिव्य चक्र थोड़ा सा धँस गया है। वह अपने स्थान से सरक गया है। मुझे ऐसा कहा गया है कि चक्र को घुमाने वाले राजा का दिव्य चक्र जब धँस या झुक जाएगा या वह अपने स्थान से सरक जाएगा, तब वह राजा और अधिक समय तक जीवित नहीं रहेगा। मैंने मानव जीवन के सभी सुख और आनंद भोग लिए हैं, अब ईश्वरीय को प्राप्त करने का समय है। प्रिय पुत्र, आओ, अब तुम इस महासागर से घिरी पृथ्वी का कार्यभार सँभालो, लेकिन मैं अपने सिर व दाढ़ी का मुंडन कराकर और पीले रंग के कपड़े पहनकर घर को छोड़कर यहाँ से गृहविहीन हो जाऊँगा।' बंधुओ। तो ऐसे राजा स्त्रात्रय ने उपयुक्त ढंग से अपने बड़े पुत्र को सिंहासन पर बिठा दिया। अपने सिर तथा दाढ़ी का मुंडन कराया, पीले वस्त्र पहने और उसी समय वह घर छोड़कर चला गया। जब वह राजा संन्यासी होकर चला गया, 'तब उसके सातवें दिन उसका दिव्य चक्र भी लुप्त हो गया।'

इसके बाद एक व्यक्ति नए राजा के पास गया और उससे बोला– 'महाराज! आप यक़ीन मानिए, दिव्य चक्र वास्तव में लुप्त हो गया है।' इसके बाद, बंधुओं, वह राजा उस व्यक्ति की इस बात को सुनकर शोक संतप्त, दुःखी और विक्षुब्ध हो गया। वह

संन्यासी राजा के पास गया और उसको यह बताया, 'महाराज, यह सही जानिए कि दिव्य चक्र लुप्त हो गया है।' 'उस नए अभिषिक्त राजा के यह बताने पर, संन्यासी राजा ने जवाब दिया, पुत्र, तुम अब इस बात से निराश मत हो कि दिव्य चक्र लुप्त हो गया है, और न इस बात पर विषाद करो, क्यूंकि प्रिय पुत्र, दिव्य चक्र तुम्हारी कोई पैतृक संपत्ति नहीं है, लेकिन, प्रिय पुत्र, चक्र प्रवर्तक बनने का प्रयत्न करो। (संसार में सच्चे राजाओं ने स्वयं के लिए जो आदर्श, कर्तव्य ख़ुद निर्धारित किए हैं, तुम उन आदर्शों के अनुसार कार्य करो)। फिर हो सकता है कि अगर तुम चक्र प्रवर्तक राजा के श्रेष्ठ कर्तव्य कर रहे होंगे, तब चंद्र पर्व के दिन जब तुम स्नान कर सबसे ऊपर वाले छज्जे पर चंद्र दर्शन के लिए जाओ, तब दिव्य चक्र अपने सहस्त्रों और, चक्रनाभि तथा अपने संपूर्ण अवयवों के साथ पूर्ण रूप में प्रकट हो जाएगा।'

'लेकिन महाराज, चक्र प्रवर्तक राजा का आर्य श्रेष्ठ कर्तव्य क्या है?'

'मेरे प्यारे पुत्र, कर्तव्य यह है कि आदर्श, सत्य और धर्मपरायणता के नियम को अपने समक्ष रखकर उसको सम्मान, सत्कार तथा आदर प्रदान कर, उसके प्रति श्रद्धांजलि अर्पित कर, श्रद्धापूर्वक स्वयं आदर्श बन, आदर्श को अपना स्वामी मानकर, अपनी जनता, सेना, विद्वान वर्ग के लोगों, सेवकों तथा आश्रितों, ब्राह्मणों तथा ग्रहस्थों, नगर तथा ग्रामवासियों, धार्मिक लोगों तथा पशु-पक्षियों को सुरक्षा प्रदान करनी चाहिए और उनकी अच्छी प्रकार से रखवाली तथा देख-रेख करनी चाहिए। तुम्हारे पूरे राज्य में कोई भी काम ग़लत व अनुचित नहीं होना चाहिए तथा तुम्हारे राज्य में जो भी व्यक्ति निर्धन है, उसको धन दिया जाए। तुम्हारे राज्य में धार्मिक व्यक्ति, स्वस्थ व्यक्ति, सहिष्णु व्यक्ति, स्वार्थहीन व्यक्ति और आत्मरक्षा करने वाला व्यक्ति जब समय-समय पर तुम्हारे पास आए और वह पूछे कि क्या अच्छा है और क्या बुरा है, क्या अपराध है और क्या नहीं, क्या करना चाहिए और क्या नहीं करना चाहिए, सुख-दुःख के लिए अंततोगत्वा कौन सी कार्यप्रणाली सही साबित होगी? प्रिय पुत्र! संसार के राजा का यही आर्य कर्तव्य है कि जब वह ऐसे प्रश्न करे, तब तुम्हें उसकी बात सुननी चाहिए और तुम्हें उनको बुराई व पाप से रोकना चाहिए तथा अच्छे काम करने के लिए प्रेरित करना चाहिए।'

अभिषिक्त राजा ने उससे कहा, ऐसा ही होगा और उसने राजा के श्रेष्ठ कर्तव्य का पालन किया। इस तरह आचरण करते हुए वह चंद्र पर्व पर, स्नान कर, अनुष्ठान करने के लिए सबसे ऊपरी धज्जे पर गया, तो दिव्य चक्र अपने सहस्त्रों अरों (स्पोक्स), चक्रनाभि और अपने पूरे अवयवों के साथ प्रकट हुआ। उसे देखकर राजा के मन में आया, 'मुझे यह बताया गया है कि जिस राजा के सम्मुख ऐसे अवसर पर अगर दिव्य चक्र ख़ुद ही पूरा प्रकट होता है, तो वह राजा चक्र प्रवर्तक प्रभुता संपन्न राजा हो जाता है। मैं भी संसार का सर्व प्रभुत्व राजा बन सकता हूँ।' प्रिय बंधुओं, वह राज अपनी जगह से उठा और उसने अपने एक कंधे से वस्त्र हटाकर अपने बाएं हाथ में एक

घड़ा लिया और अपने दाएँ हाथ से चक्र पर जल छिड़कते हुए कहा, 'हे, दिव्य चक्र आगे बढ़ो और विजय प्राप्त करो।'

आगे साथियो! वह दिव्य चक्र पूर्व दिशा की ओर बढ़ा और इसके बाद वह चक्र प्रवर्तक राजा उसके पीछे-पीछे, उसके साथ उसकी सेना, अश्व, रथ तथा हाथी और मनुष्य गए। जहाँ-जहाँ वह चक्र रुका, उसी स्थान पर, वह राजा युद्ध में विजयी हुआ। उस राजा ने और उसके साथ उसकी चतुरंगिनी सेना ने वहीं अपना आवास बना लिया। इसके बाद उस प्रदेश के अन्य प्रतिद्वंद्वी राजा उस चक्रवर्ती राजा के पास आए और उससे बोले– 'हे महान् राजन! आपका हार्दिक स्वागत है, यहाँ जो कुछ है सब आपका ही है, अब हमें भी शिक्षा प्रदान कीजिए।' चक्रवर्ती राजा ने उससे कहा, 'आप किसी प्राणी की हत्या नहीं करेंगे, जो आपको नहीं दिया गया है उसे नहीं लेंगे, ग़लत व अनुचित कार्य नहीं करेंगे, झूठ नहीं बोलेंगे, कोई मादक पेय नहीं पिएँगे और अपनी संपत्ति व अधिकारों का उसी प्रकार प्रयोग न करें, जैसा कि आप अभ्यस्त हैं।' इसके बाद दिव्य चक्र पूर्वी महासागर में डुबकी लगाकर बाहर निकला और फिर दक्षिण प्रदेश की ओर बढ़ा और उसी तरह से दक्षिणी महासागर में डुबकी लगाकर दिव्य चक्र पुनः बाहर निकला तथा पश्चिम प्रदेश की ओर आगे बढ़ा और फिर उत्तरी प्रदेश की ओर बढ़ा। वहाँ भी वही सब बातें हुईं, जो दक्षिणी तथा पश्चिम प्रदेश में हुईं थीं। दिव्य चक्र जब पूरी पृथ्वी पर, महासागर की सीमा तक विजय पताका फहराता हुआ घूम चुका है, तो वह राजसी नगर में वापस आया और रुक गया, जिससे उसे चक्र प्रवर्तक राजा के आंतरिक कमरों में प्रवेश द्वार पर न्याय कक्ष के सामने स्थित करने के संबंध में विचार किया जा सके, ताकि वह विश्व के अधिपति और प्रभुसत्ता संपन्न राजा के आंतरिक कमरों के सामने अपने गौरव के साथ चमकता रहे।

बंधुओ आगे, एक दूसरा राजा भी चक्र प्रवर्तक हुआ और तीसरा, चौथा, पाँचवाँ, छठाँ और सातवाँ राजा एक विजेता योद्धा बहुत सालों बाद किसी व्यक्ति को यह कहकर आदेश देता है कि 'यदि आपको यह दिखाई पड़े कि दिव्य चक्र नीचे धँस गया है या अपने स्थान से सरक गया है, तो मुझे आकर बताओ।' 'बहुत अच्छा, महाराज।' उस मनुष्य ने उत्तर दिया। इस तरह से बहुत सालों के बाद व्यक्ति ने देखा कि दिव्य चक्र धँस गया है और वह अपने स्थान से खिसक गया है। यह दृश्य देखकर वह वीर राजा के पास गया और उसको बताया। फिर उस राजा ने वैसा ही किया, जैसा कि स्त्रात्रय ने किया था और राजा के संन्यासी हो जाने के सातवें दिन दिव्य चक्र लुप्त हो गया। फिर कोई व्यक्ति राजा के पास गया और उससे जाकर कहा। वह राजा चक्र के लुप्त हो जाने पर दुःखी हुआ और शोक से पीड़ित हुआ, परंतु वह राजा प्रभुसत्ता संपन्न, अधिपति के श्रेष्ठ कर्तव्य के संबंध में पूछने के लिए संन्यासी राजा के पास नहीं गया,

बल्कि अपने विचार से ही, निशंक होकर जनता पर अपना शासन चलाता रहा। लोगों पर उसका शासन पहले शासन से अलग प्रकार का था। प्रभुसत्ता संपन राजा के आर्य श्रेष्ठ कर्तव्य का पालन करने वाले, पूर्ववर्ती राजाओं के शासन में वे जिस तरह से समृद्धिशाली थे, उस तरह से इस राजा के शासन में समृद्ध नहीं रहे।

इसके बाद बंधुओं, मंत्री, दरबारी, वित्त अधिकारी, रक्षक, पहरेदार, द्वारपाल तथा धार्मिक अनुष्ठान करने वाले, सभी व्यक्ति राजा के पास आए और उससे बोले– 'हे राजन! आप अपनी जनता पर शासन अपने विचारों के अनुसार करते हैं, जो शासन-विधि से भिन्न है। जिस विधि से आपके पूर्ववर्ती राजा, आर्य (श्रेष्ठ) कर्तव्य का पालन करते हुए किया करते थे, अतः उसके इस शासन में आपकी जनता समृद्ध नहीं है। अब आपके राज्य में मंत्री, दरबारी, वित्त अधिकारी, अभिरक्षक और धार्मिक अनुष्ठान करने वाले हम दोनों एवं अन्य लोग हैं, जिन्हें प्रभुसत्ता-संपन्न राजा के आर्य (श्रेष्ठ) कर्तव्य का ज्ञान व जानकारी है। हे राजन! उसके बारे में आप हमसे कुछ पूछिए और हम आपको उसका उत्तर देंगे।' राजा ने सभी मंत्रियों और उन सभी लोगों को एक साथ बिठाया और उनसे प्रभुसत्ता-संपन्न शूरवीर राजा के श्रेष्ठ कर्तव्य से जुड़े प्रश्न पूछे। उन्होंने राजा को उसके बारे में बताया। जब राजा ने उनकी बात सुन ली तो उसने उनको उचित सावधानी, निग़रानी और अभिरक्षा प्रदान की, लेकिन उसने दीनहीन तथा असहाय लोगों को धन नहीं दिया और दरिद्रता व निर्धनता व्यापक रूप में फैल गई। निर्धनता जब बढ़ गई, तो किसी व्यक्ति ने दूसरे व्यक्ति की चीज़ उठा ली। लोगों ने उसे पकड़ लिया और राजा के सामने पेश किया। राजा से लोगों ने कहा, 'हे महाराज! इस व्यक्ति ने वह चीज़ उठाई है, जो उसे किसी ने नहीं दी और ऐसे किसी की चीज़ उठाना चोरी है।'

राजा ने लोगों की बात सुनीं और उस व्यक्ति से कहा, 'क्या ये बात सत्य है कि जो चीज़ तुम्हें किसी व्यक्ति ने नहीं दी, तुमने उसे उठाया है। क्या तुमने वह काम किया है, जिसे लोग चोरी कहते हैं।' व्यक्ति बोला, 'महाराज! यह सच है।' 'लेकिन क्यूं?' महाराज, मेरे पास जीवन व्यतीत करने के लिए कुछ नहीं है। राजा ने उस व्यक्ति की बात सुनकर उसे धन दिया और उससे कहा, 'इस धन से तुम अपने आपको जीवित रखो। अपने माता-पिता, अपने बच्चों तथा पत्नी का पालन-पोषण करो और अपना कारोबार व धंधा चलाओ।' 'महाराज, ऐसा ही होगा', उस मनुष्य ने उत्तर दिया और महाराज का धन्यवाद किया। इसी प्रकार एक दूसरे व्यक्ति ने चोरी करके दूसरे व्यक्ति की वह चीज़ उठा ली, जो उसे नहीं दी गई थी। लोगों ने उसे भी पकड़ लिया और राजा के सामने ले गए। राजा ने उसी प्रकार फिर वही बात कही और दोहरायी, जिस प्रकार उसने पहले व्यक्ति से कहा था और उसके लिए किया था।

बंधुओ! अब तो लोगों ने सुना कि जो लोग चोरी से उन वस्तुओं को उठा रहे हैं जो उनको नहीं दी गई हैं, उन लोगों को राजा धन दे रहा है। यह सुनकर लोगों के मन में ख़्याल आया कि हम भी उन चीज़ों को चोरी से उठा लें, जो हमें नहीं दी गई हैं तो राजा से हमें भी धन मिल जाएगा। लोगों के मन में धन का लालच आ गया। फिर एक व्यक्ति ने वैसा ही किया और उसे राजा के सामने ले जाया गया। राजा ने हर बार की तरह उससे भी यही प्रश्न किया, 'तुमने चोरी क्यूं की?' व्यक्ति के उत्तर दिया, 'क्यूंकि महाराज मैं अपना जीवनयापन नहीं कर सकता।' फिर राजा ने विचार किया कि अगर मैं हमेशा ऐसे ही किसी भी व्यक्ति को धन देता रहूँगा, जिसने चोरी से उस वस्तु को उठा लिया है, जो उसे नहीं दी गई थी, फिर तो ऐसे चोरी बढ़ती ही रहेगी। अब मुझे इसे किसी भी तरह से रोकना होगा और अपराधी को समुचित दंड देना होगा, उसका सिर कटवा देना चाहिए। राजा ने अपने व्यक्तियों से कहा, 'देखो इस आदमी की बाहों को इसकी कमर के पीछे एक मजबूत रस्सी से बाँध दो, उसमें गाँठ लगा दो, इसके सिर का मुंडन करके गंजा बना दो, इसे सड़कों पर, चौराहों पर ढोल बजाते हुए घुमाओ, इसे दक्षिण द्वार से बाहर लेकर नगर के दक्षिण की ओर ले जाओ और इस कार्य पर अंतिम रोक लगा दो। इसे भारी दंड दो, इसका सिर काट दो।' लोगों ने महाराज के आदेश का पालन किया और उस व्यक्ति का सिर काट दिया।

अब लोगों ने सुना कि जो लोग दूसरों की चीज़ चोरी से उठाते हैं, जो उनको नहीं दी गई है, तो उन्हें मृत्यु दंड दिया जाता है। इस बात को सुनकर उन्होंने सोचा, अब हमें भी तेजधार वाली तलवारें उनके लिए स्वयं तैयार करनी चाहिए, जिनकी हम वस्तु उठाते हैं, जो हमें नहीं दी गई, वे उसे जो कुछ कहें, हमें उनको रोकना होगा। उनको भारी दंड देना होगा और उनके सिर काटने होंगे। अतः उन्होंने तेजधार वाली तलवारें तैयार करा लीं और वे ग्राम, कस्बों तथा नगर को लूटने और राजमार्ग पर लूटपाट करने के लिए निकल पड़े। जिन लोगों को लूटते थे, उनके सिर काटकर उनको मार डालते थे। इस प्रकार दीन-हीनों को वस्तुएँ व सामान न दिए जाने से निर्धनता फैल गई, निर्धनता के साथ-साथ हिंसा भी बढ़ती और फैलती चली गई। हिंसा के बढ़ने से जीवन का विनाश आम बात हो गई और हत्याओं की संख्या में वृद्धि होने से उन प्राणियों व व्यक्तियों के जीवन की अवधि भी धीरे-धीरे समाप्त हो गई।

इसके बाद अब कुछ बुज़ुर्गों में से किसी ने दूसरे व्यक्ति की कोई चीज़ चुराकर उठा ली, जो उसे नहीं दी गई थी और उस पर भी अन्य लोगों के समान आरोप लगाया गया और उसे भी राजा के समक्ष लाया गया। राजा ने उससे पूछा कि 'क्या सच है कि तुमने चोरी की है।' उसने उत्तर दिया, 'नहीं, हे राजन! वे जान-बूझकर झूठ बोल रहे हैं।'

इस तरह से दीन-हीनों व दरिद्रों को समान वस्तुएँ न दिए जाने से निर्धनता फैली, चोरी और हिंसा की घटनाएँ सामान्य हो गईं। झूठ बोलने से जार कर्म में वृद्धि हुई। दीन-हीनों, दरिद्रों को माल व वस्तुएँ न दिए जाने के कारण निर्धनता, चोरी, हिंसा, झूठ, चुगलखोरी, अनैतिकता फैली और उसका विस्तार हुआ। बंधुओ! उनके बीच तीन चीज़ों में वृद्धि हुई। ये थीं, कौटुम्बी व्यभिचार, अनियंत्रित लालच तथा विकृत लाभ। इन तीन चीज़ों की वृद्धि से माता व पिता के प्रति पुत्रोचित श्रद्धा-भक्ति का अभाव, पवित्र व्यक्तियों के प्रति धार्मिक निष्ठा का अभाव और कुल के प्रधान के प्रति आदर व सम्मान में कमी आ गई।

एक समय ऐसा आएगा, जब उन मानवों के वंशजों के जीवन की अवधि दस वर्ष की हो जाएगी। इस जीवन की अवधि वाले मानवों में पाँच वर्ष की कुमारियाँ विवाह योग्य आयु की हो जाएँगी। ऐसे मानवों में इस प्रकार का स्वाद जैसे घी, मक्खन, तिल का तेल, चीनी, नमक का लोप हो जाएगा। ऐसे मानवों के लिए कुछ रूसा अनाज ही ऊँचे किस्म का भोजन होगा। इसलिए उस समय कुदरूसा ऐसे किस्म का अनाज होगा, जैसे आजकल चावल और दाल आदि हैं। इस प्रकार के लोगों के बीच आचार के दस नैतिक आचरण पूरी तरह से ग़ायब हो जाएँगे और कार्य के दस अनैतिक मार्ग अत्यधिक प्रचलित हो जाएँगे। ऐसे मानवों के बीच नैतिकता के लिए कोई जगह नहीं होगी, उनमें नैतिकता न के बराबर रह जाएगी। इस प्रकार के मानवों के बीच, जिन लोगों में पुत्र-भाव तथा धार्मिक निष्ठा का अभाव होगा और जो अपने कुल के प्रधान के प्रति सम्मान नहीं दिखाएँगे, उन लोगों को उसी प्रकार की आदर, श्रद्धा और प्रशंसा दी जाएगी, जिस प्रकार की श्रद्धा और प्रशंसा आज पुत्र-भाव वाले, पावन मनोवृत्ति वाले और कुल के प्रधान को आदर करने वाले व्यक्तियों को दी जाती है।

इस तरह के मानवों में मौसी, मामी, गुरु की पत्नी या पिता की भाभी जैसे (आदरपूर्वक विचार, जो अंतर्विवाह के लिए बंधनस्वरूप होते हैं) नहीं होंगे। विश्व भेड़-बकरियों, मुर्गे-मुर्गियों, सुअरों, पाँचत्तों और गीदड़ों की तरह स्वच्छंद संभोग में लिप्त हो जाएगा। इस तरह के मानवों में माता में अपने बच्चे के प्रति, बच्चे में अपने पिता के प्रति, भाई में भाभी के प्रति, भाई में बहन के प्रति, बहन में भाई के प्रति पारस्परिक शत्रुता, दुर्भावना, ईष्या-भाव, हत्या करने तक के क्रोधपूर्ण विचार नियम बन जाएँगे। जिस तरह से एक खिलाड़ी उस खेल के प्रति महसूस करता है, जिसे वह देखता है, उसी तरह से वो भी महसूस करेंगे। जिस समय नैतिक बल असफल हो जाएगा और उसकी जगह पाशविक बल आ जाएगा, तो क्या होगा। मुमकिन है कि यह उस समय का बहुत अच्छा चित्र है। बुद्ध यह चाहते थे कि हर मनुष्य नैतिक रूप में इतना प्रशिक्षित होना चाहिए कि वह ख़ुद ही धर्मपरायणता तथा न्यायसंगतता का प्रहरी हो जाए।

राज्य की शिथिलता या समाप्ति

साम्यवादी लोग ख़ुद यह बात मानते हैं कि एक स्थाई तानाशाही के रूप में राज्य का उनका सिद्धांत उनके राजनीतिक दर्शन की कमज़ोरी है। वे लोग इस बात से आश्रय लेते हैं कि राज्य आख़िरकार समाप्त हो जाएगा। दो ऐसे प्रश्न हैं, जिनका उन्हें उत्तर देना है। राज्य समाप्त कब होगा? जब वह समाप्त हो जाएगा, तो उसके स्थान पर कौन आएगा? पहले प्रश्न के उत्तर का कोई एक निर्धारित समय नहीं बता सकते। लोकतंत्र को सुरक्षित रखने के लिए भी तानाशाही अल्पावधि के लिए अच्छी हो सकती है तथा उसका स्वागत किया जा सकता है, परन्तु तानाशाही अपना पूरा काम कर लेने के बाद लोकतंत्र के मार्ग में आनेवाली सब बाधाओं तथा शिलाओं को हटाने के बाद तो स्वयं समाप्त क्यूं नहीं हो जाती, क्या अशोक ने इसका उदाहरण प्रस्तुत नहीं किया था? उसने कलिंग के विरुद्ध हिंसा को अपनाया, लेकिन उसके बाद उसने हिंसा का पूरी तरह से परित्याग कर दिया। अगर आज हमारे विजेता सिर्फ़ न अपने विजितों को बल्कि ख़ुद को भी शस्त्र-विहीन कर लें, तो पूरे विश्व में शांति पैदा हो जाएगी।

साम्यवादियों ने इस बात का कोई जवाब नहीं दिया है। जिस समय राज्य समाप्त हो जाएगा तो उसके स्थान पर क्या आएगा, इस प्रश्न का किसी भी प्रकार कोई संतोषजनक उत्तर नहीं दिया, परन्तु यह प्रश्न कि राज्य कब समाप्त होगा, की अपेक्षा ज़्यादा महत्त्वपूर्ण है। क्या इसके बाद अराजकता आएगी? यदि ऐसा होगा तो साम्यवादी राज्य का निर्माण एक निरर्थक प्रयास है। यदि इसे बल-प्रयोग के अलावा बनाए नहीं रखा जा सकता और जब उसे एक साथ बनाए रखने के लिए बल-प्रयोग नहीं किया जाता और यदि इसका परिणाम अराजकता है, तो फिर साम्यवादी राज्य से क्या लाभ हैं। बल-प्रयोग को हटाने के बाद केवल धर्म ही इसे कायम रख सकता है, लेकिन साम्यवादियों की दृष्टि में धर्म अभिशाप है। धर्म के प्रति उनमें इतनी गहरी घृणा बैठी है कि वे साम्यवादियों के लिए सहायक धर्मों तथा जो उनके लिए सहायक नहीं हैं, उन धर्मों के बीच भी भेद नहीं करेंगे। साम्यवादी ईसाई मत के प्रति अपनी घृणा को बौद्ध धर्म तक ले गए हैं। उन्होंने इन दोनों के बीच अंतर की जाँच करने का भी कष्ट नहीं किया। साम्यवादियों ने ईसाई मत के विरुद्ध दुहरे आरोप लगाए हैं। ईसाई मत के खिलाफ़ उनका पहला आरोप यह था कि वह लोगों को परलोक के प्रति सजग तथा इस लोक में दरिद्रता भोगने के लिए बाध्य करता है। जिस प्रकार बौद्ध धर्म की उक्तियों से देखा जा सकता है, ऐसा आरोप बौद्ध धर्म के विरुद्ध नहीं लगाया जा सकता।

साम्यवादियों द्वारा ईसाई धर्म के विरुद्ध जो दूसरा आरोप लगाया जाता है, उसे बौद्ध धर्म के विरुद्ध नहीं लगाया जा सकता। इस आरोप को संक्षेप में इस तरह से देखा जा सकता है कि धर्म जनता के लिए अफीम है। यह आरोप ईसा के पर्वत प्रवचन (सरमन आन दि माउंट) पर आधारित है, जो बाइबिल में मिलता है। यह निर्धन, दरिद्र

और दुर्बल लोगों के लिए स्वर्ग के द्वार खोलता है। बुद्ध के उपदेश में पर्वत प्रवचन नहीं मिलता। उनकी शिक्षा व उपदेश धन और संपत्ति अर्जित करने से संबंधित हैं। मैं नीचे बुद्ध के द्वारा इस विषय में उनके एक शिष्य अनाथपिंडक को दिए गए प्रवचन का उल्लेख कर रहा हूँ।

एक बार की बात है, बुद्ध जिस स्थान पर ठहरे हुए थे उस स्थान पर अनाथपिंडक आया। वहाँ आकर उसने बुद्ध को प्रणाम किया और अपना आसन ग्रहण किया। आसन ग्रहण करने के बाद अनाथपिंडक ने उनसे पूछा, 'क्या भगवन्, यह बताएँगे कि गृहस्थ के लिए कौन-सी बातें स्वागत योग्य, सुखद तथा स्वीकार्य हैं, लेकिन जिन्हें प्राप्त करना मुश्किल है।' बुद्ध ने इसका उत्तर देते हुए कहा कि इनमें सबसे पहले विधिपूर्वक धन कमाना है। दूसरा यह देखना है कि आपके संबंधी भी विधिपूर्वक ही धन-संपत्ति अर्जित करें। तीसरी बात है, दीर्घकाल तक जीवित रहो और लंबी आयु प्राप्त करो। गृहस्थ को इन चीज़ों की प्राप्ति करनी है, जो कि संसार में स्वागत योग्य, सुखकारक तथा स्वीकार्य हैं, लेकिन इन सभी चीज़ों को प्राप्त करना कठिन कार्य है। इनसे पूर्ववर्ती चार अवस्थाएँ भी हैं। ये चार अवस्थाएँ श्रद्धा, शुद्ध आचरण, स्वतंत्रता और बुद्धि की हैं।

- शुद्ध आचरण किसी की हत्या करने, चोरी करने, व्यभिचार करने, झूठ बोलने तथा मद्यपान करने से रोकता है।
- स्वतंत्रता ऐसे गृहस्थ का गुण होती है, जो धनलोलुपता के दोष से मुक्त उदार, दानशील, मुक्तहस्त, दान देकर आनंदित होने वाला और इतना शुद्ध हृदय का हो कि उसे उपहारों का वितरण करने के लिए बोला जा सके।
- बुद्धिमान यह जानता है कि जिस गृहस्थ के मन में लालच, धन लोलुपता, द्वेष, आलस्य, उनींदापन, निद्रालुता, अन्यमनस्कता और संशय है तथा जो कार्य करना चाहिए, उसकी उपेक्षा करता है और ऐसा करने वाला प्रसन्नता तथा सम्मान से वंचित रहता है। लालच, कृपणता, द्वेष, आलस्य तथा अन्यमनस्कता और संशय मन के कलंक हैं। जो गृहस्थ मन के कलंकों से मुक्ति प्राप्त कर लेता है, वह महान्, बुद्धि, प्रचुर बुद्धि एवं विवेक, स्पष्ट दृष्टि तथा पूर्ण बुद्धि व विवेक हासिल कर लेता है।

इसलिए, न्यायपूर्ण तरीके से और वैध रूप से धन कमाना, भारी परिश्रम से धन अर्जित करना, भुजाओं की शक्ति और बल से धन संचित करना तथा भौंहों का पसीना बहाकर परिश्रम से धन प्राप्त करना, एक महान् वरदान है। ऐसा गृहस्थ ख़ुद को प्रसन्न तथा आनंदित करता है और हमेशा प्रसन्नता के साथ अपने माता-पिता, पत्नी, बच्चों,

मालिकों, श्रमिकों, मित्रों, सहयोगियों तथा साथियों को भी प्रसन्नता तथा प्रफुल्लता से परिपूर्ण रखता है। ऐसी स्थिति में रूसी विचारक, जब बल नहीं रहता, साम्यवाद को बनाए रखने के लिए आख़िरी सहायता के रूप में बौद्ध धर्म की ओर ध्यान देते हुए प्रतीत नहीं होते। रूसी विचारक अपने साम्यवाद पर गर्व महसूस करते हैं, लेकिन वे ये भूल जाते हैं कि सबसे बड़ा आश्चर्य यह है कि बुद्ध ने, जहाँ तक संघ का संबंध है, उसमें तानाशाही-विहीन साम्यवाद की स्थापना की थी। ऐसा हो सकता है कि वह साम्यवाद बहुत छोटे पैमाने पर था, लेकिन वह तानाशाही-विहीन साम्यवाद था, वह एक चमत्कार था, जिसे करने में लेनिन सफल नहीं हो पाया।

बुद्ध का तरीका था मनुष्य के मन को और उसके स्वभाव को बदलना, जिससे वह जो भी कुछ करे, उसे अपनी इच्छा से और बिना किसी बल-प्रयोग व बाध्यता के करे। बुद्ध का धम्म मनुष्य की चित्तवृत्ति तथा स्वभाव को परिवर्तित करने का मुख्य साधन था और धम्म के विषय में बुद्ध के सतत उपदेश थे। उनका तरीका लोगों को उस कार्य को करने के लिए बाध्य करना नहीं था, जिसे वे पसंद नहीं करते थे, चाहे फिर वह उनके लिए अच्छा ही क्यूं न हो। बुद्ध की पद्धति मनुष्यों की चित्तवृत्ति और स्वभाव को परिवर्तित करने की थी, जिससे वे उस कार्य को स्वेच्छा से करें, जिसको वे अन्यथा न करते।

इस बात का दावा किया गया है कि रूस में साम्यवादी तानाशाही की वज़ह से आश्चर्यजनक उपलब्धियाँ हुई हैं। इस बात से इनकार नहीं किया जा सकता। तभी मैं यह बोलता हूँ कि रूसी तानाशाही सभी पिछड़े देशों के लिए अच्छी व हितकर होगी, लेकिन स्थाई तानाशाही के लिए यह कोई तर्क नहीं है। मानवता के लिए सिर्फ़ आर्थिक मूल्यों की ही ज़रूरत नहीं होती, उसके लिए आध्यात्मिक मूल्यों को बनाए रखने की आवश्यकता भी होती है। स्थाई तानाशाही ने आध्यात्मिक मूल्यों की तरफ़ किसी ने ध्यान नहीं दिया और वह उनकी ओर ध्यान देने के इच्छुक भी नहीं हैं। कार्लाइल ने राजनीतिक अर्थशास्त्र को 'सुअर दर्शन' की संज्ञा दी है। कार्लाइल की यह संज्ञा वास्तव में ग़लत है, क्यूंकि मनुष्य की भौतिक सुखों के लिए तो इच्छा होती ही है, लेकिन साम्यवादी दर्शन समान रूप से ग़लत ज्ञात होता है। उनके दर्शन का मकसद सुअरों को मोटा बनाना प्रतीत होता है, जैसे कि मानों मनुष्य सुअरों के जैसे और उनके समान हैं।

भौतिक रूप के साथ-साथ आध्यात्मिक रूप से भी मनुष्य का विकास होना चाहिए। समाज का लक्ष्य एक नई नींव डालने का रहा है, जिसे फ्रांसीसी क्रांति द्वारा संक्षेप में तीन शब्दों में- भ्रातृत्व, स्वतंत्रता और समानता कहा गया है। यह नारा ही है जिसकी वज़ह से फ्रांसीसी क्रांति का स्वागत किया गया था। वह समानता उत्पन्न करने में सफल नहीं हो पाई। हम रूसी क्रांति का स्वागत करते हैं, क्यूंकि इसका लक्ष्य समानता उत्पन्न करना है, लेकिन इस बात पर ज़्यादा जोर नहीं दिया जा सकता कि

समानता लाने के लिए समाज में भ्रातृत्व या स्वतंत्रता का बलिदान किया जा सकता है। स्वतंत्रता के बिना समानता का कोई मूल्य और महत्त्व नहीं है। ऐसा ज्ञात होता है कि जब व्यक्ति बुद्ध के मार्ग का अनुसरण करेगा तभी ये तीनों विद्यमान रह सकती हैं। साम्यवादी एक चीज़ के सिवा सब नहीं दे सकते।

"भारत में जातिप्रथा"

मैं बिना किसी संकोच के यह कह सकता हूँ कि हममें से बहुत से लोगों ने स्थानीय, राष्ट्रीय और अंतर्राष्ट्रीय संग्रह भवन देखे होंगे, जो सभ्यता का सम्पूर्ण रूप प्रस्तुत करते हैं। इस बात को कुछ लोग ही सच मानेंगे कि संसार में मानव संस्थाओं का प्रदर्शन भी होता है। मानवता का चित्रण एक अनोखा विचार है और कुछ लोगों को तो यह बात अजीब गोरखधंधा लग सकती है, किंतु एक नृजाति-विज्ञान का विद्यार्थी होने के नाते आप इस अनुसंधान पर कठोर रुख़ नहीं अपनाएँगे और इससे आप आश्चर्यचकित नहीं होंगे। मेरा ऐसा मानना है कि सबने कुछ ऐतिहासिक स्थल ज़रूर देखे होंगे, जैसे कि पोम्पियाई के खंडहर और बड़ी ही उत्सुक्ता के साथ गाइडों के मुख से इन खंडहरों के बारे में सुना होगा। मेरे विचार में नृजाति-विज्ञान का विद्यार्थी भी एक तरह से गाइड ही है। वह अपने रूप की तरह (शायद अधिक गंभीरता से और ख़ुद से अर्जित किए गए ज्ञान के साथ) सामाजिक संस्थाओं को यथासंभव निष्पक्ष रूप से देखता है और उनकी उत्पत्ति और कार्य-प्रणाली क्या है उसका पता लगाता है।

"आदिकालीन बनाम आधुनिक बनाम आधुनिक समाज" इस गोष्ठी का विचारणीय विषय है। इस गोष्ठी में भाग लेने वाले मेरे साथियों ने इसी आधार पर आधुनिक या प्रागैतिहासिक संस्थाओं के सार्थक उदाहरण दिए हैं, जिनमें उनका अध्ययन है। अब मेरी बारी है। 'भारत में जातिप्रथा संरचना, उत्पति और विकास' मेरे आलेख का विषय है। आपको यह पता है कि यह कितना मुश्किल विषय है। इस विषय के संबंध में मुझे अपने विचार व्यक्त करने हैं। मुझसे अधिक योग्य विद्वानों ने जाति के रहस्यों को सामने लाने की कोशिश की है, लेकिन यह बड़े ही दुःख की बात है कि यह अभी तक व्याख्यायित नहीं हुआ है और लोगों को इसके बारे में जानकारी अधूरी है। मैं जाति जैसी संस्था की जटिलताओं के प्रति सजग हूँ और मैं इतना निराशावादी नहीं हूँ कि यह कह सकूँ कि यह पहेली अगम, अज्ञेय है, क्यूंकि मेरा विश्वास है कि इसे जाना जा सकता है। जाति की समस्या सैद्धांतिक और व्यावहारिक रूप से बहुत बड़ी समस्या है। यह समस्या जितना व्यावहारिक रूप से उलझी है, उतना ही इसका सैद्धांतिक पक्ष इन्द्रजाल है। यह ऐसी व्यवस्था है, जिसके फलितार्थ गहन हैं। वैसे तो यह समस्या एक स्थानीय समस्या है, लेकिन इसके परिणाम बड़े विकराल हैं। "भारत

में जब तक जातिप्रथा रहेगी, तब तक हिन्दुओं में अंतर्जातीय विवाह और बाह्य लोगों से शायद ही समागम हो सके और पृथ्वी के अन्य क्षेत्रों में भी अगर हिंदू जाते हैं तो भारत में जातिप्रथा की समस्या विश्व की समस्या बन जाएगी।"

अनेक महान् विद्वानों ने सैद्धांतिक रूप से श्रम की चाह के लिए इसके उद्‌भव तक पहुँचने की कोशिश को स्वीकारा था जिस वज़ह से उनको हताश होना पड़ा। मैं इस स्थिति में इस समस्या का उसकी समग्रता की दृष्टि से हल नहीं निकाल सकता। मुझे संदेह है कि समय, स्थान और कुशाग्रता मुझे सफल नहीं होने देगी, अगर मैंने इस समस्या को वर्गीकृत न करके अपनी सीमाओं से ज़्यादा स्पष्ट करने का प्रयत्न किया। जातिप्रथा की संरचना, उत्पत्ति और इसका विकास ये वो पक्ष हैं जिन्हें मैं निरूपति करना चाहता हूँ। मैं इन्हीं सूत्रों तक अपने आपको सीमित रखूँगा, सिर्फ़ ज़रूरत पड़ने पर स्पष्टीकरण देते हुए ही विषयांतर करूँगा। विषय को अच्छी तरह समझते हुए मैं निवेदन करूँगा कि प्रसिद्ध नृजाति-विज्ञानियों के अनुसार, भारतीय समाज में आर्यों, द्रविड़ों, मंगोलियों और शकों का सम्मिश्रण है। ये जातियाँ अलग-अलग देशों से शताब्दियों पूर्व भारत पहुँचीं और अपने मूल देश की सांस्कृतिक विरासत के साथ यहाँ बस गईं।

उस समय इनकी स्थिति कबायली वाली थी। ये अपने पूर्ववर्तियों को पीछे छोड़कर इस देश का एक हिस्सा बन गए। इनके परस्पर सतत संपर्कों और संबंधों के कारण एक समन्वित संस्कृति का सूत्रपात हुआ, लेकिन भारतीय समाज के बारे में यह बात कहना अनुचित है कि वह अलग-अलग जातियों का संकलन है। पूरे भारत का दौरा करने के बाद ही दिक्दिगंत में यह प्रमाण देखने को मिलेगा कि भारत के लोगों में शारीरिक गठन और रंग-रूप की दृष्टि से कितना अंतर है। सजातीयता संकलन से पैदा नहीं होती है। अगर रक्त-भेद के नज़रिए से देखा जाए तो भारतीय समाज विजातीय है, हाँ यह संकलन सांस्कृतिक रूप से बेहद गुँथा हुआ है। इसके आधार पर मैं कहूँगा कि इस प्रायद्वीप के अलावा संसार का कोई भी देश ऐसा नहीं है, जिसमें इतनी सांस्कृतिक समरसता देखने को मिलती हो। हम सिर्फ़ भौगोलिक दृष्टि से ही सुगठित नहीं हैं, बल्कि हमारी सुनिश्चित सांस्कृतिक एकता भी अविच्छिन और अटूट है, जो भारत की चारों दिशाओं में व्याप्त है। इसी सांस्कृतिक एकरूपता की वज़ह से ही जातिप्रथा इतनी बड़ी समस्या बन गई है कि उसकी व्याख्या कर पाना बेहद ही मुश्किल कार्य है। अगर हमारा यह समाज सिर्फ़ विजातीय या सम्मिश्रण भी होता, तब भी कोई बात थी, लेकिन यहाँ तो सजातीय समाज में भी जातिप्रथा घुसी हुई है। हमें इसकी उत्पत्ति की व्याख्या तो करनी ही होगी लेकिन इसके साथ-साथ इसके संक्रमण की भी व्याख्या करनी होगी।

आगे बढ़ने व विश्लेषण करने से पहले हमें जातितंत्र की प्रकृति पर भी सोच-विचार करना होगा। मैं नृजाति-विज्ञान के कुछ विद्वानों की परिभाषाएँ आपके सामने प्रस्तुत करना चाहता हूँ जो निम्नलिखित हैं-

- जाति के संबंध में फ्रांसीसी विद्वान श्री सेनार का सिद्धांत है- तीव्र वंशानुगत आधार पर घनिष्ठ सहयोग, विशिष्ट पारंपरिक और स्वतंत्र संगठनों से युक्त, जिसमें एक मुखिया और पंचायत हो, उसकी समय-समय पर बैठकें होती हों, कुछ उत्सवों पर मेले हों, एक सा व्यवसाय हो, जिसका विशिष्ट संबंध रोटी-बेटी व्यवहार से और समारोह अपमिश्रण से हो और इसके सदस्य उसके अधिकार क्षेत्र से विनियमित होते हों, जिसका प्रभाव लचीला हो, पर जो संबंद्ध समुदाय पर प्रतिबंध और दंड लागू करने में सक्षम हो और सबसे बढ़कर समूह से अपरिवर्तनीय।
- नेसफील्ड जाति की परिभाषा इस प्रकार करते हैं- समुदाय का एक वर्ग, जो दूसरे वर्ग से संबंधों का बहिष्कार करता हो और अपने संप्रदाय को छोड़कर दूसरे के साथ शादी-व्यवहार तथा खान-पान से परहेज़ करता हो।
- सर एच. रिजले के अनुसार- जाति का अर्थ है, परिवारों का या परिवार समूहों का संगठन, जिसका साझा नाम हो, जो किसी ख़ास पेशे से संबंद्ध हो, जो एक से पौराणिक पूर्वजों-पितरों के वंशज होने का दावा करता हो, एक जैसा व्यवसाय अपनाने पर बल देता हो और सजातीय समुदाय का हामी हो।
- डॉ. केतकर ने जाति की परिभाषा इस प्रकार की है- दो लक्षणों वाला एक सामाजिक समूह,

    1. उसकी सदस्यता उन लोगों तक सीमित होती है, जो जन्म से सदस्य होते हैं और जिनमें इस प्रकार जन्म लेने वाले शामिल होते हैं।
    2. कठोर सामाजिक कानून द्वारा सदस्य अपनी जाति से बाहर विवाह करने के लिए वर्जित किए जाते हैं।

हम सभी के लिए इन परिभाषाओं की समीक्षा बहुत ज़रूरी है। यह बात सटीक है कि अलग-अलग देखने पर तीन विद्वानों की परिभाषाओं में बहुत कुछ बाते हैं या बहुत कम तत्त्व हैं। अकेले देखने में कोई भी परिभाषा पूरी नहीं है और किसी में भी मूल भाव नहीं है। उन सभी ने एक ग़लती की है कि उन्होंने जाति को एक स्वतंत्र तत्त्व माना है, उसे समग्र तंत्र के एक अंक के रूप में नहीं लिया है। फिर भी यह सभी परिभाषाएँ एक-दूसरे की पूरक हैं। जिस तथ्य को यदि एक विद्वान ने छोड़ भी दिया है, तो उस तथ्य को दूसरे किसी विद्वान ने पूरा किया है। मैं सिर्फ़ उन सूत्रों पर अपनी बात रखूँगा तथा उनका मूल्यांकन करूँगा, जो ऊपर दी गई परिभाषाओं से

मिलते हुए सारी जातियों में एक जैसे पाए जाते हैं तथा जो उस जाति की ख़ासियत और विशेषता माने जाते हैं।

अब हम सेनार से आगे बढ़ते हैं। वह अपमिश्रण के बारे में बताते हैं कि यह जाति की प्रकृति है। बिना किसी विवाद के इसे देखते हुए यह कहा जा सकता है कि इसका संबंध किसी जाति के साथ नहीं है। यह आमतौर पर पूजा-समारोहों के संबंध से जुड़ी हुई बात है तथा शुद्धता के सामान्य सिद्धांत का पोषक तत्त्व भी है। अतः इसका किसी भी तरह का कोई संबंध जाति से नहीं है तथा इसकी कार्यप्रणाली को नष्ट किए बिना, इसको प्रतिरुद्ध किया जा सकता है। जो जाति सबसे बड़ी जाति कही जाती है, वह पुरोहित वर्ग है इलसिए अपमिश्रण का सिद्धांत जाति से जोड़ दिया गया है। ये बात हमें पता है कि पुरोहित तथा पवित्रता का बहुत पुराना संबंध है। जब किसी जाति का धार्मिक स्वभाव हो अपमिश्रण का सिद्धांत भी तभी लागू होता है। श्री नेसफील्ड अपने तरीके व अपने अंदाज़ में कहते हैं कि जाति की प्रकृति यह है कि उनके साथ खान-पान नहीं किया जाता, जो उनकी जाति के बाहर हैं। यह एक प्रकार का नया तथ्य है, किंतु फिर भी ऐसा लगता है कि श्री नेसफील्ड इस व्यवस्था के प्रभाव से परिचित नहीं हैं। चूँकि जाति अपने में ही सीमित एक संस्था है, अतः वह सामाजिक अंतरंगता के खिलाफ़ है, जिसमें खान-पान आदि पर भी रोक है। परिणाम यह निकलता है कि बाहरी लोगों से खान-पान पर पाबंदी सकारात्मक निषेध का कारण नहीं है, बल्कि जातिप्रथा परिणाम है अर्थात् भिन्नता का गुरुमंत्र है। इस बात में कोई आशंका नहीं है कि खान-पान पर प्रतिबंध भिन्नता की वज़ह से नहीं है, बल्कि यह एक धार्मिक व्यवस्था है, लेकिन यह तत्त्व बहुत बाद में शामिल हुआ है। सर एच. रिजले ने इसपर विशेष ध्यान देने योग्य जैसे कोई बात नहीं बताई है।

तो अब हम आगे डॉ. केतकर की परिभाषा का विश्लेषण करते हैं। उन्होंने इस विषय को और अधिक निर्मल रूप प्रदान किया है। बात सिर्फ़ यह नहीं है कि वे भारत के निवासी हैं, बल्कि उन्होंने विवेचनात्मक और पैनी दृष्टि से इस विषय पर अपनी निष्पक्ष राय दी है, जो जातिप्रथा के बारे में उनके अध्ययन के कारण हुआ है। डा. केतकर की परिभाषा विचारणीय है, क्यूंकि उन्होंने जातितंत्र का विश्लेषण जातिप्रथा के आधार पर किया है और उन्हीं लक्षणों तक अपना ध्यान केंद्रित रखा है, जो जातिप्रथा के अंतर्गत जाति के अस्तित्व में ज़रूरी है। उन्होंने गौण और क्षणिक जैसी फालतू बातों की एकदम सही अवहेलना की है। उनकी परिभाषा को देखते हुए उसके बारे में यह कहा जा सकता है कि उनके विचारों में कहीं थोड़ी भ्रांति है, लेकिन वैसे उनमें विशदता और स्पष्टता है। वह रोटी-बेटी के व्यवहार में भेदभाव की बात कहते हैं। मेरा मामना है कि रोटी से भी परहेज़ और बेटी व्यवहार से भी परहेज़ में, मूल बात एक ही है, लेकिन डॉ. केतकर ने बताया है कि ये एक ही सिक्के के दो पहलू हैं। अगर

आप बेटी व्यवहार पर किसी भी तरह की पाबंदी लगाते हैं, तो इसका यह अर्थ हुआ कि आप परिधि का संकुचन कर लेते हैं। इस तरह से ये दोनों लक्षण एक ही पदक के मुख्य भाग तथा पृष्ठ भाग हैं।

जातितंत्र के इस समीक्षात्मक मूल्यांकन से इसमें किसी भी तरह की कोई आशंका नहीं रह जाती है कि सजातीय विवाह का निषेध या इस प्रकार के विवाह का न पाया जाना ही जातिप्रथा का मूल है, लेकिन अमूर्त नृविज्ञान के आधार पर कुछ ऐसे लोग इस बात को मानने से इनकार कर सकते हैं, क्यूंकि जो लोग सजातीय विवाह के पक्ष में हैं वे वर्ग जातीय समस्या को बढ़ाए बिना ऐसा कर सकते हैं। इसलिए यह संभव है, क्यूंकि यह एक सच्चाई है कि सजातीय विवाह समर्थक समाज सांस्कृतिक रूप से जुदा रहकर अलग दूसरी बस्तियों में रह सकता है, जहाँ पर किसी का एक-दूसरे से कोई मतलब न हो। इस बारे में एक युक्तिसंगत उदाहरण पेश किया जा सकता है कि अमरीकन भारतीयों के नाम से विख्यात नीग्रो समुदाय और गोरों के विभिन्न कबीले अमरीका में मौजूद हैं, लेकिन हमें इस संबंध में भ्रांति नहीं रहनी चाहिए कि भारत में स्थिति कुछ अलग है। जैसा कि पहले बताया जा चुका है कि भारत में सजातीय प्रथा है। भारत की अलग-अलग प्रजातियाँ कुछ ख़ास क्षेत्रों में रहती हैं जिनका आपस में मेल-जोल है और उनमें सांस्कृतिक एकता है, जो सजातीय समाज का एकमात्र मापदंड है। ऐसी सजातीयता को आधार मानने से जातिप्रथा एक नयी तरह की समस्या का रूप धारण करती है, जिसमें केवल सजातीय विवाह समर्थक समाज या कबीलों से बिलकुल अलग स्थिति है। भारत में जातिप्रथा से तात्पर्य यह है कि समाज को बनावटी हिस्सों में बाँटना, जो रीति-रिवाज़ों तथा शादी व्यवहार की भिन्नताओं से बँधे हों। यह एकदम साफ़ है कि सजातीय विवाह सिर्फ़ एक लक्षण है, जो जातिप्रथा की विशेषता है और अगर हम यह जताने में सफल हो जाएँ कि सजातीय विवाह होने का क्या कारण है तो निश्चिय ही हम यह प्रमाणित कर सकते हैं कि जातियों की उत्पत्ति कैसे हुई, कहाँ से हुई तथा इन जातियों का क्या तत्त्व है?

इस बात को अब आप अच्छी तरह से समझ सकते हैं कि मैं क्यूं सजातीय विवाह को जातिप्रथा की जड़ मानता हूँ। मैं किसी को भी पशोपेश में डालना नहीं चाहता। मैं इस पर अपने विचार व्यक्त करता हूँ। यहाँ पर यह बताना ग़लत न होगा कि आज विश्व का कोई भी अन्य सभ्य देश ऐसा नहीं है, जो आदिम मान्यताओं से लिपटा हुआ हो। आदिम भारत का धर्म है और इसके आदिम संकेत इस आधुनिक काल में भी पूरे जोर-शोर से इस पर हावी हैं। इस सिलसिले में मैं बहिर्गोत्र विवाह के बारे में बताना चाहता हूँ। आदिम युग में बहिर्गोत्र विवाहों का प्रचलन सर्वविदित है। युग परिवर्तन के साथ-साथ तो इस शब्द की सार्थकता ही जाती रही और खून के गहरे रिश्ते को छोड़कर इस संबंध में विवाहों पर किसी भी प्रकार की कोई रोक ही

नहीं रही, लेकिन भारत में आज भी बहिर्गोत्र विवाह प्रथा ही प्रचलित है। कबीले नहीं रहे फिर भी भारतीय समाज में आज भी कबीला प्रथा मौजूद है। विवाह पद्धति इसका सबूत है, जो बहिर्गोत्र प्रथा पर आधारित है। यहाँ सपिंड विवाहों पर ही रोक नहीं है, बल्कि सगोत्र विवाह भी यहाँ पर पवित्र नहीं माने जाते।

आप सभी को एक सबसे ज़रूरी बात यह याद रखनी है कि सजातीय प्रथा भारत के लिए विदेशी प्रथा है। भारत में अलग-अलग गोत्र हैं तथा ये बहिर्गोत्र विवाह से जुड़े हुए हैं। ऐसे ही दूसरे वर्ग भी हैं, जो टोटम यानी कि देवों को मानते हैं। इस बात में कोई अतिशयोक्ति नहीं होगी कि भारत में बहिर्गोत्र विवाह एक विधान है और इसका उल्लंघन करना असंभव है, यहाँ तक कि अपनी जाति के अंदर विवाह प्रथा के बावजूद, गोत्र के बाहर विवाह पद्धति का जटिलता से पालन किया जाता है। गोत्र से बाहर विवाह करने की प्रथा का उल्लंघन करने पर जाति से बाहर विवाह करने वालों की तुलना में कठोर दंड का विधान है। आप यह देख सकते हैं कि अगर बहिर्गोत्र विवाह का नियम बनाकर लागू कर दिया जाए तो जातिप्रथा का तो कुछ आधार ही नहीं रह जाए, क्यूंकि बहिर्गोत्र का अर्थ परस्पर विलय से है, लेकिन हमारे यहाँ जातिप्रथा है। यही परिणाम सामने आता है कि जहाँ तक भारत का संबंध है, यहाँ बहिर्गोत्र विवाह विधान से अंततः जाति यानी कि सजातीय विवाह का विधान भी जुड़ा हुआ है। विशेष रूप से बहिर्गोत्री समाज में सजातीय विवाह विधान का पालन आसानी से किया जा सकता है, जो जातिप्रथा का मूल है तथा यह बड़ी समस्या है। बहिर्गोत्र विवाहों के रहते इसी विधान के माध्यम से सजातीय विवाह होता है। इस बात पर थोड़ा सोच-विचार करके हम अपनी समस्या का हल निकाल सकते हैं।

इस तरह से ही सजातीय विवाह प्रथा की बहिर्गोत्रीय विवाहों पर जकड़ ही जातिप्रथा का कारक है, किन्तु यह बात इतनी आसान भी नहीं है। हम यह मान लेते हैं कि एक ऐसा समुदाय है, जो एक जाति बनाना चाहता है और यह सोचता है कि सजातीय विवाह प्रथा के प्रचलन के लिए कौन सा माध्यम अपनाना चाहिए। अगर कोई समुदाय सजातीय विवाह पद्धति को अलग करके अंतरजातीय विवाह निषेध का उल्लंघन करता है तथा अपने समुदाय के बाहर विवाह कर लेता है, तो वह बेकार है। मूल रूप से इस परिप्रेक्ष्य में कि सजातीय विवाह प्रथा के पहले सभी विवाह बहिर्गोत्र ही होते थे। फिर सारे वर्गों में यह प्रकृति है कि वे सम्मिश्रण के पक्षधर हैं और वे एक सजातीय वर्ग में जुड़ जाते हैं। अगर इस प्रकृति का उपाय किया जाए तो यह ज़रूरी है कि जिन वर्गों के बीच विवाह का संबंध नहीं हैं, उन्हें भी प्रतिबंधित वर्ग में शामिल कर लिया जाए। ऐसा करने के लिए परिधि का बढ़ाया जाना ज़रूरी है।

ऐसा करने के बावजूद भी बाहरी समुदाय में शादी-व्यवहार पर रोक लगाने से आंतरिक समस्याएँ खड़ी हो जाती हैं, जिनका हल निकालना आसान काम नहीं है। मुख्य

रूप से सारे वर्गों में स्त्री-पुरुषों की संख्या एक बराबर होती है तथा समान वय के स्त्री-पुरुषों में बराबरी भी होती है, लेकिन समाज उन्हें एक समान नहीं मानता। इसके साथ जो भी समुदाय जाति-संरचना करता है, उसमें स्त्री-पुरुषों की समानता पहला लक्ष्य होता है। इसके बिना सजातीय विवाह प्रथा सफल नहीं मानी जाती। इस तथ्य को ऐसे भी कहा जा सकता है कि अगर सजातीय विवाह प्रथा को बनाए रखना है, तो आंतरिक दृष्टि से दांपत्य अधिकारों का विधान रखना होगा, नहीं तो समाज के लोग दायरे से बाहर हो जाएँगे। अगर आंतरिक दृष्टि से दांपत्य अधिकार दिए जाते हैं तो जाति-संरचना की सफलता के लिए स्त्री-पुरुषों की संख्या एक समान रखनी ज़रूरी होगी। दोनों के बीच में भारी संख्या विषमता होने के कारण सजातीय विवाह प्रथा चरमरा उठेगी।

जातियों की समस्या को अगर हल करना है तो उसके लिए विवाह के योग्य स्त्री-पुरुषों की असमानता को रोकना होगा। इसमें प्रकृति तभी साथ दे सकती है, जब पति के साथ पत्नी या पत्नी के साथ पति की मृत्यु हो जाए। ऐसा होने से ही संतुलन बना रह सकता है। ये संभव नहीं है। सही में, पति के मरने पर पत्नी बच जाती है और पत्नी के मरने पर पति बचा रह जाता है। इस तरह से इन बचे रहे स्त्री-पुरुषों की व्यवस्था करनी होगी, नहीं तो ऐसा हो सकता है कि कोई बचा हुआ पुरुष या स्त्री जाति के बाहर विवाह करके जाति-व्यवस्था के जाल को छिन्न-भिन्न कर दे। अगर उन्हें स्वतंत्र रहने दिया गया तथा उन्हें नव-युगल बनाने का कोई नियम नहीं बनता है तो इस प्रकार के अतिरिक्त स्त्री-पुरुष बचे रहेंगे। ऐसे में यह बहुत संभव है कि वे सीमाओं को लाँघ जाएँ और बाहर विवाह रचाकर जाति में विजातीय लोगों को भी शामिल कर अथवा भर लें।

अब हमें यह देखना चाहिए कि हमने ऊपर जिस वर्ग की कल्पना की है, वह इन बचे हुए स्त्री-पुरुषों का क्या करेगा। सबसे पहले हम विधवा स्त्रियों को लेते हैं जिनका दो तरह से इंतज़ाम किया जा सकता है, जिससे कि सजातीय विवाह प्रथा ऐसे ही बनी रहे।

सबसे पहला, उस स्त्री को उसके मृत पति के साथ जला दिया जाए तथा उससे मुक्ति पा ली जाए। स्त्री-पुरुषों के अंतर को कम करने के लिए यह एक अव्यावहारिक तरीका है। कुछ मामलों में यह तरीका संभव है और कुछ मामलों में नहीं। नतीजा यह निकला कि हर स्त्री को ठिकाने नहीं लगाया जा सकता। अगर देखें तो यह एक आसान तरीका है, परन्तु बहुत कटु स्थिति है। ऐसी विधवाएँ अगर ठिकाने नहीं लगाई जा सकें और वे जाति में ही बनी रहें, तो ख़तरा दुगना हो जाता है। वह जाति बाहर विवाह कर लेगी और सजातिवाद को तिलांजलि दे देगी या मुकाबलेबाजी में अपनी जाति की उन स्त्रियों का हक मार लेगी, जो विवाह योग्य हैं। इस प्रकार से यह एक ख़तरा है। अगर वह उसके पति के साथ न जलाई जा सके तो उसका दूसरा कुछ इंतज़ाम करना पड़ेगा।

इसके बाद दूसरा समाधान यह है कि उन्हें हमेशा के लिए विधवा छोड़ दिया जाए। जहाँ तक वांछित परिणाम का संबंध है, उसे जला देना हमेशा विधवा बनाए रखने से बेहतर है। जला देने से जिन आशंकाओं का विधवा को सामना करना पड़ता है वह नष्ट हो जाती हैं। मरने के बाद वह किसी प्रकार की कोई समस्या नहीं रहेंगी तथा वह न जाति बाहर और न ही जाति के अंदर पुनर्विवाह करेंगी। लेकिन उसे विधवा के रूप में ज़िंदा रखना, जलाने से ज़्यादा अच्छा तथा व्यावहारिक भी है। जहाँ यह अपेक्षाकृत एक मानवीय प्रथा है, इससे पुनर्विवाह का संदेह भी दूर होता है, लेकिन इससे उस वर्ग की नैतिकता स्थापित नहीं रह सकती। इस बात में कोई आशंका नहीं है कि अनिवार्य वैधव्य में स्त्री बच जाती है, लेकिन जीवनभर उसे किसी की वैध पत्नी बनने के अधिकार से अलग कर दिया जाता है। इससे अनैतिकता के लिए बंद हो चुके रास्ते खुलते हैं, परंतु यह कोई दुष्कर कार्य नहीं है। उसे इस हालत में लाया जा सकता है कि उसमें आकर्षण बिलकुल भी न बचा रह सके।

जो जाति-संरचना करने वाले समुदाय हैं उनमें बचे पुरुषों की समस्या ज़्यादा ज़रूरी है। ये विधवाओं की तुलना में ज़्यादा विकराल है। जब से इतिहास की शुरुआत हुई है तब से ही पुरुष का स्त्री की तुलना में अधिक महत्त्व रहा है। इसकी प्रभुता हर समाज में रही है और इसकी प्रतिष्ठा भी अधिक रही है। पुरुष की परंपरागत श्रेष्ठता की वज़ह से उसकी इच्छाओं का हमेशा सम्मान किया जाता रहा है। दूसरी तरफ़ देखें तो स्त्री हमेशा ही धार्मिक, आर्थिक तथा सामाजिक असमानताओं का शिकार होती रही है। ऐसी स्थिति में विधवाओं के साथ उस तरह का बर्ताव नहीं किया गया है, जिस प्रकार बचे हुए विधुर के साथ किया गया है। पतियों को उनकी मृत पत्नी के साथ जला डालने के दो कारण हैं। पहला तो यह है कि ऐसा इसलिए नहीं किया जा सकता, क्यूंकि वह एक पुरुष है और दूसरा यह है कि अगर ऐसा किया भी जाए तो एक अच्छा-खासा तगड़ा व्यक्ति जाति के लिए लुप्त हो जाएगा। अब उससे आसानी से निबटने के लिए दो उपाय सामने रह जाते हैं। मैं इन विकल्पों को आसान इसलिए मानता हूँ, क्यूंकि वह समाज के लिए बहुत उपयोगी और ज़रूरी हैं।

वो समाज के लिए कितना ही ज़रूरी क्यों न हो, लेकिन सजातीय विवाह इससे भी अधिक महत्त्वपूर्ण है और इसलिए इसका समाधान ऐसा होना चाहिए, जो इन दोनों लक्ष्यों को पूरा कर सके। इस परिस्थिति में उसे भी एक विधवा की भाँति आजीवन विधुर रहने के लिए बाध्य या मेरे विचार में ऐसा करने के लिए मनाया जा सकता है। यह ऐसा समाधान है जो ज़रा सा भी कठिन नहीं है, क्यूंकि बिना कुछ विवश किए भी आत्म-संयम बरत सकते हैं या वे इससे भी चार कदम और आगे बढ़कर ब्रह्मचर्य व्रत का पालन कर सकते हैं, किंतु मानव प्रकृति को देखते हुए इस तरह की अपेक्षा आसानी से पूरी नहीं हो सकेगी। दूसरी स्थिति में यह संभव है कि इस तरह का व्यक्ति

समूह की गतिविधियों में सक्रिय रूप से भाग लेने पर उसके नैतिक सिद्धांतों के लिए ख़तरा साबित हो सकता है। अन्य दूसरे दृष्टिकोण से देखने पर अगर ब्रह्मचर्य व्रत उन मामलों में आसान है, जहाँ इसे सफलता पूर्वक अपनाया जाता है, किंतु फिर भी जाति की भौतिक सुख-समृद्धि के लिए लाभ पहुँचाने वाली नहीं है। अगर वह सही अर्थों में ब्रह्मचर्य व्रत का पालन करता है तथा सांसरिक सुखों को त्याग देता है, तो वह जाति के नैतिक मूल्यों या सजातीय विवाह के लिए ख़तरा नहीं होगा, जैसा कि उसके सांसारिक जीवन व्यतीत करने पर होता। जहाँ तक भौतिक सुख-समृद्धि का सवाल है, तो ब्रह्मचारी की तरह जीवन बिताने वाला व्यक्ति जला दिए गए व्यक्ति के जैसा है। एक प्रभावी सौहार्दपूर्ण जीवन निश्चित करने के लिए सदस्यों की निर्धारित संख्या होनी चाहिए।

सैद्धांतिक और व्यावहारिक, दोनों दृष्टियों से विधुरों पर ब्रह्मचर्य थोपना सफल नहीं रहा है। यह जाति के हित में है कि गृहस्थ रहे। समस्या सिर्फ़ इतनी है कि उसे जाति में से ही पत्नी सुलभ कराई जाए। इसमें शुरू में कठिनाई होती है, क्यूंकि जातियों में स्त्री और पुरुष के बीच का जो अनुपात है वह एक-एक का है। जो इस प्रकार किसी के दोबारा विवाह की कोई गुंजाइश नहीं रह जाती, क्यूंकि जिस समय जातियों की परिधियाँ बनी होती हैं तो विवाह के योग्य पुरुषों और स्त्रियों की संख्या पूरी तरह से संतुलित मात्रा में होती है। ऐसी परिस्थितियों में विधुर को जाति में रखने के लिए उसका पुनर्विवाह उन बालिकाओं से कराया जा सकता है, जो अभी विवाह के योग्य न हुई हों। विधुरों के लिए यह एक उपाय है। इस तरह से वह जाति में बना रहेगा और उनके जाति से बाहर निकलने तथा उनकी संख्या में कमी को रोका जा सकेगा जिससे सजातीय विवाह वाले समाज में नैतिकता भी बनी रहेगी। इन बातों को देखते हुए यह साफ़ है कि ऐसे चार तरीके हैं, जिन्हें अपनाने से स्त्री-पुरुषों में संख्या का अनुपात बनाए रखा जा सकता है जो निम्नलिखित हैं–

- स्त्री को उसके मृत पति के साथ सती कर दिया जाए।
- उसे आजीवन विधवा रखा जाए, जो जलाने से कुछ कम पीड़ादायक है।
- विधुरों को ब्रह्मचर्य व्रत का पालन करने को बाध्य किया जाए।
- विधुर का ऐसी लड़की से विवाह कर दिया जाए, जिसकी आयु अभी विवाह योग्य न हो।

ऊपर दिए गए मेरे विचार के अनुसार विधवा को जलाना तथा विधुर पर ब्रह्मचर्य व्रत थोपना सजातीय विवाह को बनाए रखने के लिए समूह के प्रयत्नों के प्रति संदेहास्पद सेवा होगी, परन्तु जब साधनों को शक्ति के रूप में स्वतंत्र किया जाता है या उन्हें गतिमान कर दिया जाता है, तो वे लक्ष्य बनते हैं। उसके बाद फिर वे साधन किस प्रकार का लक्ष्य हासिल करते हैं। वे सजातीय विवाह की व्यवस्था

को जारी रखते हैं, जबकि अलग-अलग परिभाषाओं के हमारे विश्लेषण के अनुसार सजातीय विवाह तथा जाति एक ही बात है। इसलिए इन साधनों का अस्तित्व और जाति समरूप है और जाति में इन साधनों का समावेश है। मेरा मानना है कि जाति-व्यवस्था में यह जाति की सामान्य क्रियाविधि है। अब हमें अपना ध्यान इन उच्च सिद्धांतों से हटाकर हिंदू समाज में मौजूद जातिप्रथा और उसकी क्रियाविधि की जाँच में लगाना चाहिए। मैं बिना किसी संकोच के साथ यह कह सकता हूँ कि अतीत के पन्नों को खोलने वालों के रास्ते में तरह-तरह की समस्याएँ सामने आती हैं और बिना किसी संदेह के भारत में जाति-व्यवस्था बहुत पुरानी संस्था है। ऐसे हालात में यह और भी ज्वलंत यथार्थ है कि जहाँ तक हिन्दुओं का संबंध है, उनके बारे में कोई आधिकारिक या लिखित संकेत नहीं है तथा भारतीयों का नज़रिया ऐसा बन गया है कि वह इतिहास लेखन को मूर्खता मानते हैं, क्यूंकि उनके लिए जगत् मिथ्या है, लेकिन ये संस्थाएँ जीवित रहती हैं, यद्यपि चिरकाल तक इनका लिखित प्रमाण नहीं रहता और उनके रीति-रिवाज़ व नैतिक मूल्य अवशेषों की तरह अपने आप में एक इतिहास हैं। अगर हम अतिरेक पुरुष और अतिरेक स्त्री से संबंधित समस्याओं का हिन्दुओं द्वारा जो निदान किया गया है उसकी जाँच करें तो अवश्य ही हम अपने कर्तव्य में कभी असफल नहीं होंगे।

सामान्य स्तर पर देखने वाले व्यक्ति को हिंदू समाज की क्रियाविधि मुश्किल लगे, लेकिन वह स्त्रियों से संबंधित तीन असाधारण रीतियाँ प्रस्तुत करती हैं जो कि इस प्रकार हैं–

- सती या विधवा को उसके मृत पति के साथ जलाना।
- थोपा गया आजीवन वैधव्य, जिसके अंतर्गत एक विधवा को पुनःविवाह करने की आज्ञा नहीं है।
- बालिका विवाह।

संन्यास ग्रहण के पश्चात् भी विधु में बड़ी चाह होती हैं, लेकिन कुछ मामलों में यह शुद्ध मानसिक कारणों से ही संभव है। जिस स्तर तक मैं यह समझता हूँ, आज तक इन प्रथाओं के उद्भव की कोई वैज्ञानिक व्याख्या सामने नहीं आई है। विभिन्न प्रकार के दार्शनिक सिद्धांत इन प्रथाओं की प्रतिष्ठा में प्रतिपादित किए गए हैं, लेकिन कहीं से इनके उद्भव तथा अस्तित्व का कोई संकेत नहीं मिलता। सती सम्माननीय है (ए.के. कुमार स्वामी: सती: ए डिफेंस ऑफ द ईस्टर्न वीमेन इन द सोशियोलोजिकल रिव्यू, वोल्यूम, 6,1913) क्यूंकि यह पति-पत्नी के बीच शरीर और आत्मा की पूरी एकात्मकता तथा श्मशान से परे तक समर्पण को दर्शाती है, क्यूंकि इसमें पत्नीत्व को साकार रूप दिया गया है, जैसा कि उमा ने अच्छी तरह से उस समय यह स्पष्ट किया

है, जब उन्होंने कहा था कि– “हे महेश्वर! अपने पतिदेव के लिए नारी का समर्पण ही उसका सम्मान है, यही उसका शाश्वत स्वर्ग है।”

भावुकता में वह आगे कहती हैं– “मेरी धारणा है कि यदि आप मुझसे संतुष्ट नहीं हैं तो मेरे लिए स्वर्ग की कामना करना बेकार है।” जीवन भर वैधव्य क्यूं सम्माननीय है, यह मैं नहीं जानता और न ही मुझे कोई ऐसा व्यक्ति मिला है, जो इसकी प्रशंसा करता हो, लेकिन इसका पालन करने वाले बहुत हैं। बालिका विवाह की प्रशंसा करते हुए डॉ. केतकर का कहना है कि, “एक सच्चे आस्थावान स्त्री अथवा पुरुष को विवाह सूत्र में बँधने के बाद अन्य पुरुष-स्त्री से लगाव नहीं करना चाहिए, इस प्रकार की पवित्रता न केवल विवाह के उपरांत, बल्कि विवाह पूर्व भी आवश्यक है, क्यूंकि चारित्र्य का केवल यही सही आदर्श है। किसी अपरिणता को पवित्र नहीं माना जा सकता, यदि वह उस व्यक्ति के अलावा जिससे उसका विवाह होने वाला है, किसी अन्य व्यक्ति से प्रणय करती है। यदि वह ऐसा करती है तो यह पाप है। इसलिए एक लड़की के लिए यह अच्छा होगा कि कामवासना जागृत होने से पूर्व उसे यह पता होना चाहिए कि उसे किससे प्रेम करना है।” (हिस्ट्री ऑफ कास्ट इन इंडिया, 1909, पृ. 2-33) तब उसका विवाह किया जाना चाहिए।

इस प्रकार की हवाई और कुतर्क की बातें यह साबित करती हैं कि ऐसी प्रथाओं का सम्मान क्यूं किया गया, लेकिन हमें यह नहीं बतातीं कि ये रिवाज़ कैसे पड़े। मैं यह मानता हूँ कि इनको सम्मान देने की वज़ह ही यह है कि इन्हें अपनाया गया। जिस किसी व्यक्ति को भी 18वीं शताब्दी के व्यक्तिवाद का अगर ज़रा-सा भी ज्ञान होगा, वह मेरे कथन का सार समझ जाएगा। हमेशा से ही यह प्रथा रही है कि आंदोलनों का महत्त्व अधिक होता है। बाद में उन्हें न्याय-संगत बनाने के लिए तथा उन्हें नैतिक बल देने के लिए उन्हें दार्शनिक सिद्धांतों का संबल दे दिया जाता है। इस प्रकार मैं यह निवेदन करता हूँ कि इसी वज़ह से इन रिवाज़ों की प्रशंसा की गई, क्यूंकि इनके चलन को प्रोत्साहन देने के लिए प्रशंसा की आवश्यकता थी। अब यह प्रश्न है कि ये कैसे बढ़े? मेरा ऐसा मानना है कि जाति-संरचना में इनकी ज़रूरत थी और उनको लोकप्रिय बनाने के लिए सिद्धांतों की बैसाखी पकड़ा दी गई। हम यह जानते हैं कि ये रिवाज़ कितने क्रूर, कष्टकारी और घातक हैं। रिवाज़ सिर्फ़ साधन मात्र हैं, जबकि उन्हें आदर्श घोषित किया गया, लेकिन यह हमारे भीतर परिणामों के विषय में भ्रम पैदा नहीं कर सकते। इसलिए आसानी से यह कहा जा सकता है कि साधनों को आदर्श बना देना ज़रूरी होता है तथा ऐसे मामलों में तो उन्हें भारी प्रेरणा देकर उत्साहित किया जाता है। साधन को साध्य मान लेने में कोई परेशानी नहीं है, लेकिन हम अपने साधन की प्रकृति में बदलाव नहीं कर सकते। आप कानून बना सकते हैं कि सभी बिल्लियाँ-कुत्ते हैं, जैसे आप किसी साधन को उद्देश्य मान सकते हैं, लेकिन आप साधन की प्रकृति में बदलाव

नहीं कर सकते। इसलिए आप बिल्लियों को कुत्ते में परिवर्तित नहीं सकते। ठीक ऐसे ही साधन को साध्य मान सकते हैं। इसी वज़ह से मेरा यह कहना ग़लत नहीं है कि साधन और साध्य को एकाकर कर दिया जाए, लेकिन यह किस प्रकार से सही साबित किया जा सकता है कि जातिप्रथा और सजातीय विवाह प्रथा के लिए सतीप्रथा, आजीवन विध वा अवस्था और बालिका विवाह, विधवा स्त्री और विधुर पुरुष की समस्या के हल हैं। सजातीय विवाह-व्यवस्था को कायम रखने के लिए ये रिवाज़ ज़रूरी हैं, जबकि सजातीय विवाह प्रथा की कमी में जातिप्रथा का अस्तित्व बने रहना संदेहास्पद है।

भारत में जातिप्रथा के प्रचलन तथा संरक्षण की क्रियाविधि पर सोच-विचार करते हुए अगला प्रश्न यह है कि इसकी उत्पत्ति कहाँ से हुई। इसके मूल का प्रश्न एक कड़वा प्रश्न है तथा जात-पात के अध्ययन में इसकी दुःखद अवहेलना की गई है। कुछ ने इसका साथ दिया है तो कुछ ने साथ न देते हुए इस प्रयत्न पर जानबूझकर पर्दा डाल दिया है। कुछ लोग यह बात समझ पाने में सफल रहे हैं कि जात-पात का मूल कहां हो सकता है। ऐसे लोगों का कहना है कि, "यदि हम मूल के प्रति अपनी स्नेह भावना पर नियंत्रण नहीं कर सकते तो हमें उसके बहुवचन रूप अर्थात् 'जात-पात के मूल' का प्रयोग करना चाहिए।" भारत में वैसे जात-पात के मूल के बारे में कोई उलझन सामने नहीं आई है, जैसा कि मैं पहले बता चुका हूँ कि जात-पात का एकमात्र कारण सजातीय विवाह ही है और जब में जाति के मूल की बात कहता हूँ तो इसका अर्थ सजातीय विवाह प्रथा की क्रियाविधि के मूल से है।

समाज में व्यक्तियों की एक छोटी सी अवधारणा को ऐसे शक्तिशाली तरीके से प्रचारित करना राजनीतिक भाषा में कोरी बकवास है। ये बेकार की बात है कि व्यक्ति मिलकर समाज को बनाते हैं जबकि समाज हमेशा वर्गों से मिलकर तैयार होता है। इसमें वर्ग संघर्ष के सिद्धांत पर जोर देना अतिश्योक्ति हो सकती है, लेकिन यह बात सही है कि समाज में कुछ निश्चित वर्ग होते हैं जो आधार भिन्न हो सकते हैं। वे वर्ग आर्थिक, आध्यात्मिक या सामाजिक हो सकते हैं, परन्तु समाज का हर व्यक्ति किसी न किसी वर्ग से जुड़ा हुआ होता है। यह एक सच्चाई है और आरंभिक हिंदू समाज भी इसका अपवाद नहीं रहा होगा। जहाँ तक हमें पता है, वह अपवाद नहीं था। अगर हम इस नियम को याद रखते तो पाते हैं कि जात-पात की उत्पति के अध्ययन में यह बहुत उपयोगी तत्त्व साबित हो सकता है, क्यूंकि हम इस बात को निश्चित करना चाहते हैं कि किस वर्ग ने सबसे पहले अपनी जाति की संरचना की। इसीलिए वर्ग और जाति एक-दूसरे के दो अलग-अलग रूप हैं। दोनों में अंतर सिर्फ़ इतना है कि जाति अपने को सजातीय परिधि में रचने वाला वर्ग है।

केवल जातिप्रथा के मूल का अध्ययन ही हमारे सभी सवालों का जवाब दे सकता है कि किस वर्ग ने इस परिधि का सूत्रपात किया, जो इसका चक्रव्यूह है? यह

प्रश्न बहुत कौतूहलजनक है, लेकिन यह बहुत प्रासंगिक है और इसका उत्तर भारत में जातिप्रथा कैसे पनपी और कैसे दृढ़ होती गई रहस्य पर से पर्दा हटाएगा। किंतु दुर्भाग्य से इस प्रश्न का सीधा उत्तर मेरे पास नहीं है केवल मैं इसका परोक्ष उत्तर ही दे सकता हूँ। मैंने अभी कहा है कि विचाराधीन वाले रीति-रिवाज़ हिंदू समाज में ही प्रवाहित हैं। तथ्यों को यथार्थ बनाए रखने के लिए यह ज़रूरी है कि कथन को साफ़ किया जाए, जिससे की इसकी व्यापकता पर रोशनी डाली जा सके। यह प्रथा अपनी पूरी दृढ़ता के साथ सिर्फ़ एक जाति यानी ब्राह्मणों में प्रचलित है, जो हिंदू समाज की संरचना में सबसे ऊँचे स्थान पर है तथा गैर-ब्राह्मण जातियों ने इसका केवल और केवल अनुसरण ही किया है। इसके पालन में उनकी न तो उतनी दृढ़ता देखने को मिलती है और न ही संपूर्णता। यह ज़रूरी तथ्य हमारे सामने महत्त्वपूर्ण जानकारी पेश कर सकता है। अगर गैर-ब्राह्मण जातियाँ इस प्रथा का अनुसरण करती हैं, जैसा कि आसानी से देखा जा सकता है, तो इस बात को साबित करने की कोई ज़रूरत नहीं रह जाती कि कौन-सा वर्ग जाति-व्यवस्था का जन्मदाता है। ब्राह्मणों ने क्या अपने लिए एक परिधि बनाई तथा जाति की संरचना कर ली, यह एक दूसरा प्रश्न है, जिस पर फिर कभी विचार किया जाएगा, लेकिन इस रीति-नीति पर कड़ाई से पालन और इस पुरोहित वर्ग द्वारा प्राचीन-काल से इस प्रथा का कड़ाई से अमल, यह साबित करता है कि वही वर्ग इस अप्राकृतिक संस्था का जन्मदाता था। उसने अप्राकृतिक साधनों से इसकी नींव डाली और इसे जीवित रखने में सहायता की।

तो अब मैं अपने लेखन के तीसरे भाग पर आ पहुँचा हूँ। मेरे लेखन के तीसरे भाग का संबंध पूरे भारत में जात-पात के उद्‌भव और विस्तार से है। मुझे जिस प्रश्न का उत्तर देना है, वह यह कि देश के अन्य गैर-ब्राह्मण समुदायों में यह प्रथा किस प्रकार फैली? इसके प्रश्न के उत्तर में मेरा मानना है कि पूरे भारत में जातिप्रथा के प्रचलन से अधिक कष्टदायक इसके उद्‌भव का प्रश्न है। जैसा कि मेरा मानना है कि इसकी मुख्य वज़ह यह है कि इसका विस्तार तथा सूत्रपात दो अलग-अलग तरह की बातें नहीं हैं। विद्वान इस बात पर सहमत हैं कि जातिप्रथा या तो भोले-भाले समाज पर कानून गढ़ने वालों ने नैतिकता का मुलम्मा चढ़ाकर थोप दी या फिर सामाजिक विकास की भक्त भारतीय जनता में किसी नियम के अधीन पनपती रही। मैं सबसे पहले भारत के विधि-निर्माता के बारे में बताना चाहूँगा। सभी देशों में उसके विधि-निर्माता होते हैं, जिन्हें अवतार कहा जाता है, जिससे कि आपातकाल में पापी समाज को एक सही दिशा मिल सके। यही विधि-निर्माता कानून तथा नैतिकता की स्थापना करते हैं। विधि-निर्माता के रूप में अगर भारत में मनु का कोई अस्तित्व रहा है, तो वह एक ढीठ व्यक्ति रहा होगा। अगर इस बात में सच्चाई है कि उसने स्मृति अथवा विध की रचना की तो मैं यह कहता हूँ कि वह दु:साहसी व्यक्ति था और जिस मानवता ने

उसके विधान को शिरोधार्थ किया, वह वर्तमान-काल की मानवता से अलग थी। इसकी कल्पना नहीं की जा सकती है कि जाति-विधान की संरचना की गई। इस बात में कोई अतिशयोक्ति नहीं है कि मनु ने ऐसे किसी विधान की रचना नहीं की कि एक वर्ण को इतना रसातल में पहुँचा दिया कि उसे पशुवत बना दिया और उसको प्रताड़ित करने के लिए एक शिखर वर्ण गढ़ दिया। अगर वह क्रूर न होता, जिसने सारी प्रजा को दास बना डाला, तो यह कल्पना भी नहीं की जा सकती कि वह अपना आधिपत्य जमाने के लिए इस प्रकार के अन्यायपूर्ण विधान की संरचना करता, जो उसकी 'व्यवस्था' में साफ़-साफ़ दिखाई देता है।

मनु के विषय के बारे में मैं कठोर लगता हूँ, लेकिन यह सही है कि मुझमें इतनी ताकत नहीं है कि मैं उसका भूत उतार सकूँ। वह एक शैतान के जैसे जीवित है, लेकिन मैं नहीं मानता कि वह हमेशा जीवित रह सकेगा। एक और बात है जो मैं आप लोगों को बताना चाहता हूँ कि मनु ने जाति के विधान का निर्माण नहीं किया और न वह ऐसा कर सकता था। जातिप्रथा मनु से पहले की विद्यमान थी। मनु तो केवल उसका पोषक था, अतएव उसने उसे एक दर्शन का रूप दिया, लेकिन निश्चित रूप से हिंदू समाज का वर्तमान रूप जारी नहीं रह सकता। मनु ने प्रचलित जातिप्रथा को संहिता का रूप देते हुए जाति-धर्म का प्रचार किया। जातिप्रथा का विस्तार तथा उसकी दृढ़ता इतनी बड़ी है कि यह एक व्यक्ति या वर्ग की धूर्तता और बलबूते का काम नहीं हो सकता। यह सिद्धांत तर्क में है कि ब्राह्मणों ने जाति की संरचना की। मैं मनु के बारे में केवल यह और कहना चाहूँगा कि विचार की दृष्टि से यह बात ग़लत और इरादतन दुर्भावनापूर्ण है।

बहुत सी बातें ऐसी हैं जिनके लिए ब्राह्मण ग़लत हो सकते हैं और मैं बिना किसी संकोच के यह कह सकता हूँ कि वे हैं भी, लेकिन गैर-ब्राह्मण अन्य जन-समुदायों पर जातिप्रथा थोपना उनके बूते के बाहर की बात थी। अपने इस प्रकार के दर्शन द्वारा, हो सकता है उन्होंने अपने ही तरीके से इस प्रक्रिया को पनपने में मदद की हो, लेकिन अपनी क्षमता से वे अपनी योजना कार्यान्वित नहीं करा सकते थे। फिर चाहे कोई कितना भी गौरवशाली और कठोर ही क्यूं न हो! अपने तरीके से समाज को चलाने में वह प्रशंसित तो हो सकता है, लेकिन यह सिलसिला ज़्यादा दिनों तक नहीं चल सकता। मेरी की गई आलोचना की तीव्रता अनावश्यक लग सकती है, लेकिन मैं आपको यह विश्वास दिलाता हूँ कि यही सच है। पुरातन पंथी हिन्दुओं के मन में ऐसी दृढ़ धारणा है कि हिंदू समाज किसी तरह जातिप्रथा की प्रणाली में ढल गया है तथा यह संस्था शास्त्रों द्वारा बनाई गई संस्था है। ये भरोसा केवल विद्यमान ही नहीं है, बल्कि उसे इस आधार पर न्यायसंगत भी ठहराया जाता है। शास्त्रों से जन्मी यह स्थिति सुखद हो सकती है क्यूंकि शास्त्र ग़लत नहीं हो सकते। मैंने इस प्रकृति की विसंगतियों

की तरफ़ इस आधार पर ही ध्यान नहीं दिलाया है कि वैज्ञानिकता के नाम पर धार्मिक सामान्यताएँ थोप दी गई, न ही मैं उन सुधारकों के पक्ष में हूँ, जो इसके खिलाफ़ हैं। यह प्रथा उपदेशों से बड़ी है और न ही उपदेश इसे उखाड़ सकते हैं। मैं इस प्रकृति की निस्सारता बताना चाहता हूँ, जिसने धार्मिक प्रतिबंधों को वैज्ञानिक कहकर ओढ़ रखा है।

भारत में जातिप्रथा के प्रचलन के निराकरण में व्यक्ति-पूजा का सिद्धांत ज़्यादा लाभदायक प्रमाणित नहीं होता। संभव है कि पश्चिमी विद्वानों ने व्यक्ति पूजा को कोई विशेष महत्त्व नहीं दिया, किंतु उन्होंने अन्य दूसरी व्याख्याओं को आधार बना लिया जिसके अनुसार भारत में जिन मान्यताओं ने जातिप्रथा को जन्म दिया है, वे कुछ इस प्रकार हैं–

- व्यवसाय
- विभिन्न कबायली संगठनों का प्रचलन
- नयी धारणाओं का जन्म
- संकर जातियाँ

अब यह सवाल खड़ा होता है कि क्या वे मान्यताएँ अन्य समाजों में विद्यमान नहीं हैं और क्या भारत में ही उनका वह रूप देखने को मिलता है। अगर वे भारत की विशेषताएँ नहीं हैं और पूरी दुनिया में एक जैसी हैं, तो फिर उन्होंने भूमंडल के किसी दूसरे भाग में जातियाँ क्यूं नहीं बना लीं? क्या इसकी वज़ह यह है कि वे देश वेदों की भूमि की तुलना में ज़्यादा पवित्र हैं या विद्वान ग़लती पर हैं? मैं ऐसा सोचता हूँ कि बाद की बात में ज़्यादा सच्चाई है। बहुत से लेखकों ने किसी न किसी मान्यता के आधार पर अपनी-अपनी विचारधारा के समर्थन में उच्च सैद्धांतिक मूल्यों के दावे पेश किए हैं। कोई विवशता ज़ाहिर करते हुए कहता है कि गंभीरता से देखने पर यह मालूम होता है कि ये सिद्धांत उदाहरणों के अलावा और कुछ भी नहीं हैं। मैथ्यू आर्नोल्ड का कहना है कि इसमें "महानता का कुछ सार न होते हुए भी महान् नाम जुड़े हुए हैं।" सर डेनजिल इब्बतसन, नेसफील्ड, सेनार और सर एच. रिजले का भी यही सिद्धांत हैं। इनकी आलोचना करते हुए ऐसा कहा जा सकता है कि यह लीक पीटने का प्रयत्न है। नेसफील्ड अपना उदाहरण पेश करते हैं, "सिर्फ़ कार्य, ही वह आधार था, जिस पर भारत की जातियों की पूर्ण प्रथा का निर्माण हुआ" किंतु उन्हें यह साबित करना होगा कि वह इस कथन से हमारी जानकारी में किसी भी प्रकार से बढ़ोत्तरी नहीं करते, जिसका सार यही है कि भारत में जातियों का आधार केवल व्यवसाय मात्र है तथा यह स्वयं में एक लचर दलील है। हमें नेसफील्ड से इसका उत्तर चाहिए कि यह किस प्रकार हुआ कि अलग-अलग व्यवसायी वर्ग अलग-अलग जातियाँ बन गए? मैं दूसरे नृजाति-वैज्ञानिकों के सिद्धांतों पर सोच-विचार करने के लिए अधिक प्रसन्न होता, अगर यह बात ग़लत होती कि नेसफील्ड का सिद्धांत एक अजीब प्रकार का सिद्धांत है।

अब मैं आगे इन सिद्धांतों की आलोचना करते हुए इस विषय पर अपना मत रखना चाहूँगा कि जिन सिद्धांतों ने जातिप्रथा को विभाजनकारी नियमों के पालन की एक स्वाभाविक प्रवृत्ति बताया है। जिस प्रकार से हर्बर्ट स्पेंसर ने अपने विकास के सिद्धांत में व्याख्या की है और इसे स्वाभाविक बताया है तथा इसे 'जैविक संरचना भेद' कहकर लचर पुरातनपंथी शब्द जाल की धारणाओं को पुष्ट किया है या सुजनन-विज्ञान के प्रयत्नों का समर्थन किया है, जिससे उसकी सनक का आभास होता है कि जातिप्रथा अवश्यंभावी है या विधि-सम्मत है, यह जानकर निरीह वर्गों पर सजग होकर इन नियमों को आरोपित किया गया है। मेरा शुरू में कहना ही सही होगा कि अन्य समाजों की तरह भारतीय समाज भी चार वर्णों में विभाजित था और ये वर्ण निम्नलिखित हैं:

- ब्राह्मण या पुरोहित वर्ग
- क्षत्रिय या सैनिक वर्ग
- वैश्य अथवा व्यापारिक वर्ग
- शूद्र अथवा शिल्पकार और श्रमिक वर्ग

यह बात अधिक ध्यान देने योग्य है कि शुरू में यह ज़रूरी रूप से वर्ग विभाजन के अंतर्गत व्यक्ति दक्षता के आधार पर अपना वर्ण बदल सकता था और इसीलिए वर्णों को व्यक्तियों के कार्य की परिवर्तनशीलता स्वीकार्य थी। हिंदू इतिहास में एक समय में पुरोहित वर्ग ने विशेष रूप से अपनी जगह बना ली तथा इस प्रकार से स्वयं ही सीमित प्रथा से जातियों का सूत्रपात हुआ। अन्य दूसरे वर्ण भी समाज विभाजन के सिद्धांतों के अनुसार विभिन्न खेमों में विभाजित हो गए हैं। किसी की संख्या का बल ज़्यादा था तो किसी का नगण्य। वैश्य तथा शूद्र वर्ण मौलिक रूप से ऐसे तत्त्व हैं, जिनकी जातियों की अनगिनत शाखा, प्रशाखाएँ कालांतर में उभरी हैं, क्यूंकि सैनिक व्यवसाय के लोग असंख्य समुदायों में आसानी से नहीं बँट सकते, इसलिए सैनिकों और शासकों के लिए यह वर्ण सुरक्षित हो गया। यह उप-वर्गीकरण समाज के लिए स्वाभाविक है, लेकिन ऊपर दिए गए विभाजन में अप्राकृतिक तत्त्व यह है कि इससे वर्णों में परिवर्तनशीलता के रास्तों में रुकावट पैदा होती चली गई और वे संकुचित बनते चले गए, जिन्होंने जातियों का रूप ले लिया। अब सवाल यह खड़ा होता है कि क्या उन्हें अपने दायरे में रहने के लिए मजूबर किया गया और उन्होंने सजातीय विवाह का नियम अपना लिया या फिर उन्होंने अपनी इच्छा से ऐसा किया। मेरा ऐसा मानना है कि इस बात का उत्तर दो पक्षों में है– 'कुछ ने द्वार बंद कर लिए और कुछ ने दूसरे के द्वार अपने लिए बंद पाए।' पहले पक्ष का उत्तर मनोवैज्ञानिक है और दूसरे पक्ष का उत्तर चालाकी से भरा हुआ है, लेकिन ये दोनों ही एक-दूसरे पर अवलंबित हैं और जाति-संरचना की पूरी रीति-नीति में दोनों की व्याख्या करना बहुत ज़रूरी है।

सबसे पहले मैं मनोवैज्ञानिक पक्ष वाले उत्तर की व्याख्या करना शुरू करता हूँ जिसके संबंध में हमें इस प्रश्न का उत्तर ढूँढ़ना है कि औद्योगिक, धार्मिक या अन्य किन्हीं कारणों से वर्ग अथवा जातियों ने अपने आपको आत्म-केंद्रित या सजातीय विवाह की प्रथा में क्यूं बाँध लिया? मैं ऐसा मानता हूँ कि ब्राह्मणों के ऐसा करने की वज़ह से यह हुआ। सजातीय विवाह या आत्म-केंद्रित रहना ही हिंदू समाज का चलन था और क्यूंकि इसकी पहल ब्राह्मणों ने की थी, इसलिए गैर-ब्राह्मण वर्गों अथवा जातियों ने भी इसकी नकल करना शुरू कर दिया और वे सजातीय विवाह प्रथा को अपनाने लगे। इस जगह पर खरबूजे को देखकर खरबूजे के रंग बदलने वाली कहावत चरितार्थ होती है। सभी उप-विभाजनों को इसने प्रभावित किया। इस प्रकार से जातिप्रथा का मार्ग प्रशस्त हुआ। नकलबाजी की जड़ें मनुष्य में बहुत ही गहरी होती हैं। जातिप्रथा के जन्म की यह व्याख्या भारत में काफ़ी है। इसकी जड़ें इतनी गहरी हैं कि बाल्टर बागेहोट को कहना पड़ा, "हमें यह नहीं सोचना चाहिए कि यह नकलबाज़ी स्वैच्छिक होती है या इसके पीछे कोई भावना काम कर रही होती है। इसके विपरीत, इसका जन्म मानव के अवचेतन मन में होता है और पूर्ण चेतना जागने पर उसके प्रभावों का आभास होता है। इस तरह इसके तत्काल उदय का प्रश्न नहीं है, बल्कि बाद में भी इसका अहसास नहीं होता है। दरअसल, हमारी नकल करने की प्रवृत्ति का स्रोत विश्वास होता है और ऐसे कारण हैं, जो पूर्वकालीन रूप से हमें यह विश्वास कराते हैं तथा हमें विश्वास करने से विरक्त करते हैं– यह हमारी प्रकृति के अस्पष्ट भाग हैं। सरल मन से नकल करने की प्रवृत्ति पर कोई संदेह नहीं है।" (फिजिक्स एंड पॉलिटिक्स (भौतिकी एवं राजनीति शास्त्र) 1915, पृष्ठ 60)

गेबरिल टार्डे ने नकल करने की इस प्रवृत्ति के विषय को वैज्ञानिक अध्ययन का रूप दिया है। उन्होंने इस नकल करने की प्रवृत्ति को तीन नियमों में विभाजित किया है। उनके तीन नियमों से एक है कि नीचे वाले ऊपर की नकल करते हैं। उन्हीं के शब्दों में, "अवसर मिलने पर दरबारी सदा अपने नायकों, अपने राजा या अधिपति की नकल करते हैं और आम जनता भी उसी प्रकार अपने सामंतों की नकल करती है। (लॉज ऑफ इमीटेशन (नकल करने के सिद्धांत), अनुवाद: ई.सी. पार्सन्स, पृ. 217)।" टार्डे का नकल के विषय में दूसरे नियम के संबंध में कहना है कि चाहे आदर्श पात्र और अनुसरणकर्ता के बीच में कितनी ही दूरी क्यूं न हो, उनके अनुसार नकल करने की इच्छा और तीव्रता में कोई फ़र्क़ नहीं पड़ता। उन्हीं के शब्दों में, "जिस व्यक्ति की नकल की जाती है, वह होता है हमारे बीच सबसे श्रेष्ठ व्यक्ति या समाज। दरअसल, जिन्हें हम श्रेष्ठ मानते हैं, उनसे हमारा अंतर कितना ही हो, यदि हम उनसे सीधे संपर्क में आते हैं तो उनका संसर्ग अत्यंत प्रभावोत्पादक होता है। अंतर का अर्थ समाज-विज्ञान के आधार पर लिया गया है। यदि हमारा उनसे प्रतिदिन बार-बार संसर्ग होता है और

उनके जैसे रंग-ढंग अपनाने का अवसर मिलता है, तो वह व्यक्ति चाहे हमसे कितने ही ऊँचे स्तर का क्यूं न हो, कितना ही अपरिचित हो, फिर भी हम स्वयं को उसके निकट मानते हैं। सबसे कम दूरी पर निकटतम व्यक्ति के अनुसरण का नियम प्रकट करता है कि ऊँची हैसियत वाले व्यक्ति निरंतर सहज प्रभाव छोड़ते हैं। (लॉज ऑफ इमीटेशन (नकल करने के सिद्धांत), अनुवादः ई.सी. पार्सन्स, पृ. 225)।"

वैसे सबूतों की आवश्यकता है नहीं, लेकिन अपने विचारों को पुष्ट करने के लिए मैं बताना चाहता हूँ कि कुछ जातियों की संरचना नकल से हुई। मुझे ऐसा लगता है कि यह पता किया जाए कि नकल करके जातियाँ बनाने की परिस्थितियाँ हिंदू समाज में हैं या नहीं? इस नियम के आधार पर नकल करने की गुंजाइश निम्नलिखित है:

- जिस स्रोत की नकल की गई है, उसकी समुदाय में प्रतिष्ठा होनी चाहिए।
- समुदाय के सदस्यों में प्रतिदिन और अनेक बार संपर्क होने चाहिए।

इस बात में कोई संदेह नहीं है कि भारतीय समाज में ये परिस्थितियाँ पहले से ही मौजूद हैं। ब्राह्मण अर्द्ध देवता का रूप माना जाता है और उसे अंशावतार जैसा कहा जाता है। वह विधि नियोजित करता है तथा सभी को उस विधि के अनुसार ढालता है। उसकी प्रतिष्ठा असंदिग्ध है और वह शीर्ष परमानंद है। क्या शास्त्रों द्वारा प्रायोजित और पुरोहितवाद द्वारा प्रतिष्ठित ऐसा व्यक्ति अपने व्यक्तित्व का प्रभाव डालने में असफल हो सकता है? अगर यह कहानी सच है तो उसके बारे में ऐसा क्यूं माना जाता है कि वह जातिप्रथा की उत्पत्ति की वज़ह है। अगर वह सजातीय विवाह का पालन करता है तो क्या दूसरों को उसके पद चिह्नों पर नहीं चलना चाहिए। निरीह मानवता! यह अवश्यंभावी है कि फिर चाहे वह कोई दार्शनिक हो या तुच्छ गृहस्थ हो, उसे इस गोरखधंधे में फँसना ही पड़ता है। अनुसरण सरल है, आविष्कार सरल है, आविष्कार कठिन। जातिप्रथा की संरचना में दूसरे लोगों से सीखने की प्रवृत्ति की कितनी भूमिका है, इस बात को बताने के लिए गैर-ब्राह्मण वर्गों की प्रवृत्ति को समझना होगा, जिनके लिए आज तक इस प्रथा के पोषक रीति-रिवाज़ मौजूद हैं, हिंदू मस्तिष्क को इन्होंने जकड़ रखा है तथा उन्हें किसी के सहारे की आवश्यकता नहीं है, केवल सतत विश्वास भाव के, जैसे एक पोखर में जलकुंभी। एक प्रकार से हिंदू समाज में सती प्रथा, बालिका विवाह और विधवा की स्थिति जातियों की हैसियत के अनुसार मौजूद है, लेकिन इन प्रथाओं का चलन अलग-अलग जातियों में समान नहीं है, जिस वज़ह से उन जातियों का भेद परिलक्षित होता है। (भेद शब्द का प्रयोग मैं टार्डियन अर्थ में कर रहा हूँ।) जो जातियाँ ब्राह्मणों के पास हैं, वे इन तीनों प्रथाओं की नकल का बहुत ही अच्छे से पालन करती हैं। दूसरे जो इनसे कुछ कम पास में हैं, उनमें सिर्फ़ वैधव्य और बालिका विवाह प्रचलन में हैं। दूसरे जो कुछ और दूरी पर हैं, उनमें सिर्फ़ बालिका विवाह मुख्य हैं और ज़्यादा दूरी वाले लोग जातिप्रथा के सिद्धांतों का पालन करते हैं।

मैं बिना किसी संदेह के इस बात को कह सकता हूँ कि यह अधूरी नकल इसी तरह से है, जैसे टार्डे ने 'दूरी' बताई है। आंशिक रूप से यह प्रथाओं का पाश्विक लक्षण है। यह स्थिति टार्डे के नियम का पूरा उदाहरण है तथा इस बात में किसी प्रकार कोई संदेह नहीं रह जाता कि भारत में जातिप्रथा निम्न वर्ग द्वारा उच्च वर्ग की नकल का प्रतिफल है। इसकी जगह पर मैं अपने ही पहले कहे गए कथन को फिर से दोहराना चाहूँगा, जो आपके सामने बिना प्रयत्न और बिना समर्थन के उपस्थित हुआ होगा। मैंने कहा था कि इन विचाराधीन तीन प्रथाओं के बल पर ब्राह्मणों ने जातिप्रथा की नींव डाली। उस विचार के पीछे मेरा कहना यही था कि इन प्रथाओं को अन्य दूसरे वर्गों ने वहीं से सीखा है। गैर-ब्राह्मण जातियों में इन रिवाज़ों की ब्राह्मणों जैसी नकल-प्रवृत्ति की भूमिका पर अपनी बात रखने के बाद मेरा यह कहना है कि ये प्रवृत्ति उनमें आज भी विद्यमान है, फिर चाहे उसे अपनी इस आदत के बारे पता भी न हों। अगर इन वर्गों ने किसी से सीखा है तो इसका मतलब है कि समाज में उन प्रथाओं का किसी न किसी वर्ग में प्रचलन रहा होगा और उसका दर्ज़ा बहुत ऊँचा हुआ होगा, तभी वह दूसरों के लिए आदर्श हो सकता है, लेकिन किसी ईश्वरवादी समाज में कोई आदर्श नहीं हो सकता, केवल और केवल ईश्वर का एक सेवक हो सकता है। इसमें उस कहानी की पूर्णाहुति हो जाती है कि जो निर्बल थे और जिन्होंने अपने को अलग कर लिया। अब हमें यह देखना होगा कि दूसरों ने अपने लिए उनके दरवाज़े बंद देखकर अपना घर क्यूं बंद कर लिया। मैं इसे जातिप्रथा के निर्माण की क्रियाविधि की प्रक्रिया मानता हूँ। यही कारीगरी थी, क्यूंकि ऐसा ज़रूर होता है। इसी नज़रिए और मानसिकता की वज़ह से हमारे पूर्ववर्ती इस विषय की व्याख्या नहीं कर पाए, क्यूंकि उन्होंने जाति को ही एक अलग ईकाई मान लिया, जबकि वह जातिप्रथा का ही एक अंग होती है। इस चूक या इस पैनी दृष्टि की कमी के कारण ही सही अवधारणा बनने में सहायता नहीं मिली है। इसलिए सही व्याख्या करने की ज़रूरत है। एक टिप्पणी के माध्यम से मैं अपनी व्याख्या आप सभी के सामने प्रस्तुत करूँगा। इस व्याख्या को आप कृपया हमेशा ही अपने ध्यान में रखें। वह टिप्पणी निम्नलिखित है–

'कोई भी जाति अपने आप में कुछ नहीं है, उस जाति का अस्तित्व तभी होता है, जब वह सारी जातियों में स्वयं भी एक हिस्सा हो। दरअसल, जाति कुछ है ही नहीं, बल्कि जातिप्रथा है। मैं इसका उदाहरण देता हूँ, अपने लिए जाति-संरचना करते समय ब्राह्मणों ने ब्राह्मण इतर जातियाँ बना डालीं। अपने तरीके से मैं यह कहूँ कि अपने आपको एक बाड़े में बंद करके दूसरों को बाहर रहने के लिए विवश किया। एक दूसरे उदाहरण से मैं अपनी बात स्पष्ट करूँगा। भारत को संपूर्ण रूप से देखें, जहाँ विभिन्न समुदाय हैं और सबको अपने समुदाय से लगाव है, जैसे हिंदू, मुसलमान, यहूदी, ईसाई और पारसी, लेकिन हिन्दुओं को छोड़कर शेष में आंतरिक जातिभेद नहीं हैं। परंतु

एक-दूसरे के साथ व्यवहार में उनमें अलग-अलग जातियाँ हैं। यदि पहले चार समुदाय अपने को अलग कर लेंगे तो पारसी अपने आप ही बाहर रह जाएँगे, परंतु परोक्ष रूप से वे भी आपस में अलग समुदाय बना लेंगे। सांकेतिक रूप से कहना चाहता हूँ कि यदि 'क' सजातीय विवाह पद्धति में सीमित रहना चाहता है, तो निश्चित रूप से 'ख' को भी विवश होकर अपने में ही सिमट कर रह जाना पड़ेगा।'

इसी बात को अब हम हिंदू समाज पर भी लागू करें, आपके सामने एक व्याख्या पहले से मौजूद है कि निजद्वैतवाद के परिणामस्वरूप पृथकतवाद प्रवृत्ति इस समाज को विरासत में मिली है। मेरे इस नए विचार से नैतिकतावादियों की भृपाँचटि चढ़ सकती हैं, जात-पात की धार्मिक या सामाजिक संहिता जाति विशिष्ट के लिए असाध्य हो सकती है। किसी जाति के उद्दंड सदस्यों को यह संदेह होता है कि उन्हें पहले मनचाही जाति में शामिल होने का विकल्प नहीं दिया गया और जाति-बहिष्कृत कर दिया गया है। जाति के नियम बहुत ही जटिल नियम होते हैं तथा उन नियमों के उल्लंघन को मापने का कोई पैमाना नहीं होता है। एक नयी तरह की विचारधारा एक नयी जाति का निर्माण कर देती है, क्यूंकि पुराने समय की जातियाँ नवीनता को सह नहीं पातीं। ऐसे विचारक जो अनिष्टकारी हैं उनको गुरु मानकर प्रतिष्ठित किया जाता है। जो अवैध प्रेम संबंधों के दोषी होते हैं तो वे भी उसी दंड के भागी होंगे। प्रथम श्रेणी ऐसे लोगों की है जो धार्मिक समुदाय से जाति बनाते हैं, दूसरी श्रेणी में वे लोग हैं, जो संकर जाति बनाते हैं। अपनी संहिता का उल्लंघन करने वालों को सजा देने में किसी तरह की कोई सहानुभूति नहीं दिखाई जाए। यह सजा होती है, हुक्का-पानी बंद करना और इसकी परिणति होती है– एक पृथक जाति की रचना करना। हिंदू मानसिकता में इस तरह की कमियाँ नहीं होतीं कि हुक्का-पानी बंद के भागी अलग होकर अपनी एक अलग जाति बना लें। इसके विपरीत वे लोग नतमस्तक होकर उसी जाति में रहकर बने रहना चाहते हैं (बशर्ते कि उन्हें इसकी इज़ाज़त दे दी जाए) लेकिन जातियाँ सिमटी हुई इकाइयाँ हैं तथा जानबुझकर उनमें यह चेतना होती है कि बहिष्कृत लोग एक अलग जाति बना लें। इसके विधान में दया नहीं है और इसी बल के पालन का नतीजा है कि उन्हें अपने में सिमटना पड़ता है, क्यूंकि दूसरे वर्गों ने अपने को ही परिधि में करके अन्य वर्गों को बाहर बंद कर दिया है, जिसका परिणाम है कि नए समुदाय (जातिगत नियमों के निंदनीय आधार पर निर्मित समुदाय) यंत्रवत् विधि द्वारा आश्चर्यजनक बहुलता के साथ जातियों के समान ही बदलाव किए गए हैं। यह कहानी भारत में जाति-संरचना की प्रक्रिया की दूसरी कहानी है जिसे आपको बताया गया है।

मैं मुख्य सिद्धांत को ख़त्म करते हुए यह कहना चाहता हूँ कि जिन्होंने जातिप्रथा का अध्ययन किया है उन्होंने बहुत सी गलतियाँ की हैं, जिन्होंने उनके अनुसंधान को पथभ्रष्ट कर दिया। जातिप्रथा का अध्ययन करने वाले यूरोपियन विद्वानों ने बेकार में ही

इस बात पर जोर दिया है कि जातिप्रथा रंग के आधार पर बनाई गई, क्यूंकि वे ख़ुद रंगभेद के प्रति पूर्वाग्रही हैं। उन्होंने इसी भेद को जाति समस्या का मुख्य तत्त्व माना है, लेकिन यह ग़लत है। डा. केतकर ने सही कहा है कि "सभी राजा, चाहे वे तथाकथित आर्य थे अथवा द्रविड़, आर्य कहलाते थे। जब तक विदेशियों ने नहीं कहा, भारत के लोगों को इससे कोई सरोकार नहीं रहा कि कोई कबीला या कुटुंब आर्य है या द्रविड़। चमड़ी का रंग इस देश में जाति का मानदंड नहीं रहा (हिस्ट्री ऑफ कास्ट पृ. 82)।"

वे अपनी व्याख्या का विवरण देते हुए इसी बात पर जोर देते रहे कि जातिप्रथा के जन्म का यही सिद्धांत है। यह सही है कि भारत में व्यावसायिक और धार्मिक आदि जातियाँ हैं, लेकिन किसी भी तरह से उनका यह सिद्धांत जातियों के मूल से नहीं मिलता है। हमें इस बात का पता लगाना है कि व्यावसायिक वर्ग जातियाँ क्यूं हैं? यह प्रश्न कभी छुआ ही नहीं गया। आख़िरी नतीजा यह है कि उन्होंने जाति-समस्या को बहुत आसान समझा, जैसे वे अचानक से ही बन गई हों। इसके उलट जैसा मैंने कहा है कि यह अमान्य हैं, क्यूंकि इस प्रथा में बहुत कठिनाइयाँ हैं। इस बात में सच्चाई है कि जातिप्रथा की जड़ें आस्थाएँ हैं, लेकिन आस्थाओं के जाति संरचना में योगदान के पहले ही ये मौजूद थीं और दृढ़ हो चुकी थीं। जाति-समस्या से जुड़े मेरे किए गए अध्ययन के चार पक्ष हैं जो कि इस प्रकार हैं–

- हिंदू जनसंख्या में विविध तत्त्वों के सम्मिश्रण के बावजूद इसमें दृढ़ सांस्कृतिक एकता है।
- जातियाँ इस विराट सांस्कृतिक इकाई का अंग हैं।
- शुरू में केवल एक ही जाति थी।
- इन्हीं वर्गों में देखी-देखी या बहिष्कार से विभिन्न जातियाँ बन गईं।

भारत में इस समय जाति-समस्या ने एक ऐसा दिलचस्प मोड़ ले लिया है जिसमें इस अप्राकृतिक विधान को तिलांजलि देने के लिए अलग-अलग स्तर पर प्रयास किए जा रहे हैं। सुधार कार्य से जुड़े ये प्रयास जातियों के मूल से जुड़े हुए विवादों से उत्पन्न हुए हैं कि क्या यह प्रथा ऊँचे स्तर के आदेशों से हुई या विशिष्ट परिस्थितियों में मानव समाज के सहज विकास का प्रतिफल है। जो व्यक्ति बाद के विचार के पक्ष में हैं, मुझे उनसे उम्मीद है कि उन्हें इस प्रबंध से कुछ विचार सामग्री मिलेगी। इस विषय के व्यावहारिक महत्त्व के साथ ही जाति प्रथा चारों तरफ़ फैली हुई एक व्यवस्था है और इसका सैद्धांतिक आधार जानने की उत्कंठा मुझ में जगी। उसी के आधार पर मैंने अपने विचार आप लोगों के सामने प्रस्तुत किए, जिन्हें मैं सार्थक मानता हूँ और वे बातें आपके समक्ष रखीं, जिन पर यह व्यवस्था टिकी हुई है। मैं इतना हठधर्मी भी नहीं हूँ कि यह मान लूँ कि मेरा कथन ब्रह्म वाक्य है या इस विचार-विमर्श में योगदान से

बढ़कर कुछ है। मेरा ऐसा मानना है कि धारा का प्रवाह सही दिशा में नहीं मोड़ गया है तथा इस लेख का पहला उद्देश्य इस बात को बताना है कि अनुसंधान का सही मार्ग कौन सा है, जिससे कि सच्चाई सामने आये। इस विषय का विश्लेषण करते हुए हमें किसी भी तरह के पक्षपात के दूर रहना है। भावनाओं के लिए कोई जगह नहीं होनी चाहिए, बल्कि इस बात पर वैज्ञानिक तथा निष्पक्ष तरीके से सोच-विचार किया जाए। यह बात मेरे लिए प्रसन्नता से भरी है कि मेरे दृष्टिकोण की दिशा सही है, मुद्दे की असहमति तार्किक है, लेकिन फिर भी कुछ बातों पर हमेशा असहमति बनी रह सकती है। आख़िर में मैं इस बात पर गर्व करता हूँ कि मैंने जातिप्रथा के बारे में एक सिद्धांत निर्धारित किया है। अगर मेरा यह सिद्धांत आधारहीन लगेगा तो मैं इसे छोड़ दूँगा।

"वह समाज जिसे हिंदुओं ने बनाया"

क्या हिंदू समाज-संगठन में किसी तरह की कोई विलक्षणता देखने को मिलती है? एक साधारण हिंदू, जिसे शोधकर्ताओं के शोध की कोई जानकारी नहीं है, वह तो यही कहेगा कि उसके समाज-संगठन में तो कुछ भी ऐसा नहीं है, जिसे विलक्षण, असाधारण या अस्वाभाविक कहा जा सके। उसका यह कहना स्वाभाविक भी है। अकेलेपन में अपना जीवन व्यतीत वाले लोगों को अपने तौर-तरीकों की विलक्षणता के बारे में ज़रा भी जानकारी नहीं होती है। लोग पीढ़ी-दर-पीढ़ी चले जा रहे हैं, परन्तु जो हिंदू नहीं हैं, बाहर वाले हैं, उन्हें हिंदू समाज-संगठन कैसा लगता है? क्या उन्हें वह सहज और स्वाभाविक लगा? कोई 305 ई.पू. के लगभग ग्रीक राजा सेल्यूकस निकातोर का राजदूत मेगस्थनीज भारत में चंद्रगुप्त मौर्य के राज-दरबार में आया था। उसे हिंदू समाज-संगठन बेहद ही विलक्षण लगा नहीं तो वह इतनी गंभीरता से हिंदू समाज-संगठन की निराली बातों का उल्लेख न करता। उसने लिखा है कि भारत के लोग सात वर्गों में विभाजित हुए हैं जो निम्नलिखित हैं–

- पुरोहित सबसे पहला वर्ग है, किंतु संख्या की दृष्टि से उनका छोटा वर्ग है। यज्ञ अथवा अन्य धार्मिक अनुष्ठान के मौके पर लोग उनकी सेवाओं का लाभ उठाते हैं। सार्वजनिक रूप से उन्हें राजा बृहद् धर्म सभा के लिए आमंत्रित करते हैं। साल की शुरुआत में सारे पुरोहित महल के द्वार पर इकट्ठा होते हैं। इस मौके पर एक-एक कर पुरोहित सार्वजनिक रूप से घोषणा करते हैं– मैंने अमुक ग्रंथ लिखा है, मैंने फसल और पशु-संवर्धन के लिए अमुक आविष्कार किया है या मैंने लोक-कल्याण के लिए विधि खोज निकाली है। अगर किसी व्यक्ति के बारे में तीन बार यह बात पता चल जाए कि उसके द्वारा दी गई सूचना सही नहीं है तो कानून में उसे दंड दिए जाने का प्रावधान है कि वह जीवन-भर कुछ न बोले, परंतु जो भौतिक सलाह देता है, उसे कर आदि चुकाने से आज़ाद कर दिया जाता है।

- दूसरा वर्ग है कृषिकर्मियों का जो एक बहुसंख्यक वर्ग है। ये वर्ग बहुत ही विनम्र होता है और सेना में भर्ती होने से मुक्त होता है। वे बिना किसी डर के खेती-बाड़ी करते हैं। वे न तो नगर में वहाँ के कार्यकलापों में भाग लेने के लिए और न ही किसी अन्य प्रयोजन से वहाँ कभी जाते हैं। बहुत बार ऐसा होता है कि देश के एक ही भाग में एक ही अवधि में लोग युद्ध-क्षेत्र में अपनी जान की परवाह न करते हुए लड़ रहे होते हैं, तो उसके अति निकट ही दूसरे लोग इन सैनिकों के संरक्षण में निडर होकर हल चला रहे होते हैं। संपूर्ण भूमि राजा की संपत्ति होती है। किसान उसे इस शर्त पर जोतता है कि उसे उपज का एक चौथाई भाग प्राप्त होगा।
- तीसरा वर्ग पशुपालकों और शिकारियों का है। शिकार करने, पशुपालन करने और भार ढोने वाले पशुओं को बेचने या मँगनी पर देने की अनुमति केवल उन्हीं की होती है। फसल को नष्ट करने वाले पशु-पक्षियों से खेती की रक्षा करने के बदले में राजा उन्हें अनाज देता है। वे घुमक्कड़ होते हैं और तंबुओं में रहते हैं।
- चौथा वर्ग उन लोगों का है, जो व्यापार करते हैं, बर्तन आदि बेचते हैं और शारीरिक श्रम करते हैं। इनमें से कुछ कर अदा करते हैं और कुछ राज्य द्वारा निर्दिष्ट सेवाएँ करते हैं, लेकिन शस्त्रास्त्र और ज़हाज़ों का निर्माण करने वाले लोग वेतन और रसद राजा से प्राप्त करते हैं, जिसके अधीन वे काम करते हैं। सेनापति सैनिकों को शस्त्रास्त्रों को सप्लाई करते हैं। पोताध्यक्ष यात्री तथा माल ढोने के लिए ज़हाज़ों को किराए पर देते हैं।
- पाँचवाँ वर्ग युद्ध करने वालों का है। जब वे युद्ध-क्षेत्र में नहीं होते, तब वे कोई काम नहीं करते और आमोद-प्रमोद में अपना जीवन बिताते हैं। उनका ख़र्च राजा उठाता है। अतः जब भी अवसर आता है, तब वे तुरंत युद्ध के लिए कूच करते हैं, क्यूंकि अपने शरीर के अतिरिक्त उनके पास कोई भी माल-मत्ता नहीं होता।
- छठाँ वर्ग निरीक्षकों का है। उनका काम खोज-खबर करना और राजा को गुप्त रूप से सारे समाचार देते रहना है। कुछ को नगर और कुछ को सेना के संबंध में सूचना लाने का काम सौंपा जाता है। नगर-निरीक्षक और सेना-निरीक्षक अपने कार्यों में क्रमशः नगर निवासियों और सेना के सैनिकों का आमोद-प्रमोद करने वाली वेश्याओं से सहायता लेते हैं। इन पदों पर सबसे ज़्यादा योग्य तथा सबसे ज़्यादा विश्वस्त व्यक्तियों को नियुक्त किया जाता है।
- सातवाँ वर्ग राजा के सलाहकारों तथा कर-निर्धारकों का है। उन्हें सरकारी प्रशासन, अदालतों तथा सामान्य लोक-प्रशासन के ऊँचे-से-ऊँचे पद दिए जाते हैं। किसी को भी अपनी जाति से बाहर विवाह करने की अनुमति नहीं दी जाती है। कोई भी अपना काम नहीं बदल सकता है। कोई भी एक से अधिक व्यवसाय नहीं कर

सकता। केवल पुरोहित पर ऐसा कोई बंधन नहीं होता। उसे यह विशेष अधिकार उसके सद्‌गुण के कारण दिया जाता है।

अलबरूनी ने भी 1030 ई. के आस-पास अपनी भारत-यात्रा का विवरण लिखा है। उसने भी हिंदू समाज-संगठन में विलक्षणता देखी। उसने भी इसका वर्णन किया है। वह लिखता है कि हिंदू अपनी जातियों को वर्ण अर्थात् रंग कहते हैं। वे जातक की जाति उसके जन्म की जाति के आधार पर तय करते हैं। ये जातियाँ आरंभ से ही केवल चार हैं।

- सबसे ऊँची जाति ब्राह्मणों की है। उनके बारे में हिंदू-ग्रंथ कहते हैं कि उनका जन्म ब्रह्मा के सिर से हुआ है। ब्राह्मण उस शक्ति का पर्याय है, जिसे प्रकृति कहते हैं। सिर चूँकि शरीर का सबसे ऊँचा हिस्सा है, अतः ब्राह्मण समस्त जातियों में सर्वोत्तम है। अतः हिंदू उन्हें श्रेष्ठ मानव-जाति मानते हैं।
- दूसरी जाति क्षत्रियों की है। कहा जाता है कि उनकी उत्पत्ति ब्रह्मा की भुजाओं और कंधों से हुई। उनकी श्रेणी ब्राह्मण की श्रेणी से अधिक निम्न नहीं है।
- उनके बाद वैश्य आते हैं। उनकी उत्पत्ति ब्रह्मा की जाँघ से हुई है।
- शूद्र, जिनकी उत्पत्ति ब्रह्मा के पैरों से हुई है। वैश्यों और शूद्रों के बीच कोई बहुत बड़ी दूरी नहीं है। फिर भी ये वर्ग एक-दूसरे से काफ़ी भिन्न हैं, पर वे एक ही नगर और गाँव में मिल-जुलकर रहते हैं।

शूद्र के बाद वे लोग आते हैं, जिन्हें अंत्यज कहा जाता है। वे लोग विभिन्न प्रकार की सेवा प्रदान करते हैं। उनकी गिनती किसी भी जाति में नहीं की जाती। उन्हें अपने-अपने व्यवसाय के नाम से जाना जाता हैं। उनके आठ वर्ग हैं जिनमें से धोबी, मोची व जुलाहों को छोड़कर, वे बिना किसी हिचक के आपस में शादी-विवाह कर लेते हैं। इसकी वज़ह यह है कि कोई उनसे संबंध रखना पसंद नहीं करता। इन आठ वर्गों के नाम निम्नलिखित हैं–

- धोबी
- मोची
- बाजीगर और टोरी
- ढाल बनाने वाले
- मल्लाह
- मछुआरे
- जंगली पशु-पक्षियों का शिकार करने वाले
- जुलाहे

ये लोग गाँवों और कस्बों में न रहकर वहाँ से बाहर रहते हैं। गाँवों और कस्बों में केवल उक्त चारों वर्णों के लोग ही रहते हैं। हादी, डोम (डोंम), चंडाल और बधताऊ की गिनती किसी जाति या वर्ग में नहीं की जाती है। उन्हें गाँवों में साफ़-सफ़ाई जैसा काम करना पड़ता है। उन्हें अलग वर्ग के रूप माना जाता है तथा सभी का नाम उसके काम के आधार पर तय होता है। उन्हें नाजायज़ औलाद की तरह से समझा जाता है, क्यूंकि लोगों का ऐसा मानना है कि वे शूद्र पिता और ब्राह्मणी माता के अवैध संबंध से जन्में हैं। इसलिए उन लोगों को पतित और जाति से बाहर माना जाता है। हिंदू चार वर्णों के हर व्यक्ति को उसके पेशे और जीवन शैली के आधार पर एक विशेष प्रकार का नाम देते हैं। जब तक ब्राह्मण अपने घर पर रह कर अपना काम करता है तो उसे ब्राह्मण कहा जाता है। जब वह कहीं यज्ञ कराता है तो उसे 'इष्टिन' कहते हैं। जब वह तीन यज्ञ कराने में रहता है तो उसे अग्निहोत्री कहते हैं। जब वह यज्ञ कराने के अलावा उसमें हवि भी देता है, तो उसे दीक्षित कहा जाता है। जिस प्रकार की स्थिति ब्राह्मण जाति की है, वैसी ही स्थिति अन्य जातियों की भी है। जातियों के नीचे जो वर्ग हैं, उनमें हादी सबसे अच्छे माने जाते हैं, क्यूंकि वे हमेशा साफ़ और स्वच्छ रहते हैं। उनसे भी नीचे के वर्ग वे हैं, जो वध करते हैं और न्यायिक दंडों को पूरा करते हैं। सबसे ख़राब बधताऊ वर्ग है जो मृत पशुओं, कुत्तों तथा अन्य पशुओं का मांस भी खाते हैं।

भोजन के समय हर जाति के लोग अलग-अलग अपनी जाति वालों के साथ बैठते हैं और एक वर्ग में दूसरी जाति वाला शामिल नहीं हो सकता। यदि ब्राह्मण वर्ग में कोई ऐसे दो व्यक्ति हों, जो आपस में वैमनस्य रखते हों और उन्हें अलग-अलग बैठना पड़े, तो वे अपने बीच खपच्ची रखकर, अंगोछा बिछाकर या किसी दूसरे तरीके से एक-दूसरे से अलग अपना चौका बना लेते हैं। आसनों के बीच में एक रेखा के भी ख़ींच दिए जाने पर उन्हें अलग-अलग समझा जाता है। चूँकि जूठन खाने की मनाही है, इसलिए हर व्यक्ति को अपनी-अपनी थाली में अपना भोजन करना चाहिए। बाद में जो व्यक्ति भोजन के लिए बैठता है, वह अपने से पहले वाले की थाली में बचे अन्न को नहीं खा सकता क्यूंकि उस बचे अन्न को जूठा माना जाता है। अलबरूनी को हिंदू समाज-संगठन में जो कुछ विशेषता मिली, उसने वही सब नहीं लिखा, बल्कि उसने यह भी लिखा है कि हिंदुओं में इस प्रकार जातियों की भरमार है। निश्चय ही हम मुसलमान लोग दूसरे मामलों में इसके उलट आचरण करते हैं। धर्म के प्रति निष्ठा के अलावा हर तरह से हम सभी को एक-दूसरे के समान मानते हैं। यही सबसे बड़ी रुकावट है, जो हिंदुओं तथा मुसलमानों को आपस में मिलने नहीं देता।

दुआर्ते बारबोसा 1500 से 1517 तक भारत में पुर्तगाली सरकार की सेवा में पुर्तगाली अधिकारी रहा। हिंदू समाज के बारे में अपने विचार व्यक्त करते हुए वह लिखता है कि जिस समय गुजरात राज्य पर मूरों का आधिपत्य हुआ, उससे पहले इस

जगह पर मूर्तिपूजकों की एक प्रजाति रहती थी। उसे मूर रेस्बुतोस कहा जाता था। उन दिनों वे इस प्रदेश के सरदार हुआ करते थे। ज़रूरत पड़ने पर वे युद्ध करते थे। ये लोग भेड़ को मारकर उनका मांस खाया करते हैं। इसके अलावा वे मछली आदि भी खाते हैं। पर्वतों में भी उनकी पर्याप्त संख्या है जहाँ पर उनके बड़े-बड़े गाँव हैं। वे गुजरात के राजा के शासन को न मानते हुए हर रोज़ उसके विरुद्ध युद्ध करते हैं। राजा ऐड़ी-चोटी का ज़ोर लगाने पर भी अब तक उन पर हावी नहीं हो सका है और न हो सकेगा। वे बेहतरीन घुड़सवार, बढ़िया तीरंदाज और अच्छे गोताखोर हैं। उनके पास स्वयं की सुरक्षा के लिए विभिन्न तरह के हथियार मौजूद हैं। वे लगातार कई दिनों तक युद्ध करते रहते हैं, फिर भी उनका न कोई राजा है और न ही कोई स्वामी है।

इस प्रदेश में एक और तरह के मूर्तिपूजक हैं, जिन्हें वे बनिए बोलते हैं। ये बनिए बड़े-बड़े सौदागर और व्यापारी हैं। वे मूरों के बीच रहते हैं और उनके साथ सभी प्रकार का व्यापार करते हैं। ये लोग न तो मांस-मछली को छूते हैं और न ही किसी जीव को खाते हैं। वे न तो किसी पशु की हत्या करते हैं और न ही पशु की हत्या होते देखना चाहते हैं। वे इतने कट्टर मूर्तिपूजक हैं कि कुछ कहा नहीं जा सकता। अकसर ऐसा होता है कि मूर ज़िंदा कीड़े या छोटे परिंदे उनके पास ले जाते हैं और उनके सामने उन्हें मारने का नाटक करते हैं। बनिए उन्हें ख़रीदते हैं और उनकी फिरौती के लिए रक़म देते हैं। जितनी कीमत होती है, उससे कहीं अधिक वे दे देते हैं। इस प्रकार वे उनका जीवन बचा लेते हैं और उन्हें मुक्त कर देते हैं। अगर प्रदेश का राजा या उसका कोई अधिकारी किसी व्यक्ति को उसके अपराध के लिए मृत्यु-दंड देता है तो वे एकजुट होकर उसे मृत्यु से बचाने के लिए न्यायालय से छुड़ा लेते हैं, बशर्ते वह उसे छोड़ने के लिए तैयार हो। इसके अतिरिक्त मूर भिखारी जब इन लोगों से भिक्षा हासिल करना चाहते हैं तो वे अपने कंधों और पेट को बड़े-बड़े पत्थरों से कूटते हैं, मानों कि वे उनके सामने अपने आप की जान ले लेंगे। ऐसा न करने के लिए और वहाँ से शांति के साथ चले जाने के लिए बनिए उन्हें बहुत सारी भीख देते हैं। बहुत से और दूसरे भिखारी भी चाकुओं से अपनी बाहें और टाँगें चीरते हैं। इन्हें भी वे हत्या से बचाने के लिए भारी मात्रा में भीख देते हैं। अन्य प्रकार के भिखारी उनके द्वार पर जाते हैं और उनके लिए चूहे और साँप मारने का नाटक करते हैं तथा उन्हें भी वैसा करने से रोकने के लिए वे बड़ी-बड़ी रकमें दे देते हैं। इस प्रकार मूर उनकी बड़ी इज़्ज़त करते हैं।

इन बनियों के सामने जब सड़क पर चीटियों का कोई झुंड आ जाता है तो वे अपने कदम पीछे हटा लेते हैं और यह कोशिश करते हैं कि उन पर पैर न पड़े। वे अपने घरों में दिन के उजाले में ही खाना खा लेते हैं। वह न तो दिन में और न ही रात में लैंप जलाते हैं जिसकी वज़ह यह है कि कुछ छोटी-छोटी मक्खियाँ उसकी लौ में जलकर राख हो जाएँगी। अगर रात में उजाले की आवश्यकता आ पड़े तो उनके

पास वार्निश किए गए कागज या कपड़े की लालटेन होती है, जिससे कोई जीवित प्राणी उसमें घुसकर लौ का ग्रास न बन जाए। अगर इन लोगों के सिर में जूँ पैदा हो जाती हैं तो वे उन्हें मारते नहीं, लेकिन यदि वे उन्हें बहुत ज़्यादा सतानें लगें तो वे ख़ास आदमियों को बुला लेते हैं। वे ख़ास आदमी भी मूर्तिपूजक होते हैं। वे भी उन्हीं के बीच रहते हैं और उन्हें वे पुण्यात्मा लोग मानते हैं। वे बड़े जती, सती और तपस्वी जैसे होते हैं। अपने देवताओं के प्रति उनकी गहरी भक्ति होती है। ये लोग उनके सिरों से जुएं बीनते हैं। जितनी जुएं वे बीनते हैं, उन्हें वे अपने सिर में डालते जाते हैं और उन्हें वे अपने रक्त पर पनपने देते हैं। उनका मानना है कि ऐसा करने से वे अपने 'आराध्य देव' की महती सेवा करते हैं। इस तरह से वे सब बड़े आत्म-संयम के साथ अपने अहिंसा के नियम का पालन करते हैं। दूसरी तरफ़ वे पक्के सूदख़ोर होते हैं और वे मापतोल तथा अन्य अनेक प्रकार के माल व सिक्कों में भारी हेराफेरी करते हैं। वे परले-सिरे के झूठे होते हैं।

ये मूर्तिपूजक दिखने में लंबे और सुंदर होते हैं। वे भड़कीले रंग के कपड़े पहनते हैं और उनका भोजन बेहद स्वादिष्ट होता है। उनके पसंदीदा भोजन में दूध, मक्खन-शक्कर, भात और विविध प्रकार के अनेक मुरब्बे शामिल हैं। उनके खाने में फल, साग और सब्जी की कोई कमी नहीं रहती है। जिन-जिन जगहों पर वे रहते हैं, वहाँ-वहाँ उनके फलों के उद्यान, बग़ीचे और तालाब होते हैं। इन तालाबों में स्त्री-पुरुष दिन में दो बार स्नान करते हैं। उनका कहना है कि जब वे स्नान कर लेते हैं तो उस समय तक के उनके सारे पाप धुल जाते हैं। हमारी स्त्रियों की तरह ये बनिए लंबे-लंबे बाल रखते हैं और उन्हें लपेटकर सिर पर गाँठ लगा दे देते हैं तथा उसके ऊपर पगड़ी पहनते हैं। इस तरह से उनके लंबे-लंबे सुंदर केश हमेशा जूड़े के रूप में रहते हैं और वह अपने केशों में फूल, सुगन्धित इत्र आदि भी लगाते हैं। सफ़ेद चंदन के साथ केसर और अन्य सुगंधित द्रव्यों को मिलाकर वे उसका लेप अपने शरीर पर लगाते हैं। उन लोगों को श्रृंगार बेहद पसंद होता है। वे सूती अथवा रेशमी लंबे कुर्ते और लंबी नोक वाले कामदार जूते पहनते हैं। उनमें से कुछ रेशम और ज़री के छोटे कोट पहनते हैं। उन लोगों के पास हथियार नहीं होते। हथियार के नाम पर उनके पास सिर्फ़ सोने और चाँदी के काम वाले छोटे चाकू होते हैं। इसकी दो वज़ह होती है। पहली वज़ह तो यह है कि उनका हथियारों से बहुत कम वास्ता पड़ता है और दूसरी यह कि उनकी रक्षा तो मूर करते हैं।

मूर्तिपूजकों की एक और जाति भी है। इस जाति को लोग ब्राह्मण कहते हैं। ये लोग पुजारी होते हैं और मंदिरों पर इन्हीं का अधिकार होता है। पूजा-घर पर इन्हीं लोगों का नियंत्रण होता है। वे मंदिर बड़े-बड़े होते हैं और इनसे भरपूर आमदनी उन्हें होती है। उनमें से बहुत से मंदिर दान-दक्षिणा पर चलते हैं। इन मंदिरों में लकड़ी, पत्थर और तांबे की अनेक मूर्तियाँ स्थापित होती हैं जिनमें वे अपने आराध्य देवों के सम्मान

में बड़े-बड़े समारोह का आयोजन करते हैं। हमारी ही तरह उनकी पूजा-अर्चना में ढेर सारी मोमबत्तियाँ व दीये जलाते हैं और घंटे-घड़ियाल बजाते हैं। इन ब्राह्मणों और मूर्तिपूजकों का जो धर्म है, वह होली ट्रिनिटी (यानी पिता, पुत्र और पवित्रात्मा के त्रय की प्रतीकात्मक अभिव्यक्ति) से बहुत कुछ मिलता-जुलता है। वे होली ट्रिनिटी (तीन देवों) का परम सम्मान करते हैं और हमेशा तीनों देवों में परम देव की पूजा करते हैं, जो उनकी दृष्टि में सच्चा ईश्वर है तथा पूरी सृष्टि का सृजनहार है। उन लोगों के मुताबिक़ अनेक देवता हैं, जो होली ट्रिनिटी के अधीन हैं। जहाँ कहीं भी इन ब्राह्मणों और मूर्तिपूजकों को हमारे चर्च मिलते हैं, वहाँ वे जाते हैं तथा हमारी मूर्तियों की पूजा-अर्चना करते हैं। वे हमेशा ही सांता मारिया की चर्चा करते हैं। वैसे उन्हें इस बारे में कुछ पूरी जानकारी है। हमारी ही रीति से वे चर्च का मान-सम्मान करते हैं और कहते हैं कि हमारे और आपके बीच तो नाममात्र का अंतर है। वे ने तो किसी की हत्या करते हैं और न ही किसी भी मारी गई वस्तु को खाते हैं। स्नान का उनके लिए विशेष महत्त्व है। उनका कहना है कि स्नान करने से तो वे तर जाते हैं।

कालीकट के इस राज्य में ब्राह्मण नाम की एक जाति है जिसमें हमारे पादरियों की तरह पुजारी होते हैं। वे सब एक ही जैसी भाषा बोलते हैं और सिर्फ़ ब्राह्मण का बेटा ही ब्राह्मण हो सकता है। जिस समय वे सात साल के होते हैं तो अपने कंधे पर बिना कमाई खाल की दो अंगुल चौड़ी पट्टी धारण करते हैं। यह पट्टी एक जंगली पशु की खाल की होती है, जिसको क्राइवामृगम कहते हैं और वह जंगली पशु गधे की तरह होता है। तब वह सात साल तक पान नहीं खा सकता। इस पूरी अवधि के दौरान वह इस पट्टी को पहने रहता है। जिस समय वह चौदह साल का पूरा हो जाता है तो वे उसे ब्राह्मण की दीक्षा देते हैं। वे उसकी चमड़े की पट्टी उतार लेते हैं और उसे तीन सूत्रों वाला धागा (यज्ञोपवीत) पहना देते हैं। उसे वह हमेशा के लिए धारण कर लेता है और वह उसके ब्राह्मण होने का सबूत होता है। यह रस्म वे बड़ी धूमधाम और उल्लास से मनाते हैं, ठीक उसी प्रकार जिस प्रकार हम उस पादरी के लिए करते हैं, जो पहले-पहल अपना मास (ईसाई पर्व विशेष) गाता है। उसके बाद वह पान खा सकता है, किंतु उसे मांस और मछली खाने की अनुमति नहीं होती है। भारतीयों में उनका बड़ा आदर व सम्मान होता है, जैसा कि मैं बता चुका हूँ कि वे चाहे कोई भी अपराध करें, सर्वथा अबध्य होते हैं। उनका अपना प्रधान ही उन्हें छोटा-मोटा दंड दे देता है। हमारी तरह वे सिर्फ़ एक ही बार विवाह करते हैं और केवल सबसे बड़ा पुत्र ही शादी कर सकता है। वह घर का प्रधान समझा जाता है, जैसे कि वह किसी छोटी-मोटी रियासत का मालिक हो। अन्य दूसरे भाई जीवनभर शादी किए बिना ही अपना जीवन व्यतीत करते हैं।

ये ब्राह्मण अपनी पत्नियों को पूरी सुरक्षा प्रदान करते हैं और उन्हें पूरा सम्मान देते हैं। कोई दूसरा व्यक्ति उनकी पत्नियों के साथ संभोग नहीं कर सकता। अगर उनमें से

किसी की पत्नी की मौत हो जाती है तो वह दोबारा विवाह नहीं करता, लेकिन अगर कोई स्त्री अपने पति के साथ विश्वासघात करती है तो उसे विष देकर मार दिया जाता है। जो भाई अविवाहित होते हैं, वे नायर स्त्रियों के साथ संभोग करते हैं और वे इसे अति सम्मानजनक समझती हैं क्यूंकि वे ब्राह्मण होते हैं, इसलिए कोई भी स्त्री इसके लिए मना नहीं करती। फिर भी वे अपनी से बड़ी उम्र की स्त्री के साथ संभोग नहीं करते। वे अपने-अपने घरों और नगरों में रहते हैं तथा मंदिरों में पुजारी काम करते हैं। वहाँ वे दिन की निश्चित समय में प्रार्थना-पूजा और मूर्तियों का अभिषेक करते हैं। कुछ ब्राह्मण राजाओं की हर तरह से सेवा करते हैं, परंतु वे युद्ध नहीं करते। राजा के लिए भोजन सिर्फ़ ब्राह्मण अथवा उसका कोई सगा-संबंधी ही तैयार कर सकता है। वे दूत का भी काम करते हैं और अन्य देशों को पात्र, धन और माल लाने ले-जाने का काम करते हैं। वे जब चाहें जहाँ भी चाहें, बेखटके और बिना किसी ख़ौफ़ के आ-जा सकते हैं। कोई उन्हें नुकसान नहीं पहुँचाता है, तब भी नहीं, जब राजा युद्ध के लिए चला जाता है। वे ब्राह्मण मूर्तिपूजा में पारंगत होते हैं और इस संबंध में उनके पास अनेक ग्रंथ होते हैं। राजा इन ब्राह्मणों का बड़ा आदर और सम्मान करते हैं।

मैं बहुत बार नायरों के बारे में बात कर चुका हूँ, किंतु फिर भी मैंने अभी तक उनके तौर-तरीकों के बारे में नहीं बताया है। मलाबार के इस प्रदेश में नायर लोगों की एक और जाति है। उनमें उदात्त लोग होते हैं और युद्ध में भाग लेना ही उनका एकमात्र धर्म व कर्म है। जिस जगह भी वे जाते है, वे हमेशा ही हथियारों से लैस रहते हैं। कुछ के पास तलवार और ढाल होती है, कुछ के पास तीर-कमान होते हैं और कुछ के पास भाले होते हैं। वे सभी राजा और अन्य बड़े-बड़े सामंतों के साथ रहते हैं, परन्तु सभी को वेतन राजा से या उन बड़े-बड़े सामंतों से मिलता है, जिनके साथ वे रहते हैं। सिर्फ़ नायर वंश का व्यक्ति ही नायर हो सकता है। अपनी उदात्त मर्यादा में वे निष्कलंक होते हैं और नीची जाति के किसी भी व्यक्ति को स्पर्श नहीं करते। वे केवल नायर के साथ ही खाते और पीते हैं। वे लोग शादी नहीं करते हैं और उनके भानजे (बहन के पुत्र) ही उनके उत्तराधिकारी होते हैं। ऊँचे पाँचल की स्त्रियाँ बड़ी स्वच्छंद प्रकृति की होती हैं और ख़ुद की इच्छा से ब्राह्मण या नायर के साथ संभोग करती हैं, किंतु मृत्यु के डर से वे अपने से किसी नीची जाति के व्यक्ति के साथ संभोग नहीं करतीं। जब लड़की बारह साल की पूरी हो जाती है तो उसकी माता बड़ा उत्सव मनाती है। जब कोई माता देखती है कि उसकी पुत्री ने उक्त आयु प्राप्त कर ली है तो वह अपने सगे-संबंधियों और मित्रों से अपनी पुत्री के विवाह की तैयारी करने के लिए कहती है। वह अपने पाँचल या किसी विशिष्ट के यहाँ अपनी पुत्री से विवाह करने के लिए प्रस्ताव भेजती है। इस पर वह सहर्ष स्वीकृति देता है। वह एक छोटा-सा आभूषण बनवाता है, जिसमें आधी अशरफ़ी-भर सोना होता है। वह माला की तरह होता है

जिसके बीचों-बीच एक छेद होता है। उसमें सफ़ेद रेशम के धागे की डोरी पड़ी होती है। तब माता किसी नियत तारीख़ को अपनी पुत्री को विभिन्न मूल्यवान आभूषणों से ख़ूब सजाती है। उसके यहाँ ख़ूब नाच-गाना होता है तथा भारी मात्रा में लोग इकट्ठा होते हैं। तब उसके पाँचल का कोई सगा-संबंधी अथवा मित्र उस आभूषण के साथ आता है और कुछ रस्में पूरी करके उसे लड़की के गले में पहना देता है, जिसे वह प्रतीक के रूप में हमेशा पहनती है और उसका विवाह हुआ समझा जाता है। अगर वह माँ का कोई सगा-संबंधी होता है, तब वह उस लड़की के साथ संभोग किए बिना ही वापस चले जाता है। अगर वह कोई सगा-संबंधी नहीं होता है, तो वह उस लड़की के साथ संभोग कर सकता है, लेकिन वह वैसा करने के लिए बाध्य नहीं होता।

इसके बाद माता खोज में लग जाती है और किसी युवक से अपनी पुत्री के कौमार्य को भंग करने का अनुरोध करती है। वह नायर ही होना चाहिए। वे ख़ुद किसी दूसरी महिला के कौमार्य को भंग करना अपमानजनक और गंदा काम समझते हैं। कोई व्यक्ति जब एक बार उसके साथ संभोग कर लेता है तो फिर वह पुरुषों के साथ सहवास करने के योग्य हो जाती है। तब माता अन्य युवा नायरों से पूछताछ करती है कि क्या वे उसकी पुत्री का भरण-पोषण करना चाहते हैं? क्या वे उसे अपनी गृहिणी के रूप में अपनाना चाहते हैं, जिससे तीन-चार नायर उसके साथ जीवन बिताने के लिए राजी हो जाएँ और रोज़ किसी न किसी व्यक्ति से भरण-पोषण के लिए धनराशि मिलती रहे। उसके जितने ज़्यादा प्रेमी होते हैं, उतना ही ज़्यादा उसके लिए सम्मानजनक होता है। हर व्यक्ति का एक समय निश्चित कर दिया जाता है और प्रत्येक उसके साथ एक दिन दोपहर से अगले दिन दोपहर तक समय बिताता है। ऐसे वे शांति से रहने लगते हैं। उनमें किसी भी प्रकार की अशांति या कोई लड़ाई-झगड़ा नहीं होता। अगर उनमें से कोई उसे छोड़ना चाहता है तो वह उसे छोड़ देता है और दूसरी के साथ रहने लगता है। और अगर वह भी यदि किसी पुरुष से ऊब जाए तो वह उससे चले जाने के लिए कह देती है और वह चला जाता है या उससे समझौता कर लेता है। अगर उनसे कोई बच्चे पैदा हो जाएँ तो वे माता के साथ रहते हैं और माता को उनका लालन-पालन करना पड़ता है, क्यूंकि वे उन्हें किसी की भी संतान नहीं मानते। अगर उनसे उनका चेहरा मिलता-जुलता है, फिर भी वे उन्हें अपनी संतान नहीं मानते और न ही वे उनकी ज़ायदाद के उत्तराधिकारी होते हैं। जैसा कि मैं पहले बता चुका हूँ कि उनके उत्तराधिकारी उनके भाँजे यानी उनकी बहन के पुत्र होते हैं। (जो भी अपने मन के अंदर झाँक कर देखेगा तो उसे पता चलेगा कि इस नियम की स्थापना के पीछे आम आदमी की समझ से कहीं बड़ा और गहरा अर्थ था।) उनका कहना है कि नायरों के राजाओं ने वह नियम इसलिए बनाया कि कहीं बच्चों के लालन-पालन के चक्कर में पड़कर वे उनकी सेवा से विमुख न हो जाएँ।

बियाबारे जाति– बियाबारे नाम की एक और जाति भी मलाबार के इस राज्य में मिलती है। वे भारतीय व्यापारी होने के साथ-साथ इस प्रदेश के मूल निवासी हैं। जिस समय विदेशी लोग समुद्र के रास्ते भारत पहुँचे थे, उससे भी पहले से वे वहाँ पर थे। चाहे बंदरगाह हो या देश का भीतरी भाग, वे दोनों ही जगहों पर हर तरह के माल का व्यापार करते हैं। व्यापार करने से उन्हें वहाँ ज़्यादा मुनाफा मिलता है। वे नायरों और काश्तकारों से थोक के रेट में काली मिर्च और अदरक जमा कर लेते हैं। अधिकतर वे नयी फसलें तैयार होने से पहले ही उसे ख़रीद लेते हैं और उसके बदले में सूती कपड़े और अन्य चीज़ें दे देते हैं, जो वे बंदरगाहों पर रखते हैं। इसके बाद में वे जो माल ख़रीदते हैं उसी माल को दोबारा बेच देते हैं और भारी मुनाफा कमाते हैं। उनके कुछ विशेषाधिकार भी होते हैं, जैसे कि वे जिस देश में रहते हैं, उसका राजा भी उन्हें कानून द्वारा प्राण-दंड नहीं दे सकता।

पाँचइआवेम जाति– यहाँ पर पाँचइआवेम नामक लोगों की एक और जाति है। ये लोग भी भारतीय व्यापारी हैं और यहाँ के मूल निवासी हैं। वे नायरों से अलग नहीं हैं, परन्तु वे अपनी एक ग़लती की वजह से उन लोगों के साथ न रहकर उनसे अलग रहते हैं। उन लोगों का काम मिट्टी के बर्तन बनाना, राजमहलों और मंदिरों की छत के लिए ईंटें बनाना है, जिन पर खपरैल के स्थान पर ईंटें बिछाई जाती हैं। मैं बता चुका हूँ कि अन्य घरों की छतों पर टहनियाँ बिछाई जाती हैं। मूर्तिपूजा का उनका अपना एक अलग तरीका होता है और मूर्तियाँ भी अलग प्रकार की होती हैं।

मेनाटोस जाति– मेनाटोस नाम की एक और मूर्तिपूजक जाति है जिनका धंधा है कि वे राजाओं, ब्राह्मणों और नायरों के कपड़े धोते हैं। रोज़ी-रोटी कमाने के लिए उनका केवल एक यही धंधा है। इसके अलावा वे दूसरा कोई धंधा नहीं कर सकते।

केलेटिस जाति– केलेटिस नाम की एक और नीची जाति है जो जुलाहे होते हैं। वे लोग सूती तथा रेशमी कपड़े बुनते हैं। सिर्फ़ यही उनकी रोज़ी-रोटी कमाने का एकमात्र साधन है। वे नीची जाति के लोग होते हैं और पैसा उनके पास नहीं होता। इसलिए वे नीची जातियों के लिए कपड़ा तैयार करते हैं। वे लोग सबसे अलग-थलग रहते हैं और उनकी मूर्तिपूजा का तरीका भी अलग है।

ऊपर बताई गई जातियों के अलावा उनसे नीचे स्तर की ग्यारह और जातियाँ हैं। इन जातियों से अन्य जातियाँ किसी भी प्रकार का संबंध नहीं रखतीं और मृत्यु के डर से उनका स्पर्श भी नहीं करतीं। उनमें एक-दूसरे से भारी भिन्नताएँ हैं जो कि एक-दूसरे से नहीं घुलती-मिलतीं। इन नीचे स्तर के सीधे-सादे लोगों में सबसे अधिक शुद्ध को 'तिय्या' कहा जाता है। इन लोगों का मुख्य धंधा ताड़ की खेती करना है। वे

उनके फल इकट्ठे करते हैं और उन्हें अपनी पीठ पर लादकर बेचने के लिए ले जाते हैं, क्यूंकि इस प्रदेश में माल ढोने के लिए कोई सवारी नहीं होती।

मनान जाति– इनसे भी नीचे की स्तर की जाति को लोग मनान (मंकू) कहते हैं। वे दूसरों से न तो मेलजोल रखते हैं, न दूसरों को स्पर्श करते हैं और न ही दूसरे उन्हें स्पर्श करते हैं। वे आम लोगों के धोबी होते हैं और सोने के लिए चटाइयाँ बुनते हैं। उनके अलावा दूसरे लोग ये धंधा नहीं कर सकते। उनके पुत्रों को भी यही धंधा अपनाना होता है और उनकी भी अपनी अलग प्रकार की मूर्ति-पूजा होती है।

कानापाँचस जाति– एक और निचले स्तर की जाति है, जिसे वे कानापाँचस कहते हैं। वे बक्सुए और छतरियाँ बनाने का काम करते हैं तथा ज्योतिष विद्या के लिए वे अक्षर ज्ञान प्राप्त करते हैं। वे महान् ज्योतिषी होते हैं और भविष्य के बारे में सच्ची भविष्यवाणियाँ करते हैं। इस प्रयोजन के लिए कुछ सामंत उनका भरण-पोषण करते हैं।

आगिरिस जाति– इसके बाद आगिरिस नाम की एक और मूर्तिपूजक छोटी जाति भी है। वे राज-मिस्त्री, बढ़ई, लुहार, धातुकर्मी होते हैं और उनमें से कुछ लोग सुनार भी होते हैं। वे सब एक ही पाँचल-गोत्र के होते हैं। उनकी अपनी अलग जाति है और उनके देवता अन्य लोगों से अलग होते हैं। ये लोग विवाह करते हैं और उनके बेटे ही उनके उत्तराधिकारी होते हैं जो अपने पिता का व्यवसाय सीखते हैं और उसे आगे बढ़ाते हैं।

मोगेरे जाति– इस राज्य में मोगेरे नाम की एक और छोटी जाति होती है जो लगभग तिय्या जैसे होते हैं, लेकिन वे एक-दूसरे को स्पर्श नहीं करते। उनका राजा जब एक जगह से दूसरी जगह पर जाता है तो वे उसका सामान ढोते हैं। इस जाति के लोग प्रदेश में अब गिने-चुने ही रह गए हैं। उन लोगों की अपनी एक अलग जाति होती है और विवाह से जुड़ा हुआ उनका अपना कोई कानून-क़ायदा नहीं होता। अधिकतर लोग नाविक होते हैं और समुद्र से अपनी जीविका चलाते हैं। वे नायरों के भी दास होते हैं जिनमें कुछ लोग मछुआरे भी होते हैं तथा उनकी कोई मूर्तियाँ नहीं होती।

मनपाँचअर जाति– मनपाँचअर नामक एक और छोटी जाति होती है और वे मछेरे होते हैं। इसके अलावा वे और कोई काम नहीं करते। फिर भी उनमें से कुछ मूरों और दूसरे मूर्तिपूजकों के ज़हाज़ों में काम करते हैं। वे लोग भी अपनी अलग मूर्तिपूजा करते हैं।

बेटुन जाति– मलाबार के इस राज्य में इनसे भी निचली एक और मूर्तिपूजक जाति होती है जिसको बेटुन कहते हैं। इस जाति के लोग नमक बनाते हैं और धान की खेती करते हैं। इसके काम के अलावा वे और कुछ नहीं करते। वे सड़कों से दूर खेतों में अलग-थलग घरों में रहते हैं। उस जगह पर सभ्यजनों का आना-जाना नहीं

होता और वह अपनी अलग मूर्तिपूजा करते हैं। वे बड़े ही ग़रीब होते हैं और राजाओं तथा नायरों की ग़ुलामी करते हैं। वे नायरों से काफ़ी फासले पर चलते हैं और नायर उनसे काफ़ी दूरी से बात करते हैं। उनका दूसरी जातियों से किसी भी तरह का कोई संपर्क नहीं होता।

पाणीन जाति– पाणीन जाति इनसे भी निम्न स्तर की असभ्य और एक और मूर्तिपूजक जाति होती है। इस जाति के लोग बड़े ही पाँचशल जादू-टोने वाले ओझा होते हैं और वे सिर्फ़ इसी धंधे से ही अपनी ग़ुजर-बसर करते हैं।

रेवोलीन जाति– रेवोलीन इनसे भी निम्न स्तर की एक और असभ्य जाति है जिसके लोग बड़े ही ग़रीब होते हैं। वे बस्ती में बेचने के लिए घास और जलाने के लिए लकड़ी ले जाते हैं। वे लोग न ही किसी को स्पर्श करते हैं और न ही मृत्यु के डर से उन्हें कोई स्पर्श करता है। वे नंगे ही रहते हैं और अपने गुप्तांगों को गंदे चिथड़ों तथा पेड़ों की पत्तियों से ढककर रखते हैं। उनकी स्त्रियाँ अपने कानों में पीतल की अलग-अलग बालियाँ, अपनी गर्दन, बांहों और पैरों में मनकों की कंठी तथा कंगन पहनती हैं।

पुलय जाति– पुलय इनसे भी निम्न स्तर की एक और जाति है जिसके लोग भी मूर्तिपूजक होते हैं। वे दूसरी जाति की तरह ही अन्त्यज और बहिष्कृत समझे जाते हैं। वे खेतों में, खोह-खंदकों में अथवा छोटी-मोटी झोपड़ियों में रहते हैं, जहाँ सभ्य जाति के लोग कभी भूले-भटके ही आते हैं। वे भैंसों और बैलों की मदद से धान के खेत जोतते हैं। वे नायरों से दूर रहकर ही बात करते हैं और इतनी जोर से चिल्लाते हैं कि उन्हें सुना जा सके। सड़क पर चलते समय वे जोर-जोर से चिल्लाते हैं, ताकि उनके लिए रास्ता छोड़ दिया जाए और जो भी उनकी आवाज़ सुन ले, वह सड़क से अलग हट जाए और उनके वहाँ से गुजरने तक पेड़ों की ओट में खड़ा हो जाए। अगर कोई स्त्री-पुरुष उन्हें छू लेता है तो जिसको स्पर्श किया जाए, उस व्यक्ति को कत्ल कर देता है। अतः प्रतिशोध में वे पुल्लयन को कत्ल कर देते हैं और उन्हें कोई दण्ड नहीं भोगना पड़ता।

परयन जाति– इनसे भी दीन-हीन जाति परयन जाति होती है। इस जाति के लोग अन्य सभी जातियों से दूर अलग-थलग अति निर्जन स्थानों में रहते हैं। वे रतालू और अन्य जंगली कंद-मूल खाते हैं तथा जंगली पशुओं का मांस भी खाते हैं। वे अपने तन के मध्य भाग को पत्तियों से ढककर रखते हैं। न वे किसी अन्य व्यक्ति से और न ही कोई अन्य व्यक्ति उनसे संबंध रखता है। उन्हें शैतान से भी बदतर और प्रताड़नीय समझा जाता है। केवल उन्हें देखने से ही आदमी अपवित्र और जाति बहिष्कृत हो जाता है।

ये पाँचल मिलाकर अठारह जातियाँ हैं जिनमें मूर्तिपूजकों के बीच जाति-भेद की इतनी ही कथा है और वे सब भिन्न-भिन्न हैं। वे न तो आपस में एक-दूसरे को स्पर्शकर

सकती हैं और न ही शादी-विवाह कर सकती हैं। मलाबार की जिन अठारह मूर्तिपूजक जातियों के बारे में मैंने अभी वर्णन किया है, इनके अलावा मूल निवासी के रूप में कुछ दूसरे लोग भी हैं, जो बाहर से आए हैं। ये व्यापारी और साहूकार लोग हैं जिनके अपने-अपने मकान और अपनी जागीरें हैं। वे मूल निवासियों की तरह ही रहते हैं, पर उनके रीति-रिवाज़ अन्य जातियों से अलग होते हैं। इन विदेशियों ने जाति की पूरी और ब्यौरेवार कोई तस्वीर पेश नहीं की है। वे इसमें समर्थ नहीं रहे हैं। इसकी वज़ह यह है कि हर विदेशी के लिए हिंदू का निजी जीवन प्रच्छन्न रहता है और उसके लिए उसके भीतर झाँकना असंभव है। इसके अतिरिक्त भारत का सामाजिक ताना-बाना, उसकी गतिविधि हमेशा से ही रीति-रिवाज़ों पर आधारित रही है। यह भेद के मुताबिक़ भी जगह बदलती रहती है। उसकी कठोरता देखकर माथा चकराने लगता है। उसके पीछे कोई कानूनी सूत्र नहीं होता, जिसे किसी कानून की पाठ्य-पुस्तक में से खोजकर निकाला जा सके, परंतु बिना किसी संदेह के ही विदेशियों को यह लगा कि जाति भारतीय समाज का एक सबसे अनोखा और इसलिए एक विशिष्ट गुण है अन्यथा वे जब भारत आए और उन्होंने जो देखा, अपने विवरणों में उन्होंने जाति के अस्तित्व को नोट न किया होता।

जाति की एक विशिष्टता हिंदू समाज संगठन में मौजूद है, जो हिंदुओं को दूसरों से अलग करती है। जाति एक वर्धमान संस्था रही है और वह हमेशा ऐसी ही नहीं रही। मेगस्थनीज ने जिस समय अपना विवरण लिखा, उस समय जाति का जो स्वरूप था, वह अलबरूनी के आगमन काल से बहुत अलग था। पुर्तगालियों को जाति का जो स्वरूप दिख पड़ा, वह अलबरूनी के काल से अलग था, किंतु अगर हम जाति के विषय को अच्छे से समझना चाहते हैं तो उसके लिए हमें उसकी प्रकृति के विषय में और अधिक सटीक जानकारी प्राप्त करनी होगी, जितनी कि हमें इन विदेशियों के वर्णन से मिलती है। जाति के विषय की चर्चा को समझने के लिए पाठकों का उन बुनियादी संकल्पनाओं से परिचय कराना ज़रूरी है, जो हिंदू समाज संगठन में स्थापित हैं। हिंदुओं में चली आ रही समाज संगठन की मूल संकल्पना उस वर्ण-व्यवस्था की उत्पत्ति से शुरू होती है, जिसके बारे में ऐसा मानना है कि हिंदू समाज का विभाजन वहीं से हुआ। ये चार वर्ण निम्नलिखित हैं:

- ब्राह्मण, पुजारी और शिक्षित वर्ग
- क्षत्रिय, सैनिक वर्ग
- वैश्य, व्यापारी वर्ग
- शूद्र, दास वर्ग

एक समय तक यह सिर्फ़ वर्ग थे लेकिन कुछ समय के पश्चात् जो केवल वर्ग (वर्ण) थे, वे जातियाँ बन गईं और चार जातियाँ चार हज़ार जातियों में परिवर्तित हो

गई। इस प्रकार आधुनिक जाति-व्यवस्था प्राचीन वर्ण व्यवस्था का ही विकसित रूप है। जाति-व्यवस्था वर्ण-व्यवस्था का ही विकसित रूप है, किंतु वर्ण-व्यवस्था के अध्ययन से हम जाति व्यवस्था की कोई जानकारी प्राप्त नहीं कर सकते। जाति का अध्ययन वर्ण को अलग रखकर करना होगा। ऐसा कहा जाता है कि किसी बहुत पुराने नास्तिक ने अपने दर्शन की व्याख्या करने के बाद अंत में कहा था कि 'मैं केवल यह जानता हूँ कि मैं कुछ भी नहीं जानता और मैं पूरे विश्वास से यह भी नहीं कह सकता कि मैं यह जानता भी हूँ।' सर डेंजिल इबट्सन ने पंजाब की जाति-व्यवस्था के बारे में लिखते हुए कहा कि इस नास्तिक ने अपने बारे में ऊपर जो कुछ कहा है, यही शब्द जाति के बारे में मेरी अपनी धारणा को भी व्यक्त करते हैं। सत्य तो यह है कि स्थानीय परिस्थितियों की वज़ह से जाति की अवधारणा में बहुत अंतर मिलता है। किसी एक स्थान पर उपलब्ध किसी जाति के बारे में पूरी दृढ़ता से कोई बात कहना बहुत मुश्किल है, क्यूंकि किसी दूसरे स्थान पर मौजूद उसी जाति के बारे में उक्त तथ्य का उतनी ही दृढ़ता से खण्डन किया जा सकता है।

यह बात कितनी ही सही क्यूं न हो, फिर भी जाति के आवश्यक और मूल लक्षणों तथा उसके अनावश्यक और सतही लक्षणों को अलग-अलग करना मुश्किल नहीं है। किसी व्यक्ति का किन कारणों से बहिष्कार किया जा सकता है, इसे निश्चित करने का आसान तरीका श्री भट्टाचार्य ने इस प्रकार बताया है। उन्होंने जाति से बहिष्कार के कुछ कारण गिनाए हैं जो इस प्रकार हैं–

- ईसाई या इस्लाम धर्म ग्रहण कर लेना।
- यूरोप अथवा अमरीका की यात्रा करना।
- विधवा से विवाह करना।
- यज्ञोपवीत को ख़ुल्लम-ख़ुल्ला उतार कर फेंक देना।
- ख़ुल्लम-ख़ुल्ला गोमांस या सुअर का मांस खाना।
- ख़ुल्लम-ख़ुल्ला मुसलमान, ईसाई और छोटी जाति के हिंदू के हाथ का बना कच्चा भोजन करना।
- अति निम्न जाति के शूद्र के घर पर काम करना।
- अनैतिक प्रयोजन से किसी महिला का घर से बाहर जाना।
- विधवा का गर्भवती हो जाना।

यह सूची पूर्ण नहीं है और उसमें जाति से बहिष्कार के सर्वाधिक महत्त्वपूर्ण कारण छोड़ दिए गए हैं। वे हैं–

- अंतर्जातीय विवाह करना।

- दूसरी जाति के व्यक्ति के साथ खान-पान करना।
- व्यवसाय बदलना।

श्री भट्टाचार्य के कथन का दूसरा दोष यह है कि उसमें आवश्यक और अनावश्यक कारणों में कोई भेद नहीं किया गया है। इस बात में कोई संदेह नहीं है कि जब किसी व्यक्ति का जाति से बहिष्कार किया जाता है तो दंड एक समान होता है। उसके दोस्त, रिश्तेदार और जाति-भाई उसका आदित्य ग्रहण नहीं करते। उसे उत्सवों में उनके घरों में नहीं बुलाया जाता। वह अपने बच्चों की शादी नहीं कर सकता। उसकी शादी-शुदा पुत्रियाँ भी जाति से बहिष्कृत होने के डर से उससे मिलने नहीं आ सकतीं। पुरोहित, नाई और धोबी उसके घर नहीं जाते। उसके जाति-भाई उससे इस हद तक संबंध तोड़ लेते हैं कि उसके घर में किसी की मृत्यु हो जाने पर वे अंत्येष्टि में नहीं जाते। कभी-कभी तो जाति से बहिष्कृत व्यक्ति को पहले प्रायश्चित करना होगा, उसके बाद ही वह दोबारा जाति-बिरादरी में शामिल हो सकता है। इन प्रायश्चितों से जुड़ी हुई कुछ बातें याद रखनी होंगी। सबसे पहली तो यह कि जाति संबंधी कुछ अपराध ऐसे हैं, जिनके लिए कोई प्रायश्चित नहीं है। दूसरी यह कि अपराध के मुताबिक़ प्रायश्चित बदल जाते हैं। कुछ अपराधों में तो प्रायश्चित के रूप में जुर्माना बहुत कम होता है। दूसरे अपराधों में जुर्माना बहुत कठोर हो सकता है।

प्रायश्चित का होना या न होना महत्त्व रखता है और उसे स्पष्ट रूप से समझना होगा। प्रायश्चित न होने का मतलब यह नहीं होता कि अपराध करने पर दंड दिया जाएगा। इसके विपरीत उसका अर्थ होता है कि अपराध क्षमा करने के योग्य नहीं है और जिस अपराधी को एक बार जाति से निकाल दिया जाएगा, उसका कभी भी दोबारा उद्धार नहीं होगा। उसे पुनः कभी जाति में शामिल नहीं किया जाएगा। प्रायश्चित होने का अर्थ है कि अपराध क्षमा करने के योग्य है। अपराधी प्रायश्चित कर सकता है और बहिष्कृत व्यक्ति जाति में फिर से शामिल हो सकता है। दो अपराध ऐसे हैं जिनके लिए कोई प्रायश्चित नहीं है और वे निम्न हैं–

- हिंदू धर्म को छोड़कर दूसरा धर्म अपना लेना।
- दूसरी जाति अथवा धर्म के व्यक्ति से शादी कर लेना।

अगर इन अपराधों के लिए कोई व्यक्ति जाति से बाहर कर दिया जाता है तो वह हमेशा के लिए जाति से बाहर हो जाता है। ऐसे दो अपराध जिनके लिए कठोरतम प्रायश्चित का विधान है, वे निम्न हैं–

- किसी दूसरी जाति के व्यक्ति और किसी अहिंदू के साथ खान-पान करना।
- जातीय व्यवसाय को छोड़कर कोई दूसरा व्यवसाय अपनाना। अन्य अपराधों के लिए दण्ड हल्का है या यूँ कहें कि प्रायः नाममात्र का है।

जाति के बुनियादी नियम कौन से हैं और जाति का रूप-स्वरूप क्या है, इस पहेली को हल करने का सबसे अधिक निश्चित अता-पता प्रायश्चित संबंधी नियम से मिलता है। जिन नियमों के उल्लंघन के लिए कोई प्रायश्चित नहीं है, उन्हें जाति की 'आत्मा' कहा जा सकता है। जिन नियमों के उल्लंघन के लिए कठोरतम प्रायश्चित का विधान है, उन्हें जाति का 'तन' कहा जा सकता है। अतः निस्संकोच यह कहा जा सकता है कि जाति के चार बुनियादी नियम हैं। जाति की परिभाषा इस प्रकार की जा सकती है कि वह एक ऐसा समाज समूह है, जिसकी हिंदू धर्म में आस्था हो और जो व्यवसाय संबंधी कतिपय नियमों से आबद्ध हो। इसमें एक और विशेष लक्षण जोड़ा जा सकता है यानी वह ऐसा समाज समूह हो, जिसका एक समान नाम हो। विवाह से जुड़ा ऐसा नियम है कि विवाह केवल अंतर्जातीय होना चाहिए। अलग-अलग जातियों के बीच विवाह नहीं हो सकते। यह वह सबसे बड़ा और सबसे अधिक बुनियादी आधार है, जिस पर जाति का पूरा ताना-बाना तथा ढाँचा टिका हुआ है। खाने-पीने से जुड़ा हुआ नियम है कि कोई भी व्यक्ति जाति से बाहर के किसी व्यक्ति से न तो भोजन ले सकता है और न ही उसके साथ बैठकर भोजन कर सकता है। इसका तात्पर्य यह हुआ कि जो लोग आपस में शादी कर सकते हैं, सिर्फ़ उन लोगों को ही साथ बैठकर भोजन करने की अनुमति है और जो लोग आपस में शादी नहीं कर सकते, उन्हें एक-दूसरे के साथ बैठकर भोजन करने की अनुमति नहीं है। इस प्रकार दूसरे शब्दों में कहा जाए तो, जाति एक अंतर्जातीय इकाई और एक सांप्रदायिक इकाई दोनों ही है।

व्यवसाय से जुड़ा नियम है कि हर व्यक्ति अपनी जाति का परंपरागत व्यवसाय ही करेगा और अगर किसी जाति का अपना कोई व्यवसाय नहीं है तो उसे अपने पिता का व्यवसाय सँभालना होगा। जहाँ तक किसी व्यक्ति की सामाजिक स्थिति का संबंध है, वह निश्चित और वंशानुगत होती है। वह स्थायी होती है, क्यूंकि व्यक्ति की सामाजिक स्थिति का निर्धारण उसकी जाति की सामाजिक स्थिति के अनुसार होता है। वह वंशानुगत है, क्यूंकि हिंदू पर उसके माता-पिता की जाति का ठप्पा लगा होता है। हिंदू अपनी सामाजिक स्थिति नहीं बदल सकता, क्यूंकि वह अपनी जाति नहीं बदल सकता। हिंदू जन्म से हिंदू होता है और मरने पर भी वह उसी जाति का रहता है, जिसमें उसका जन्म हुआ था। अगर कोई हिंदू अपनी जाति से च्युत हो जाता है, तो वह अपनी सामाजिक स्थिति से भी च्युत हो जाता है। वह नयी या कोई बेहतर अथवा भिन्न सामाजिक स्थिति प्राप्त नहीं कर सकता। जाति के संबंध में एक समान नाम का महत्त्व है? अगर हम दो प्रश्न करें तो इसका महत्त्व साफ़ हो जाएगा। वे अति संगत भी हैं और जाति नाम की इस संस्था का पूरा ज्ञान प्राप्त करने के लिए सही उत्तर ज़रूरी है। समाज में वर्ग या तो संगठित होते हैं या सिर्फ़ असंगठित होते हैं। जब वर्ग की सदस्यता और वर्ग में शामिल होने या उनसे अलग होने की प्रक्रिया निश्चित सामाजिक

नियम बन जाती है और वर्ग के अन्य सदस्यों के संदर्भ में उनमें कतिपय कर्तव्यों तथा विशेषाधिकारों का समावेश हो जाता है, तो वर्ग एक संगठित वर्ग बन जाता है। हर वर्ग एक स्वैच्छिक वर्ग होता है और उसमें जब सदस्य शामिल होते हैं तो उन्हें इस बात का पूरा-पूरा ज्ञान होता है कि वे क्या कर रहे हैं और संगठन के लक्ष्य क्या हैं। दूसरी तरफ़ ऐसे वर्ग होते हैं, जिन वर्गों में कोई व्यक्ति शामिल तो हो जाता है, लेकिन अपनी इच्छा-शक्ति का इस्तेमाल नहीं करता और ऐसे सामाजिक विनियमों तथा परंपराओं का दास हो जाता है, जिन पर उसका कोई नियंत्रण नहीं होता।

इस तरह जाति एक बहुत ही संगठित सामाजिक वर्गीकरण है। यह कोई असंगठित या हल्का-फुल्का निकाय नहीं है और जाति कोई ऐसा वर्गीकरण नहीं है, जो स्वयं पर आश्रित हो। हिंदुओं में व्यक्ति का जन्म जाति में होता है और मरने के बाद भी वह उसी जाति का बना रहता है। ऐसा कोई हिंदू नहीं है जिसकी कोई जाति न हो। जाति से उसका कोई छुटकारा नहीं। जन्म से मृत्यु तक जाति से बँधे रहने की वज़ह से वह अपनी जाति के ऐसे नियमों और रूढ़ियों के अधीन रहता है, जिन पर उसका कोई नियंत्रण नहीं होता।

सभी जाति के लिए अलग नाम होने का महत्त्व यह है कि उसकी वज़ह से जाति एक संगठित और अनिवार्य वर्ग बन जाती है। विशिष्ट नाम होने की वज़ह से जाति एक निकाय बन जाती है और उसका स्थायी अस्तित्व हो जाता है तथा वह एक स्वतंत्र ईकाई हो जाती है। जिन विद्वानों ने जाति पर लिखा-पढ़ा है, उन्होंने जातियों के अपने-अपने नामों के महत्त्व को सही तरह से हृदयंगम नहीं किया है। इस तरह से उन्होंने जाति पर आधारित उन सामाजिक वर्गों के एक अति विशिष्ट लक्षण को नज़रअंदाज़ कर दिया है। इस प्रकार के सामाजिक वर्ग हर समाज में हैं और उनका होना स्वाभाविक है। अलग-अलग देशों के अलग-अलग सामाजिक वर्गों की तुलना भारत की अलग-अलग जातियों से की जाती है और उन्हें उनके समान कहा जाता है। पांचमहार, धोबी, विद्वान जैसे सामाजिक वर्ग हर जगह पाए जाते हैं, किंतु दूसरे देशों में वे असंगठित तथा स्वैच्छिक वर्ग हैं, जबकि भारत में वे संगठित और अनिवार्य बन गए हैं। वह जातियों के रूप में परिवर्तित हो गए हैं। दूसरे देशों में समाज के वर्गों को विशिष्ट नाम नहीं दिया गया है, लेकिन भारत में यह किया गया है। जाति के नाम पर जो मोहर लगा दी गई है, वह उसे स्थिरता, निरंतरता और विशिष्टता प्रदान करती है। नाम से ही यह साफ़ हो जाता है कि कौन लोग उसके सदस्य हैं और अधिकतर जो व्यक्ति जिस जाति में पैदा होता है, वह अपने नाम के आगे अपनी जाति का नाम जोड़ता है। भिन्न नाम होने की वज़ह से किसी जाति के लिए अपने नियमों का सिक्का चलाना मुश्किल नहीं होता है। यह काम दो तरह से आसान हो जाता है। पहला तो यह कि उपनाम के रूप में जाति का नाम आगे लगे होने से वह किसी दूसरी जाति को

नहीं अपना सकता और जाति के घेरे में बँधा रहता है। दूसरे इससे अपराधी और उसकी जाति को पहचानने के लिए तथा जाति के नियमों को तोड़ने के लिए उसे आसानी से पहचानकर दंड देने में कठिनाई नहीं होती।

जाति के अर्थ के बारे में बताने के बाद अब मैं जाति-व्यवस्था के विषय में अपनी बात रखूँगा। इसके लिए आवश्यक है कि अलग-अलग जातियों के आपसी संबंधों का अध्ययन किया जाए। जाति-समूह ने नज़रिये से देखा जाए तो जाति-व्यवस्था ऐसे बहुत से ख़ास लक्षण प्रस्तुत करती है, जो तुरंत ध्यान आकर्षित करते हैं। सबसे पहला तो यह कि अलग-अलग जातियों के बीच वह आपसी संबंध नहीं होता, जो व्यवस्था का आधार होता है। हर जाति अलग-थलग है। अपने आंतरिक मामलों को निपटाने तथा जातीय विनियमों को लागू करने में वह स्वाधीन और संप्रभु है। जातियाँ परस्पर रहती हैं, पर वे एक-दूसरे में प्रवेश नहीं करतीं। दूसरा लक्षण एक जाति के संदर्भ में दूसरी जाति के अनुक्रम से जुड़ा हुआ है। यह अनुक्रम सम स्तर का नहीं, ऊपर-नीचे का है। अतः हम यह कह सकते हैं कि जातियों का दर्ज़ा एक जैसा नहीं है बल्कि उनका दर्ज़ा असमानता पर आधारित है। एक जाति दूसरी जाति की तुलना में ऊँची अथवा नीची है। कोई जाति एकदम ऊँची है तो कोई सबसे नीची है। फिर इनके बीच की भी जातियाँ हैं जो किसी से ऊँची और किसी से नीची हैं। इस तरह से जाति-व्यवस्था में एक अनुक्रम है जिसमें सर्वोच्च और निम्नतम को छोड़कर प्रत्येक जाति दूसरी जाति से ऊँची और बड़ी है।

इस पूर्वता और श्रेष्ठता का निर्णय कैसे किया जाता है? उच्चता, बड़प्पन या अधीनता के क्रम का निर्णय वे नियम करते हैं, जो धार्मिक संस्कारों से और सहभोजिता से जुड़े हुए हैं। पूर्वता के नियमों का आधार धर्म ख़ुद तीन तरह से प्रकाशित होता है। पहला धार्मिक संस्कारों के द्वारा, दूसरा धार्मिक समारोहों से जुड़े मंत्रों द्वारा और तीसरा पुजारी की स्थिति के द्वारा। सर्वप्रथम पूर्वता क्रम के नियमों के स्रोत धार्मिक संस्कारों को लेते हैं। यह उल्लेखनीय है कि हिंदू धर्मग्रंथों में सोलह धार्मिक संस्कारों का विधान है। भले ही वे हिंदू संस्कार हैं, पर सभी हिंदू जाति यह अधिकार नहीं कर सकती कि वह सभी सोलह संस्कार कर सकती है। सिर्फ़ कुछ ही इस अधिकार का दावा कर सकती हैं। कुछ को अनुमति है कि वे कतिपय संस्कार कर सकें। कुछ को इज़ाज़त नहीं है कि वे कुछ संस्कार कर सकें। यथा उपनयन संस्कार को ही लें। कुछ जातियाँ उस पवित्र धागे को धारण नहीं कर सकतीं। संस्कार कर्म संबंधी अधिकार में भी पूर्वता क्रम चलता है। जो जाति सारे संस्कार कर सकती है, उसकी हैसियत उस जाति से ऊँची होगी, जो सिर्फ़ कुछ संस्कार ही कर सकती है। अब मंत्रों को लेते हैं। वे भी पूर्वता संबंधी नियमों के उद्गम हैं। हिंदू धर्म के मुताबिक़ एक ही संस्कार को तीन रीतियों से किया जा सकता है और वे तीन रीतियाँ इस प्रकार हैं—

- वेदोक्त रीति से।
- शास्त्रोक्त रीति से संस्कार शास्त्रीय मंत्रों से किया जाता है।
- पुराणोक्त रीति में संस्कार पौराणिक मंत्रों से किया जाता है।

हिंदू धर्मग्रंथों की तीन विशिष्ट श्रेणियाँ हैं जो निम्न हैं–

- चार वेद
- छह शास्त्र
- अठारह पुराण

वे धर्मग्रंथ कहलाते हैं लेकिन उनकी मान्यता अलग-अलग होती है। मान्यता की दृष्टि से वेदों को सर्वोच्च मान्यता है। शास्त्रों का नंबर दूसरा है और सबसे निम्न मान्यता पुराणों की है। मंत्र किस तरह से सामाजिक पूर्वता को जन्म देते हैं, यह साफ़ हो जाएगा, अगर इस बात को ध्यान में रखा जाए कि हर जाति को वेदोक्त रीति से संस्कार करने का अधिकार नहीं है। तीन जातियाँ सोलह में से किसी एक संस्कार को करने का अधिकार कर सकती हैं, किंतु अव्यवस्था है कि एक उसे वेदोक्त रीति से, दूसरी उसे शास्त्रोक्त से और तीसरी उसे पुरोणोक्त रीति से ही कर सकती हैं। पूर्वता क्रम को वह मंत्र निर्धारित करता है, जिसके प्रयोग का अधिकार किसी जाति को धार्मिक संस्कार के लिए है। जो जाति वैदिक मंत्र के प्रयोग की अधिकारी है, वह शास्त्रीय मंत्र का प्रयोग करने वाली जाति से ऊँची है। जो जाति शास्त्रीय मंत्र का प्रयोग करने की अधिकारी है, वह पुराणोक्त मंत्र का प्रयोग करने वाली जाति से ऊँची है। पुजारी हिंदू धर्म से संबंधित पूर्वता क्रम का तीसरा स्रोत है। धर्म यह अपेक्षा करता है कि अगर धार्मिक संस्कार का पूरा-पूरा लाभ प्राप्त करना है तो उसे पुजारी के माध्यम से ही प्राप्त करना होगा। धर्मग्रंथों ने पुजारी के रूप में ब्राह्मण को नियुक्त किया है। इसलिए ब्राह्मण के बिना काम नहीं चल सकता, परंतु धर्मग्रंथ इस बात की अपेक्षा नहीं रखते कि किसी भी जाति का कोई हिंदू अगर ब्राह्मण को धार्मिक संस्कार में यजमानी के लिए बुलाए तो उसे स्वीकार करेगा ही। इस बात को ब्राह्मण की इच्छा पर छोड़ दिया गया है कि किसी जाति के निमंत्रण को वह स्वीकार करे या न करे। लंबी तथा सुस्थापित प्रथा द्वारा अब यह निश्चित कर दिया गया है कि किस जाति का निमंत्रण वह स्वीकार करेगा और किस का नहीं करेगा। यह तथ्य जातियों के बीच पूर्वता का आधार बन गया है। ब्राह्मण जिस जाति की यजमानी करेगा, वह उस जाति से ऊँची होगी, जिसकी वह यजमानी नहीं करेगा।

सहभोज पूर्वता के नियमों का दूसरा स्रोत है। इस तरफ़ ध्यान देना होगा कि सहभोज के नियमों की तरह विवाह के नियमों ने पूर्वता को जन्म नहीं दिया है। इसकी

वज़ह यह है कि अंतर्विवाह और सहभोज की वर्जना करने वाले नियमों में विभेद है और अंतर प्रत्यक्ष है। अंतर्विवाह से जुड़ी वर्जना ऐसी है कि उसका न केवल आदर किया जाना चाहिए, बल्कि गंभीरता से उसका पालन भी किया जाना चाहिए, किंतु सहभोज की वर्जना कठिनाई पैदा करती है। हर जगह पर और हर परिस्थिति में उसका गंभीरता से पालन नहीं किया जा सकता। आदमी बाहर निकलता है और एक जगह से दूसरी जगह पर उसे जाना ही होगा। हो सकता है कि जिस जगह वह जाए, उस जगह उसके जाति-भाई न हों। हो सकता है कि अज़नबियों के बीच फँस जाए। विवाह को तो टाला जा सकता है, लेकिन भोजन को नहीं। विवाह के लिए तब तक इंतज़ार किया जा सकता है, जब तक वह जाति-भाइयों के समाज में वापस न लौट जाए, किंतु भोजन के मामले में वह इंतज़ार नहीं कर सकता। भोजन तो किसी से भी और कैसे भी कहीं से प्राप्त करना ही होगा। प्रश्न यह है कि अगर प्राप्त करना ही है तो वह किस जाति से प्राप्त करे। नियम है कि वह अपनों से ऊँची जाति से भोजन प्राप्त करेगा, पर अपनों से नीची जाति से प्राप्त नहीं करेगा। इस फैसले के बारे में पता करने के लिए कोई तरीका नहीं है कि किस तरह से यह फैसला किया गया है कि कोई हिंदू एक जाति से भोजन प्राप्त कर सकता है लेकिन दूसरी जाति से भोजन प्राप्त नहीं कर सकता। पूर्वोदाहरणों की लंबी परंपरा से हर हिंदू जानता है कि किस जाति से वह भोजन प्राप्त कर सकता है और किससे नहीं। अधिकतर इसका फैसला ब्राह्मणों के नियम करते हैं। ब्राह्मण जिस जाति से भोजन लेता है, वह जाति ऊँची जाति होती है और जिस जाति से वह भोजन नहीं लेता, वह जाति नीची जाति होती है। खान-पान के मामले में ब्राह्मणों के नियम एकदम स्पष्ट हैं कि-

- वह कुछ से ही पानी लेगा और किन्हीं अन्य से नहीं।
- ब्राह्मण किसी जाति से ऐसा भोजन नहीं लेगा, जो पानी में पकाया गया हो।
- कुछ जातियों से वह केवल तेल में छोंका गया भोजन लेगा।

दोबारा बर्तन के संबंध में भी उनके नियम हैं। उसके मुताबिक़ ही वह भोजन अथवा पानी ग्रहण करेगा। कुछ जातियों से वह मिट्टी के बर्तन में भोजन अथवा पानी ग्रहण करेगा, कुछ से वह केवल धातु के बर्तन में और कुछ से वह केवल काँच के बर्तन में भोजन अथवा पानी ग्रहण करेगा। इन सब बातों से भी जाति का स्तर निर्धारित होता है। अगर वह किसी से तेल में छोंका गया भोजन ग्रहण करता है तो उसका दर्ज़ा उस जाति से ऊँचा होता है, जिससे वह ग्रहण नहीं करता। जिस जाति से वह जल ग्रहण करता है, वह उस जाति से ऊँची होती है, जिससे वह जल ग्रहण नहीं करता। अगर वह धातु के बर्तन में जल ग्रहण करता है तो वह जाति उस जाति से ऊँची होती है, जिससे वह मिट्टी के बर्तन में जल ग्रहण करेगा, वह उस जाति से ऊँची होती है,

जिससे वह काँच के बर्तन में जल ग्रहण करेगा। काँच एक ऐसा तत्त्व है, जिसे 'निर्लेप' (निर्दोष) कहते हैं। ब्राह्मण उसमें सबसे नीची जाति से भी पानी ग्रहण कर सकता है, किंतु दूसरी धातुएँ दोष ग्रहण करती हैं। दोष ग्राह्यता भी उपयोग करने वाले व्यक्ति के दर्ज़े पर निर्भर करती है। यह बर्तन में जल ग्रहण करने की ब्राह्मण की इच्छा पर निर्भर करता है।

ये बातें ऐसी हैं, जो परंपरा क्रम वाली इस हिंदू जाति-व्यवस्था में जाति के स्थान और दर्ज़े का निर्धारण करती है। यह है जाति और जाति व्यवस्था। अब सवाल यह उठता है कि हिंदू समाज संगठन को जानने के लिए क्या यह जानकारी काफ़ी है? हिंदू समाज-संगठन के रूढ़ स्वरूप को समझने के लिए जाति और जाति-व्यवस्था का ज्ञान पर्याप्त है। हमें इन तथ्यों से ज़्यादा की जानकारी ज़रूरी नहीं कि हिंदू जातियों में बँटे हैं तथा जातियाँ ऐसी व्यवस्था का गठन करती हैं, जिसमें सब एक ऐसे धागे पर टँगे रहते हैं, जो व्यवस्था में इस तरह से पिरोया जाता है कि एक जाति को दूसरी जाति से लपेटते और अलग करते समय वह उन्हें इस प्रकार धारण करे, जैसे वह टेनिस की ऐसी गेंदों की माला हो, जो एक-दूसरे के ऊपर टँगी हों, पर जाति के चेतन स्वरूप को समझने के लिए इतना काफ़ी नहीं होगा। जाति के ढाँचे के मूर्त रूप को समझने के लिए जाति-व्यवस्था के अलावा जाति के एक दूसरे विशिष्ट लक्षण पर ध्यान देना आवश्यक है और वह है वर्ग व जाति-व्यवस्था।

जाति तथा वर्ग की धारणाओं का आपसी संबंध एक दिलचस्प विवाद का विषय रहा है। कुछ का कहना है कि जाति तथा वर्ग, दोनों एक समान हैं और दोनों में कोई अंतर नहीं हैं, लेकिन कुछ दूसरों का कहना है कि जाति की संकल्पना वर्ग की संकल्पना के मूलतः प्रतिकूल है। जाति के इस पहलू के विषय में अब आगे और प्रकाश डाला जाएगा। लेकिन अभी जाति-व्यवस्था के उस मुख्य लक्षण पर ध्यान देना आवश्यक है, जिसके बारे में इससे पहले नहीं बताया गया है। वह यह है कि अगर जाति की धारणा वर्ग-धारणा से अलग और उसके प्रतिकूल है, लेकिन फिर भी जाति से अलग जाति-व्यवस्था एक ऐसी वर्ग-व्यवस्था को मान्यता देती है, जो ऊपर दी गई क्रमबद्ध दर्ज़े से कुछ अलग है। जिस तरह से हिंदू भिन्न-भिन्न जातियों में बँटे हुए हैं, उसी तरह से जातियाँ भी अलग-अलग वर्गों में बँटी हुई हैं। हिंदू में जाति-भावना के साथ-साथ वर्ग-भावना भी होती है। उसमें जाति-भावना या वर्ग-भावना इस बात पर निर्भर करती है कि उसका टकराव किस जाति से होता है। जिस जाति से उसका टकराव होता है, अगर वह जाति उसके वर्ग की ही जाति है, तो उसमें अपनी जाति-श्रेष्ठता की भावना होती है। और अगर जाति उसके वर्ग के बाहर की होती है तो उस जाति में वर्ग-श्रेष्ठता आ जाती है। इस विषय में अगर कोई सबूत चाहता है तो वह मद्रास और बंबई प्रेसिडेंसी में गैर-ब्राह्मणों के आंदोलन का अध्ययन कर सकता है।

अध्ययन के बाद इसमें कोई संदेह नहीं रह जाएगा कि हिंदू के लिए जाति की परिधि, वर्ग जैसी यथार्थ है और जाति-उच्चता, वर्ग-उच्चता जैसी ही यथार्थ है।

जाति वर्ग-व्यवस्था का विकसित रूप मानी जाती है। अब मैं इसे सिद्ध करूँगा कि यह निरी बकवास है। जाति वर्ण का विकृत रूप है, जो भी हो, यह विकास विपरीत दिशा में हुआ है, लेकिन जहाँ जाति ने वर्ण-व्यवस्था को पूरी तरह विकृत कर दिया है, वहाँ उसने वर्ण-व्यवस्था से वर्ग व्यवस्था उधार ले ली है। हक़ीक़त में वर्ग, जाति-व्यवस्था के वर्ग विभेदों का बहुत कुछ अनुसरण करती है। अगर जाति व्यवस्था पर इस नज़रिये से सोच-विचार किया जाए तो हमें बहुत से वर्ग मिलेंगे, जो जाति-व्यवसथा के इस पिरामिड में बड़े-बड़े शिला खण्डों की तरह आर-पार एक के ऊपर एक अवस्थित हैं। प्रथम वर्ग चातुर्वर्ण्य व्यवस्था का है। चातुर्वर्ण्य की प्राचीन व्यवस्था में पहले तीन वर्णों ब्राह्मणों, क्षत्रियों और वैश्यों को एक वर्ग तथा चौथे वर्ण यानी कि शूद्र को दूसरे वर्ग में रखकर दोनों के बीच अंतर मिलता है। पहले तीन वर्गों को द्विज वर्ग माना गया। शूद्र को द्विज वर्ग नहीं माना गया। विभेद का आधार यह है कि पहले तीन को यज्ञोपवीत धारण करने और वेद के अध्ययन का अधिकार है। शूद्र को दोनों में से कोई भी अधिकार प्राप्त नहीं है। इसी वज़ह से उसे द्विज वर्ग में नहीं माना गया और यह अंतर अब भी देखने को मिलता है। यह वर्तमान वर्ग भेद का आधार है तथा उसने जातियों को दो वर्गों में विभाजित कर दिया है। एक वर्ग का जन्म शूद्रों के विशाल वर्ग से हुआ है और दूसरे वर्ग का जन्म ब्राह्मणों, क्षत्रियों और वैश्यों के तीन वर्गों से हुआ है। वर्ग भेद की इन्हीं परतों को उच्च जाति और निम्न जाति कहा जाता है और जो उच्च वर्ण की जाति तथा निम्न वर्ण की जाति के क्रमशः लघु रूप हैं।

इस पिरामिड में चट्टान की एक परत और है जो चौथे वर्ण की जाति के ठीक नीचे मौजूद है। यह परत चार वर्णों अर्थात् प्रथम तीन यानी ऊँची जाति और चौथे वर्ण से अर्थात् नीची जाति से उत्पन्न सभी जातियों के बाद की जातियों की परत है, जिन्हें मैं अवशिष्ट कहता हूँ। यह अपने से ऊपर वाली परत की जातियों को उच्च मानती हैं और यह भी एक वास्तविक परत है। यह उस सुपरिभाषित विभेद का अनुसरण करती है, जो चातुर्वर्ण्य का मूल सिद्धांत था। जैसा कि बताया गया है, चातुर्वर्ण्य ने चार वर्णों के मध्य विभेद किया। उसने तीन वर्णों को चौथे वर्ण से उच्च माना, किंतु उसने वैसा ही साफ़ विभेद उन जातियों के बीच किया, जो चातुर्वर्ण्य के अंदर और जो चातुर्वर्ण्य के बाहर थीं। इस विभेद को प्रकट करने के लिए उसके पास शब्दावली थी। जो चातुर्वर्ण्य के भीतर थे, चाहे उच्च थे या नीच, ब्राह्मण थे अथवा शूद्र, से सवर्ण कहलाए अर्थात् उन पर वर्ण की मुहर लगी थी। जो चातुर्वर्ण्य के बाहर थे, वे अवर्ण कहलाए अर्थात् उन पर वर्ण की मुहर नहीं लगी थी। जो जातियाँ चारों वर्णों से उत्पन्न होती हैं उनको सवर्ण हिंदू कहा जाता है। अंग्रेजी भाषा में उसे 'कास्ट हिंदूज' कहा जाता है। 'शेष'

अवर्ण हैं, जिन्हें आजकल यूरोपीय 'नान-कास्ट हिंदूज' कहते हैं, अर्थात् वे जो चार मूल जातियों अथवा वर्णों से बाहर हैं।

अधिकतर जाति-व्यवस्था के बारे में जो लिखा-पढ़ा गया है, वह अधिकांशतः सवर्ण हिंदुओं की जाति-व्यवस्था से जुड़ा हुआ है। अवर्ण हिंदुओं के संबंध में जानकारी बहुत कम है कि ये अवर्ण हिंदू कौन हैं, हिंदू समाज में उनका क्या स्थान है और सवर्ण हिंदुओं से उनका क्या संबंध है। ये प्रश्न ऐसे हैं, जिनकी तरफ़ अभी तक किसी का ध्यान नहीं गया है। मुझे भरोसा है कि जब तक हम इन प्रश्नों पर सोच-विचार नहीं करेंगे तब तक हमें हिंदुओं द्वारा बनाए गए सामाजिक ढाँचे की सही तस्वीर नहीं मिल सकती। सवर्ण हिंदुओं और अवर्ण हिंदुओं के बीच के वर्ग-विभेद को निकाल देना, ग्रिम की परी कथा में से डाइनों, बैतालों तथा राक्षसों के वर्णन को निकाल देने जैसा है। अवर्ण हिंदुओं के तीन भाग हैं जो निम्नलिखित हैं–

- आदिम जातियाँ
- जरायम पेशा जातियाँ
- अस्पृश्य जातियाँ

यह तीनों जातियाँ हैं जिनके लोगों की संख्या को किसी भी तरह से कम नहीं बताया जा सकता। सन् 1931 की जनगणना के मुताबिक़ भारत में आदिम जातियों के लोगों की संख्या ढाई करोड़ बताई गई है। जरायम पेशा के रूप में अनुसूचित लोगों की पाँचल आबादी कोई 45 लाख के आस-पास है। सन् 1931 में अस्पृश्यों की पाँचल आबादी कोई पाँच करोड़ थी। इन तीनों की पाँचल संख्या सात करोड़ 95 लाख होती है। सवर्ण जातियों और अवर्ण जातियों का आपस में क्या संबंध है? सवर्ण जातियों और अवर्ण जातियों के बीच विभेद अलग-अलग है। इसलिए इस अंतर को समझना मुश्किल है। सवर्ण जातियों और दो अवर्ण जातियों अर्थात् आदिम जातियों तथा जरायम पेशा जातियों के बीच जो संबंध है, वह उस संबंध से अलग है, जो सवर्ण जातियों और प्रथम दो अवर्ण जातियों के बीच विभेद जाति-भाई तथा मित्रों जैसा है। दोनों के बीच मैत्रीपूर्ण और सम्मानजनक शर्तों पर संपर्क हो सकता है। सवर्ण जातियों और अस्पृश्यों के बीच विभेद अलग तरह का है। यह विभेद दो विजातीय और विरोधी समूहों के बीच का विभेद है। वहाँ सम्मानजनक शर्तों पर मैत्रीपूर्ण संपर्क की कोई संभावना नहीं रह जाती है। इस विभेद का क्या महत्त्व है? इसका आधार क्या है? भले ही विभेद निश्चित है, लेकिन उसके आधार की व्याख्या नहीं की गई है, किंतु यह लगता है कि विभेद का आधार वैसा ही है, जैसा कि द्विजों और शूद्रों के बीच का आधार है। शूद्रों की तरह अवर्ण जातियाँ भी द्विज वर्ग में नहीं आतीं। वे द्विज नहीं होते और उन्हें यज्ञोपवीत धारण करने का कोई अधिकार नहीं है। इससे भी दो तथ्य बाहर आते हैं,

जिनकी अक्सर अनदेखी कर दी जाती है। पहला तथ्य यह है कि सवर्ण शाखा की शूद्र जातियों और अवर्ण शाखा की आदिम तथा जरायम पेशा जातियों के बीच बहुत मामूली सा अंतर है। दोनों ही अस्पृश्य हैं और दोनों ही द्विज वर्ग में नहीं आतीं। यह अंतर सांस्कृतिक अंतर है, जैसा कि सुसंस्कृत और ठेठ बर्बर के मध्य होता है, किंतु अंतर मात्रा भेद का है। यह सांस्कृतिक अंतर साफ़ करने के लिए हिंदुओं ने एक नयी शब्दावली गढ़ी है जिसमें शूद्रों के दो वर्ण माने जाते हैं जो इस प्रकार हैं–

- सत्शूद्र या सुसंस्कृत शूद्र
- शूद्र

शूद्रों के प्राचीन वर्ग को उसने सत्शूद्र अथवा सुसंस्कृत शूद्र कहा और आदिम जाति के साथ उन लोगों के लिए शूद्र शब्द का इस्तेमाल किया, जो हिंदू सभ्यता की परिधि में आ गए थे। नयी शब्दावली से तात्पर्य यह नहीं है कि शूद्रों के अधिकारों और कर्तव्यों में कोई अंतर है। विभेद केवल यह है कि कुछ शूद्र द्विजों के साथ सहजीवन के लिए उपयुक्त हैं और कुछ कम उपयुक्त हैं। अवर्ण जातियों का आपस में किस प्रकार का संबंध है? क्या वे सिर्फ़ जातियों के समूह हैं या उनके बीच कोई वर्ग-विभेद है? निश्चय ही वे केवल जातियों के समूह हैं अथवा अवर्ण जातियों के इस समूह में वर्ग-विभेद है, लेकिन इस बारे में कुछ संदेह हो सकता है कि आदिम जातियों और जरायम पेशा जातियों के बीच कोई वर्ग-विभेद है या नहीं, संभव है कि यह अंतर अत्यधिक कमज़ोर है, परंतु इसमें कोई शक नहीं कि आदिम जातियों व जरायमपेशा जातियों और अस्पृश्यों के बीच स्पष्ट और व्यापक वर्ग-विभेद है। पहले दो के मन में यह एकदम साफ़ धारणा है कि अवर्ण जातियों के इस समूह में उच्च जातियाँ हैं और अस्पृश्य निम्न स्तर की जातियाँ हैं। अब तक की गई इस चर्चा से यह बात सामने आती है कि हिंदू समाज संगठन की तीन विशिष्टताएँ हैं जो निम्नलिखित हैं–

- जाति
- जातियों का क्रम
- जाति-व्यवस्था को भेदती हुई वर्ग-व्यवस्था

इसमें कोई शक नहीं है कि यह ढाँचा बहुत ही जटिल है और जो इसके ताने-बाने का अंग न हो, उसके लिए अपने मन में इस बारे में सही तस्वीर बना लेना शायद आसान न हो। यह संभव है कि इसे एक डायग्राम की मदद से समझा जा सकता है। नीचे मैंने एक ऐसा ही डायग्राम प्रस्तुत किया है, जिससे मेरा विचार है कि यह हिंदुओं के इस सामाजिक ढाँचे की कुछ झलक दिखा सकता है।

क ग ङ छ

सवर्ण हिंदू सवर्ण हिंदू सवर्ण हिंदू सवर्ण जातियाँ सवर्ण जातियाँ सवर्ण जातियाँ

प्रथम वर्ग द्वितीय वर्ग तृतीय वर्ग चतुर्थ वर्ग

उच्च जाति के निम्न जाति आदिम जाति अस्पृश्य

द्विज-ब्राह्मणों, क्षत्रियों के शूद्र चौथे वर्ण जरायम पेशा जातियाँ

वैश्यों के तीन वर्णों अर्थात् शूद्रों से

से उत्पन्न जातियाँ उत्पन्न जातियाँ

उपरोक्त डायग्राम हिंदुओं की वर्ग, जाति-व्यवस्था को प्रस्तुत करता है। इसमें उनके सामाजिक संगठन की सही और पूरी तस्वीर पेश करने की कोशिश की गई है। वह उसके अनेक महत्त्वपूर्ण लक्षणों को प्रस्तुत करता है। इससे यह स्पष्ट होता है कि हिंदुओं की दो शाखाएँ हैं जो निम्न हैं–

- सवर्ण हिंदू
- अवर्ण हिंदू

पहली शाखा सवर्ण हिंदुओं में जातियों के दो वर्ग हैं–

- द्विज
- शूद्र

दूसरी शाखा अवर्ण हिंदुओं में जातियों के दो वर्ग हैं–

- आदिम और जरायम पेशा जाति
- अस्पृश्य जाति

हर जाति का अपना एक घेरा होता है और वह बाकी से भिन्न होती है। इस बात को डायग्राम में नहीं दर्शाया गया है। जातियों के चारों वर्गों में से हर एक का समूह है और उसे एक घेरे में रख दिया गया है। घेरे की यह रेखा जाति को वर्ग में बाँटती है तथा उसे दूसरे वर्ग से अलग भी करती है। जाति का वर्ग, जाति जितना संगठित नहीं होता, किंतु उस जगह वर्ग की भावना होती है। अगली बात ध्यान देने योग्य यह है कि किस आधार पर इस घेरे का निर्माण हुआ। ये अनेक हैं और कुछ स्थायी हैं तथा कुछ अस्थायी। द्विज जातियों और शूद्र जातियों के बीच कोई विभाजन नहीं है, वह तो सिर्फ़ पर्दा भर है तथा इसका उद्देश्य विभाजन नहीं बल्कि उन्हें अकेले रखना है।

पहली दो अवर्ण जातियों और शूद्र जातियों के बीच विभेद एक नियमित विभाजन है, किंतु वह कमज़ोर भी है तथा कम भी है। उसे लाँघा जा सकता है और यह

विभाजन दोनों को अलग करता है, लेकिन पूरी तरह से पृथक नहीं करता, पर इन तीन वर्गों तथा अस्पृश्यों के बीच विभाजन, वास्तविक विभाजन है और उसे हटाया नहीं जा सकता। वह कंटीले तार की बाढ़ जैसा है जिसका उद्देश्य स्पष्टा लगाव करना होता है। यह बात दूसरे तरीके से भी व्यक्त की जा सकती है कि प्रथम तीन घेरे इस तरह से रखे गए हैं कि वे एक-दूसरे के भीतर हैं। द्विजों और शूद्र जातियों के बीच पहले विभाजन को हटाया जा सकता है तथा वे दोनों विभिन्न घेरों के बजाए एक घेरे में रखे जा सकते हैं। इसी तरह से दूसरे विभाजन को हटाया जा सकता है और उस दशा में द्विज, शूद्र, आदिम तथा जरायम पेशा जातियाँ यदि एक ईकाई नहीं, तो एक समूह बना सकते हैं और एक ही घेरे में रह सकते हैं, लेकिन तीसरे विभाजन को कभी भी हटाया नहीं जा सकता, क्यूंकि जातियों के ये तीनों वर्ग एक मुद्दे के बारे में एकमत हैं कि वे कभी भी अस्पृश्यों के साथ लोगों की एक ईकाई के रूप में एक नहीं होंगे। यह एक जघन्य बाधा है, जो अस्पृश्यों को 'शेष' से अलग करती है तथा उन्हें अलग-थलग होने के लिए विवश करती है।

ऊपर दिए गए डायग्राम में जातियों के अलग-अलग वर्गों को एक-दूसरे से ऊँचा दिखाया गया है। ऐसा ऊँच-नीच के क्रम को साफ़ करने के लिए किया गया है, जो जाति-व्यवस्था एक प्रमुख लक्षण है। मैंने सवर्ण जातियों के दो वर्गों को उच्च वर्ग की जातियाँ और निम्न वर्ग की जातियाँ कहा है, किंतु मैंने अवर्ण जातियों के अन्य दो वर्गों को निम्न वर्ग की जातियाँ और निम्नतम वर्ग की जातियाँ नहीं बताया है। सामान्य सामाजिक क्रम में बिना संदेह के वे निम्नतर और निम्नतम हैं, किंतु एक अन्य दृष्टि से यह सही नहीं होता। उच्च, निम्न, निम्नतर तथा निम्नतम के शब्दों के समूह से ध्वनि के रूप में यह प्रकट होता है कि वे एक पूरी ईकाई के अंग हैं, लेकिन क्या अवर्ण जातियाँ और सवर्ण जातियाँ एक पूरी ईकाई की अंग हैं। वे नहीं हैं। जिस समय वर्तमान जाति-व्यवस्था की जननी वर्ण-व्यवस्था की योजना बनाई गई तो आदिम तथा जरायम पेशा जातियाँ विचारधीन नहीं थीं। इसलिए वर्ण-व्यवस्था के नियमों में उनके दर्ज़े और स्थान के बारे में कुछ भी नहीं कहा गया, किंतु अस्पृश्यों के विषय में ऐसी स्थिति नहीं है। वे वर्ण-व्यवस्था के समय विचाराधीन थे। अस्पृश्यों से जुड़े वर्ण-व्यवस्था के नियम एकदम साफ़ और सटीक हैं। हिंदू विधान के निर्माता मनु ने अपने नियम में कहा है कि वर्ण केवल चार हैं और पाँचवाँ वर्ण नहीं होगा।

गांधी जी के अस्पृश्यता निवारण आंदोलन में जो सुधारक उनके समर्थक हैं, वे मनु की व्यवस्था को एक नया अर्थ देने की कोशिश कर रहे हैं। उनका कहना है कि मनु को ग़लत समझा गया है। मनु के मुताबिक़ कोई पाँचवाँ वर्ण नहीं है और इसलिए उनका मंतव्य अस्पृश्यों अर्थात् शूद्रों को चौथे वर्ण में शामिल कर लेना था, लेकिन यह तो एकदम साफ़ उल्टी व्याख्या है। मनु का आशय था कि मुख्य रूप से

चार वर्ण हैं और वे चार ही बने रहने चाहिए। वह अस्पृश्यों को उस भवन में प्रवेश दिलाने को तैयार नहीं थे, जिसे प्राचीन हिंदुओं ने वर्ण-व्यवस्था में विस्तार कर उसे पाँच वर्णों के लिए बनाया था। मनु ने जब यह कहा था कि पाँचवाँ वर्ण नहीं होगा, तब उनका यही अर्थ था। जो नाम उन्होंने अस्पृश्यों को दिया है, उससे यह साफ़ हो जाता है कि वह यही चाहते थे कि अस्पृश्य हिंदू समाज व्यवस्था से बाहर ही रहें। उन्हें वर्ण बाह्य अर्थात् वर्ण-व्यवस्था से बाहर के लोग कहा गया है। आदिम व जरायम पेशा जातियों और अस्पृश्यों के बीच यही विभेद है। आदिम व जरायम पेश जातियों के विरुद्ध हिंदू समाज में प्रवेश के लिए कोई निश्चित वर्जना नहीं है। वे कालांतर में उसके सदस्य बन सकते हैं।

अभी तो वे हिंदू समाज से जुड़े हुए हैं तथा उसके बाद वे उसमें मिल सकते हैं और उसका अंग बन सकते हैं, किंतु अस्पृश्यों की स्थिति अलग है। हिंदू समाज में उनके विरुद्ध निश्चित वर्जना है। उनमें सुधार नहीं किया जा सकता है, उन्हें अलग-थलग ही रखना होगा और वे हिंदू समाज का हिस्सा नहीं बन सकते। अस्पृश्य हिंदू समाज का हिस्सा नहीं हैं, वे केवल उसके अंग मात्र हैं। हिंदुओं और अस्पृश्यों के बीच के संबंध की व्याख्या सनातनी हिंदुओं के नेता ऐनापुरे शास्त्री ने बम्बई के एक सम्मेलन में की है। उनका कहना है कि हिंदुओं के साथ अस्पृश्यों का संबंध वैसा है, जैसा किसी मनुष्य का अपने जूतों के साथ होता है। इस प्रकार देखें, तो यह कहा जा सकता है कि वह मनुष्य के साथ हैं और वह मनुष्य के हैं, किंतु वह उसके शरीर का अंग नहीं है। जिन दो चीज़ों को किसी ईकाई से अलग कर दिया जाता है, फिर उन्हें उस ईकाई का अंग नहीं माना जा सकता। लेकिन जो कुछ भी हो, यह उपमा है बहुत सटीक है।

अम्बेडकर के जीवन से जुड़े कुछ महत्त्वपूर्ण छायाचित्र

तस्वीर साभार: The Ambedkarite Today

प्रथम गणतंत्र दिवस परेड के अवसर पर अन्य गणमान्य व्यक्तियों के बीच डॉ. अम्बेडकर।

वर्ष 1956 को दीक्षाभूमि नागपुर में बौद्ध धर्म पर सभा को संबोधित करते हुए।

हैदराबाद रेलवे स्टेशन पर डॉ. अम्बेडकर का पुलिस अधिकारी व पार्टी कार्यकर्ता द्वारा स्वागत।

मिलिंद कॉलेज, औरंगाबाद।

सिद्धार्थ कॉलेज की वार्षिक सभा।

भारत के संविधान के लिए प्रारूप समिति के सदस्यगण।

वर्ष 1936 में, बॉम्बे में इंडिपेंडेंट लेबर पार्टी के प्रमुख सामाजिक कार्यकर्ताओं के साथ डॉ. अम्बेडकर।

इंडिपेंडेंट लेबर पार्टी, बॉम्बे।

वर्ष 1932 में, यरवदा सेंट्रल जेल, पुणे में पूना समझौते पर हस्ताक्षर के समय।

माननीय एम.वी.डोंडे, डॉ. अम्बेडकर,
राव बहादुर सी.के. जाधव और कमलाकांत चित्रे।

डॉ. अम्बेडकर, श्री होमी भाभानन्द और सिद्धार्थ कॉलेज में अन्य सहयोगियों के साथ।

कालाराम मंदिर सत्याग्रह, नासिक।

डॉ. अम्बेडकर और उनकी पत्नी श्रीमती सविता अम्बेडकर।

डॉ. अम्बेडकर और उनके सहयोगी।

1953 में दिल्ली में मोतियाबिंद के ऑपरेशन के बाद डॉ. अम्बेडकर अपनी पत्नी श्रीमती सविता अम्बेडकर के साथ।

महाराष्ट्र के राज्यपाल, श्री मंगलदास पकवासा, राव बहादुर बोले और प्रो.वी.जी. राव के साथ डॉ. अम्बेडकर।

वर्ष 1956 का दीक्षा समारोह, नागपुर।

बॉम्बे में आचार्य अत्रे द्वारा निर्मित फिल्म "महात्मा ज्योतिबा फुले" के मुहूर्त समारोह में डॉ. अम्बेडकर।

प्रमुख सामाजिक कार्यकर्ताओं के साथ डॉ. अम्बेडकर का जन्म दिन, नई दिल्ली।

मिलिंद कॉलेज औरंगाबाद में डॉ. अम्बेडकर, उनकी पत्नी तथा अन्य कार्यकर्ता।

वर्ष 1950, में तमिल प्रतिनिधियों और श्रीलंका के लोगों के साथ डॉ. अम्बेडकर और श्रीमती सविता अम्बेडकर।

बॉम्बे के राजगृह आवास स्थल पर डॉ. अम्बेडकर का शव।

डॉ. अम्बेडकर जनता अख़बार के प्रबंधक श्री शांताराम अन्ना जी उपश्याम गुरु जी के साथ रेलवे स्टेशन, बॉम्बे।

डॉ. अम्बेडकर स्पोर्टिंग क्लब द्वारा आयोजित कूपरेज, बॉम्बे में फुटबॉल मैच देखते हुए डॉ. अम्बेडकर।

मिलिंद कॉलेज, औरंगाबाद।

सेंट जेवियर कॉलेज, बॉम्बे में सम्मानित होते हुए डॉ. अम्बेडकर।

वर्ष 1935 में, अपनी प्यारी पत्नी रमाबाई के दुखद निधन के बाद की दशा।

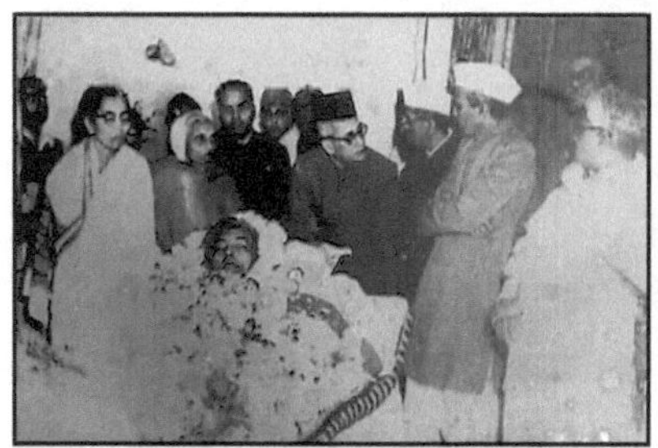

डॉ. अम्बेडकर का निधन 6 दिसंबर, 1956.

2500वीं बुद्ध जयंती समारोह, अम्बेडकर भवन, नई दिल्ली।

वर्ष 1950 में, श्रीलंका में बौद्ध सम्मेलन की प्रथम विश्व फैलोशिप। यहाँ दुनिया भर के प्रतिनिधियों और पर्यवेक्षकों के साथ डॉ. अम्बेडकर और उनकी पत्नी श्रीमती सविता अम्बेडकर।

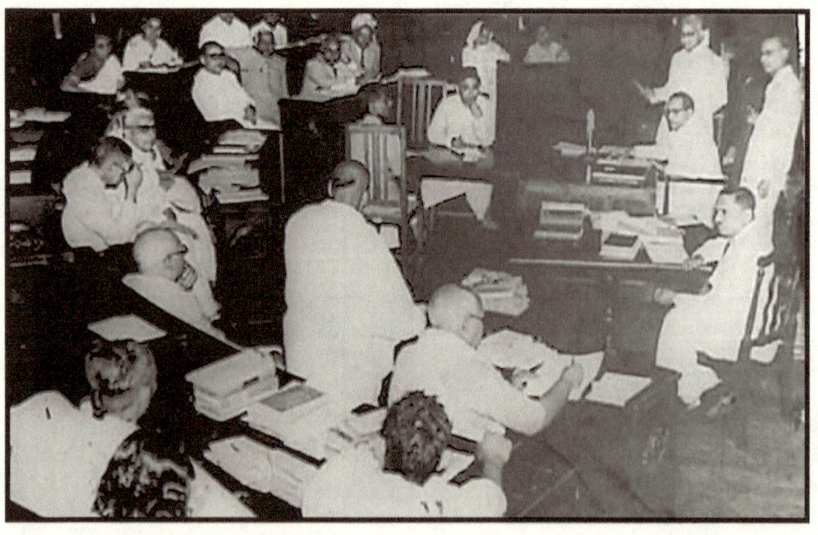

वर्ष 1955 में हिंदू कोड बिल पर चर्चा, नई दिल्ली।

स्वतंत्र लेबर पार्टी के प्रमुख सामाजिक कार्यकर्ताओं और कार्यकर्ताओं की सभा में डॉ. अम्बेडकर, बॉम्बे।

1930 से 1935 तक चला कलाराम मंदिर सत्याग्रह, नासिक।

www.ingramcontent.com/pod-product-compliance
Lightning Source LLC
LaVergne TN
LVHW091321150826
845673LV00006B/1723

* 9 7 8 9 3 9 0 6 0 5 8 0 4 *